糖衣玫瑰
The Sugarcoated Rose
沾零
著
我像一朵孤寂又破碎的灰玫瑰
那耀眼溫暖的少年，為我裹上了明媚璀璨的糖衣

序章

❐個人主頁

Rose Dragee

❐最新文章 JAN.01 00:30

又是新的一年。

在這樣特別的日子，忽然很好奇——大家喜歡上裴恩珉的契機是什麼呢？

也許是五年前，他第一張專輯《Endless Moments》。他溫柔細膩的歌聲，像落在窗邊的月光，哄妳入眠。

也許是他首次登上排行榜TOP1的歌曲〈夏日印象〉。他難得俏皮輕快，唱出夏季甜蜜戀曲，像晒過陽光的棉被，散發好聞的氣味。

也許是聽他為其他歌手寫的歌，時而張揚、時而肆意。總忍不住想像：若是由他自己來唱，會是什麼模樣？

也許是他登上金曲獎舞臺，闔眼坐在白色鋼琴前，手指流暢敲出音符，如潺潺流水，流淌整座會場。他細語低喃，娓娓唱來，緬懷已逝的音樂人，大家默默流下淚水，洗淨一切悲傷。

又也許，是在他昨日的演唱會上，眾人歌聲重疊交織，分不清是你或他的。

你與人群一起揮舞雙手，任自己的面孔消失在人海中……直到他目光穿過眾人、穿過螢幕，輕輕落在你的臉上。

那瞬間，你知道是謊言，卻還是忍不住要相信，他是真的看見了你。

或許有人會問，那我呢？

真要說的話，這將會是個冗長、繁瑣且無趣的故事。

如果你願意傾聽、如果你願意相信……那就請繼續讀下去吧。

Rose. L

第一章

「我出門了喔。」

我鼓起勇氣，模仿日劇裡孩子離家前的問候，但一走出家門就忍不住懷疑，我剛有喊出聲嗎？

隔著一扇鐵門，我聽見弟妹的尖叫蹦跳，他們吵著誰又把果醬塗到誰的書上，誰氣得嘩啦啦摔掉碗筷。

還能聽見媽媽的腳步聲拴著一連串叱責與遷怒，以及姊不要命的頂嘴。

而爸爸的存在感介於有與無之間，他從喉嚨裡擠出痰瘀，擠出我一天的開始——尋常、黏膩、令人厭棄。

「咳——咳——呸！」

沿著跳動的熱氣，我一步步走上天橋。

升高中時，我的分數恰好搆上離家最近的學校。以雙語教學聞名，連國文課都要講上幾句英語，好像這麼做，就能翻開我人生新的一頁。

事實上，僅憑十分鐘的距離，我便決定青春的去向，什麼新篇章都沒翻開。

今天，我又是最早到校的人。

「最」這個字，光想像就令人心癢。畢竟我這十六年過得乏善可陳，顯眼的時刻不超過五根手指。

一是英文課上的自我介紹——Oh. Rose? So where's your Jack?

二是笨拙得太突出，還要被施捨同情的眼神——老師看看有沒有人錯這題。啊……好，我不說名字，她自己知道。

再來，就是現在——空蕩蕩的教室，只有我一個人。

我在這裡做夢、塗鴉、觀察其他人的座位，主宰著這個空間，任憑想像跨越時空限制——

一號喜歡八號，八號喜歡隔壁班的四號，每次他們三人碰在一起，就像東倒西歪的草莓蛋糕。巨大的螞蟻聞到香氣急忙跑來，不需要其他螞蟻幫忙，呼嚕呼嚕地將他們的愛情吃掉。

五號和四號恨死對方了。當老師說要按座號分組，就會有隻暴龍撕開天空，把手伸進教室，將老師一把扔上幽浮，送給外星人圈養研究。

今天又是什麼呢？

是歌聲，悠遠的、沙啞的，像某種天啟降臨世間。

我起身，推開窗戶，聲音因此變得更加清晰。

對面走廊，有個男孩正抱著吉他坐在窗臺，低眉撥動弦線，輕輕哼著歌。

Hold on

Hold on they're not for me

Hold on

Cause everything's coming up roses

Roses

吉他樂聲飽滿，歌聲純淨堅定。

我遊走在他唇齒之間，如玫瑰伸展花瓣，用力呼吸綻放，一朵，一朵，又一朵。

這瞬間，我彷彿看見了，男孩站在舞臺最高、最亮、湧上最多愛的地方，俯瞰眾人，溫柔吻過每雙崇拜的眼睛。

眾人的聲音喧鬧不休，耳膜隨著樂聲鼓點震動，連心臟都開始隨著節奏跳動。

「安可！安可！安可！」

「妳說的那個人，叫裴恩珉。」

中午，坐我隔壁的女同學向我透露。似是怕我不知道是哪三個字，她拿筆在我的講義寫下他的名字。

「好像藝名喔。」我說。

「是眞名啦！但妳猜對了，他眞的想成爲歌手！他家好像是開樂器行的，所以他從小就會很多樂器，好像還會寫歌。」

我「喔」了一聲。他才高一，就想好未來要做什麼。看來，又是和我活在不同星球的人。

「怎麼了……妳喜歡他嗎？」她羞得像一枚小花苞，下一秒卻冒出尖刺，「跟妳說喔，光是這條走廊上的班級，就有七個人暗戀他。」

那七個人裡面有妳嗎？有包括我嗎？我沒有傻到這麼問，因為我知道，「七」只是虛數，代表多得數不清。

這是一種警告，一種只有少女聽得懂的語言，但我沒把她的警告當一回事。

自那天起，我起床的時間變得更早，離家的腳步變得更輕。

我藉機在裴恩珉身邊出沒——替老師送東西到他的班級、為了多看他一眼而繞遠路、看見他迎面走來，立刻蹲下假裝綁鞋帶，只為等待他一瞬的停留……

他悄悄為我的青春翻了頁。

「請問，妳是不是A中的學生？」

週六，市立圖書館，穿著工讀背心的裴恩珉突然探出頭。我嚇了一跳，手裡的書掉到地上，發出聲響。

「什麼？是、是……我是！」

「嚇到妳了？不好意思。」

他彎身替我撿起書本，拂去上頭的灰，遞到我手裡。我趕緊接過，但始終不敢抬頭，只敢盯著他潔白的袖口。

「我也是A中的，一年八班的裴恩珉。」

我知道我知道，我當然知道！但我不敢說話，一邊捏緊書本，一邊想著要不要再弄掉一次。

他伸手將旁邊的書車拉近，對照著編號，一本一本將書歸位。

「妳應該不是跟著我過來的吧？」放到第三本，他低聲問。

我渾身一僵，抬眼看著他剪得清爽俐落的髮型。裴恩珉前幾天剛剪過頭髮，我知道，是在車站前的那家髮廊。

修剪整齊的瀏海，輕撓在他分明的眉骨。他眉眼溫和，眼神卻很戒備。

「我……只是來借書。」我故作茫然。

「說得也是，對不起。」他一頓，朝我擠出笑。

裴恩珉沒解釋爲何那麼問，但我猜，這和他太受歡迎有關。曾聽聞有幾個女同學會尾隨他，或刻意在樂器行外遊蕩。我還聽說，他本來在親戚的餐廳幫忙，換取表演機會，但朋友太常去探班，沒消費還長時間逗留，造成店家困擾，他只好主動請辭。

「妳常來這嗎？看書。」

「算、算是吧。我最近比較常來。」但不是看書，而是看你。

「那妳應該很喜歡閱讀囉？」他微笑，「我在這當志工一個月了，很少看到A中的學生，好像只有妳。」

「嗯，我很喜歡。」如果你覺得我喜歡看書，我就會喜歡看書。

他應了一聲，繼續將書歸位。

書被擺得整整齊齊，我的心跳卻被他擺得亂七八糟。

我不知道該不該走，也不想走，就這麼盯著他看，直到他打破沉默。

「對剛認識的人這麼說可能有點奇怪，但……能請妳替我保守祕密嗎？」

「好啊。呃，什麼祕密？」

「我在這當志工的事。」他左顧右盼，聲音放得很輕，「我希望能在這待久一點。」

「好，這是我們的祕密。」

聽到我這麼說，他雙眼一睜，似乎有點意外，卻還是溫和地笑了。

「好呀，這是我們的祕密。」

這是我們的第一個祕密。

在那之後許多年，我們有了另一個祕密——我成為他的玫瑰，因他而一次次盛放。

即使是，一朵無法見光的玫瑰。

〈公路自撞，歌手裴恩珉傷勢未明！〉

開完五週年演唱會就車禍！裴恩珉送醫急救中。記者歌迷包圍醫院，院方表示：尊重病人，耐心守候，勿聚集。

「天啊，這是出什麼事了！半夜耶，這麼塞……小姐，妳要不要用走——」司機話還沒說完，我將手中發皺的紙鈔胡亂塞到前座，立即開門下車。

砰——關上門的瞬間，我全力奔跑，越過一臺又一臺SNG車、穿過一群群面色蒼白的女孩。

她們蜷縮在夜色裡等待，瑟瑟發抖。有個女生手裡舉著應援燈，上面寫著「裴恩珉」三個大字，忽明忽滅，像某種不吉利的預告。

「不可能，不會有事的……一定只是新聞誤報，一定。」我加快腳步，呼吸急促，嘴裡散出的氣化作薄霧，連帶心跳與冷風合為一體，整個人像被浸在冷水裡翻來覆去。

醫院門口水泄不通，擠滿舉著攝影機和麥克風的媒體記者。一群人恰好走出來，眾人停頓一秒，而後騷動起來。

我認出那是裴恩珉身邊的工作人員和保鑣。咬牙硬擠，好不容易才擠進人潮。

「大家請別再聚集了，我們等一下會統一發新聞稿！」經紀人朝著眾人大吼：「恩珉沒有大礙，馬上就要安排轉院！請大家離開，不要影響其他病人！」

但媒體記者恍若未聞，瞬間蜂擁而至，閃光燈閃個沒完，丟出一道道問題。見狀，包括保鑣和院方保全在內，一群人浩浩蕩蕩朝眾人網羅過來。

我馬上擠開人群、逃回夜色，隱沒在黑暗中。

在漫長的騷動和等待裡，我滿腦子都是裴恩珉抱著吉他、輕輕歌唱的畫面……

Hold on they're not for me
Hold on
Cause everything's coming up roses
Roses

當我回神，天不知何時已經亮了。我發現自己正坐在醫院幾尺外的長凳上，鼻尖和指尖凍得失去知覺。

但我顧不得這麼多，馬上掏出手機，一指掃開所有通知，直接點開新聞。

〈裴恩珉自撞車禍！幸無大礙！〉

知名男歌手裴恩珉（26歲）外型亮眼、歌聲純淨，上週風光結束出道五週年演唱會。今（2日）深夜卻傳出公路翻覆事故，緊急送醫搶救。

根據調查，車內並無其他乘客，疑是裴恩珉駕駛時身體不適，不慎撞上護欄，檢方排除酒駕或車輛故障可能。

經紀人凌晨發文表示：「恩珉已脫離險境，傷勢不重，已經轉至其他醫院靜養，感謝醫護人員協助。不好意思驚動大家，也請大家讓他好好休息，避免造成院方困擾。」

至於為何深夜外出？是否疲勞駕駛？公司僅簡短回應：「只是深夜兜風，他常這樣刺激寫歌靈感。這次事件純屬意外，大家不必聯想太多。」

「脫離險境」、「傷勢不重」、「沒有酒駕」、「純屬意外」，看到這些關鍵字，我不禁鬆了口氣，抬手抹掉滲出的眼淚。

抬眼環顧，此刻醫院外人潮少了大半，不見記者身影，只剩不遠處幾個少女如幽魂般到處遊蕩。也許我看起來也是她們的一分子。

我正想起身，但雙腳一軟，又重新坐回椅子上。

忽然，手機響了。看著螢幕上一串號碼，我來不及思考便接通電話，接起某種隱微的聯繫。

「梁月季？」

總覺得在哪聽過這個聲音，我一陣茫然，「請問你是？」

「妳是『Rose』，對吧？」

「我、我……我是！」我立刻站起身。

「太好了，總算聯絡上妳。」他語帶嘆息，接著壓低聲音，「裴恩……妳男友已經恢復意識了，沒轉院，正在第一醫療大樓五樓。妳想過來嗎？」

好好好，當然好！我沒給自己思考的時間，急忙走進醫院裡。

「不過，梁小姐……妳可能要有心理準備。」在手機失去訊號以前，男人擔憂地說。

一抵達五樓，現場戒備森嚴，幾個高大男人來回走動。

護理師窩在昏暗的護理站埋頭忙碌，整層樓靜悄悄的，只剩下不知哪來的機械運作聲，以及「噠噠噠」的打字聲。

察覺我的到來，他們視線停留幾秒，接著馬上移開，繼續做自己的事。

「Rose？」

電話中的男聲忽然竄出，我嚇了一跳，轉頭一看，正是裴恩珉的經紀人。

「政厚哥……」

他露出意外的表情，下一秒又擠出笑，「哦，恩珉和妳提過我吧。」

「嗯……什麼？」我愣聲問。

他上下打量我許久，儘管表情沒有一絲變化，我卻感覺有張標籤紙飄落到臉上，黏住後便再也摘不下來。

「妳來得真快。是一直在附近等嗎？」

「嗯……對。」

「跟我來吧。」他招手示意我跟上，我趕緊加快腳步追上去。

整條走廊空無一人，安靜至極，只有他刻意壓低的聲音，「不得不說，你們藏得可真好。」

「您、您發現了？」我手心微汗，原先快被凍僵的手指，頓時軟得不像自己的。

「很意外嗎？我可是他的經紀人耶。」政厚哥笑出聲，但聽起來並不是愉悅的那種。

他接著說：「不過，他只說過妳的名字，還有平時叫妳『Rose』……唉，我知道這些要幹麼啊？」

我鬆了口氣，腦海卻自動重播他的話，浮現好多好奇的事——裴恩珉曾提起過我？眞的嗎？他都說了些什麼？

「除此之外，我連妳一張照片都沒見過。這像話嗎？防歌迷就算了，連我都防，還做得滴水不漏……該說是天生偶像？但偶像根本不該談戀愛！」

我心臟像被針刺了一下，但……他剛說了什麼？

近三十個小時沒有闔眼，我整個人腦袋發昏，根本無法思考，只能跟著他一直走、一直走。

「這下好啦！出車禍，私人手機壞了，什麼都沒了！我把他的SIM卡裝到我手機裡，費了多大勁，才從聯絡人裡找到『Rose』這個名字，幸好沒找錯。」說到這，他回頭看我一眼，嘟囔道：「我還以爲自己是偵探，還得抽絲剝繭……還好事發當下妳沒和他在一起，否則媒體和歌迷還有得鬧。」

我不禁蹙眉，腦袋一陣嗡嗡亂叫。

「他到底怎麼樣了？新聞說的都是眞的嗎？」

「啊，對不起，我都說了些什麼？眞抱歉……我可能是累了吧。」政厚哥抹了把臉，無奈喟嘆。我這才發現，他雙眼通紅，臉色憔悴。

「沒關係……我只是，很擔心他。」

對於這位經紀人，歌迷們向來讚譽有加。

裴恩珉不是唱跳偶像，沒有選秀經歷也沒有人脈，只是個喜歡唱歌的少年。空有一身才華的他，剛出道並未受到矚目，幸好遇上不錯的公司和經紀人——許政厚。

他從裴恩珉出道開始，就一直跟在他身邊，陪著他從沒沒無聞到家喻戶曉。

所以，我願意信任政厚哥，無論他帶我去哪裡，那一定是能見到裴恩珉的地方。

「我明白、我明白。嗯，妳看到的是哪則新聞？有些媒體就愛加油添醋……放心，他傷勢不重，就是頭撞了一下、受了點皮肉傷。只是……」他忽然面有難色。

「只是什麼？」

不知不覺，我們已停下腳步，眼前是一間看起來再普通不過的病房。

「先進去再說。」政厚哥伸手敲門，低聲說：「是我。」

立刻有人來應門。門敞開後，一大群人映入眼簾。他們本來圍著病床，聽見聲響後全數轉過身，動作一致地盯著我，臉上閃過各種情緒。

我來不及讀懂那些表情，我的目光便已穿過人群，落在病床上的男人。

晨光照映，男人的臉蒼白、俊美，彷彿鑲著光。

「恩珉，我把她帶來了。」

聞言，男人一頓，朝我緩慢地看過來，一如我們每一次的對視。這一瞬，時間彷彿在倒退，然後停滯。

我眼前湧上氤氳，淚水和聲音一同落下。

「恩珉……」

「不好意思……請問，我們認識嗎？」茫然、歉疚而慎重地，他問。

輕輕一句話，便擊碎我整身糖衣。

他們說，裴恩珉失憶了。

他記得旅居國外的父母、記得寫過幾首歌、記得出過幾張專輯、記得辦過幾場演唱會……偏偏不記得，有個地下女友叫「梁月季」。

「梁小姐，妳別太傷心。醫生說只是暫時的……他剛醒來時，誰都不認得呢，都是慢慢想起來的。說不定……說不定他等等就想起妳了！」

政厚哥一邊安慰，一邊伸手想扶我，但我躲開了，快步走到裴恩珉面前。他頭上纏著繃帶，臉頰有些細小傷痕，神情卻格外平靜。

「你真的，忘記我了嗎？」我顫聲問。

他皺起眉，似乎費勁在腦中搜索什麼，良久後才終於開口：「梁小姐，對不起。」

梁小姐？他竟然叫我梁小姐？

「我有很淡很淡的印象……關於戀情。至於是和誰、是什麼樣的人……」他垂下眼瞼，聲音很輕，「我不希望妳難過，但我不想騙妳。」

裴恩珉此刻坐在陽光裡，就像一張精緻的照片，安靜、美好且溫和。

但就只是這樣，我們好像就只是這樣了。

據說，人在死亡前，大腦活動會變得活躍，一生如跑馬燈從眼前閃過。

或許這一刻我也要死了，才會莫名想起和裴恩珉走過的某個冬夜——

那是高一下學期的事。

那晚氣溫驟降，又黑又冷。我走出圖書館，低頭凝望指尖，回味剛才從裴恩珉手上接過書本的餘溫。

可下一秒，我正拔腿奔跑，小腿急遽發緊，回家的路彷彿沒有盡頭，心臟卡在喉間，撲通撲通，好像要吐出來了。

我意識到我逃不掉，驚惶轉頭，對上一雙濁黃色的眼睛——那是個陌生男人，在我眼中卻像一頭龐大野豬巍然而立。他光著兩隻粗膀子，渾身倒豎尖硬鬃毛，張開嘴時溢出一股腥臭。

「對不起，可不可以先讓我回家？太晚回家我爸媽會生氣。」我聽見自己虛弱地說。

野豬男從鼻孔噴出氣，腳用力地在地上磨出痕跡，我閉眼無聲尖叫。

「不好意思，你認識她嗎？」

我屏住氣，慢慢睜開眼睛——男孩半張臉自黑暗中緩緩露出，潔白、俊美，彷彿鑲著光，美得不像真的。

「她是我朋友，你找她有什麼事？」裴恩珉呼吸微亂，瞇起眼睛。

我什麼聲音都發不出來，失語使恐懼急速攀升。

像能聽見我無聲的呼救，裴恩珉無視那頭野獸，直直朝我走來，向我伸出手，「沒事了，我們走吧。」

他輕喘著氣，對我微笑，口中呵出的白霧輕輕飄來，降落在我身上。

我從此不再是灰色的。

忽然，有人挽住我的手，我瞬間從回憶驚醒過來。那是個年紀稍長的女助理，千慧姐。

她從人群裡竄出，提議一起去買點東西，便帶著我來到醫院的地下餐廳。

我們倆相對而坐，她買了一個三明治遞給我，但我一點食欲也沒有，搖頭拒絕。

「我這有唇膏，不介意的話，要不要先抹一點？」她問。

「我看起來有這麼糟嗎？」

她沒有回答我的問題，只是露出苦笑，眼神充滿哀憐。

「其實，他還有很多事想不起來。我問他，深夜開車是打算去哪，他答不上來，只說『好像是兜風』。近期發生的事，他也記的模模糊糊。醫生要我們避免給他太多刺激，只要好好陪伴他，等他記憶慢慢恢復就好。所以……」

她沒有繼續往下說，但我聽懂了，她要我懂事、要我冷靜，不能像個失去理智的潑婦，歇斯底里地質問他「怎麼可以不記得我」。

我覺得可笑，卻笑不出來。

「當然，我知道妳一定很難過……發生這種意外，我們心裡也都不好受，但往好處想，至少他平安無事。這比什麼都重要，對嗎？」

我點點頭，眼淚又不受控制地落下來。她遞給我一包面紙，坐到我身邊，輕撫我的背，「沒事的，梁小姐，想哭就哭出來吧。妳想說什麼？我都願意聽。」

我什麼也不想說，什麼都不願想。他都把我忘了，我還能說什麼？說了又有什麼意義？對他來說，我已經是個陌生人了。

我寧可相信這只是夢，只要睜開眼，一切就會恢復原狀。

當我回到病房時，病房空了大半，大家大概都各自去忙了。

「妳看起來好多了。」政厚哥語帶欣慰，投給千慧姐一個讚賞的眼神。

裴恩珉躺在病床上，聽見聲音立刻睜開眼，扶著床沿想起身。我快步走到他身邊，要他先休息。

他沒聽我的話，撐坐起身，但始終靜默，表情嚴肅，不曉得在想些什麼。

「我先處理事情。我就在外面，有事就喊我一聲。」政厚哥前腳剛走，其他人交換過眼神後，也紛紛跟著離開。病房只剩下我們兩人。

我拉了張椅子，坐到裴恩珉床邊，離他至少有半公尺遠，「你需要什麼嗎？」

「妳……看起來很累。」他眉頭微擰，「要不要喝點水？」

我一頓，伸手拆了個新的紙杯，倒了杯水，仰頭一口氣喝光。我這才發現，自己眞的很渴。

我擦了擦嘴角，注意到他仍鎖定在我身上的視線。

「你不記得我了，對嗎？」這一次，我問得很平靜。

裴恩珉瞇起眼，露出歉疚的神情。心虛的，卻又帶點懷疑。我知道，他眞的忘了。

他這次沒有道歉，只是低著頭。我不喜歡他愁眉苦臉的樣子，那不是裴恩珉該有的表情。

「沒關係，我們重新認識……我們重新來過吧，裴恩珉。」

他一頓，詫異地望向我。

裴恩珉是個太好太好的人，所以重來一次也好。這一次，我可以用更好的面貌愛他。

「梁小……我是說，Rose——」

「你想叫我梁小姐也沒關係。」

「梁小姐……我和妳之間的事，我會努力想起來。」

「你不用努力也可以。」我輕聲說：「我們可以創造更多新的回憶。」

他愣愣地看著我，而後，慢慢地笑了。

「我……好像有點明白，我爲什麼會喜歡妳了。」

「別傻笑了，他的意思又不是現在喜歡妳。」

離開醫院後，我不斷對自己這麼說，並努力壓抑上揚的嘴角。

紅燈，透過後照鏡，我對上司機大哥的視線。

「妹妹，要去約會吼？心情這麼好。」

我終究還是笑了出來，「沒有啦！約會剛結束。」

「哎呀！難怪這麼開心。」司機大哥也笑了，接著疑惑地問：「你們在醫院約會？」

「嗯，沒錯。大哥，我跟你說……」我往前挪了挪，靠近司機大哥耳畔，小聲問：「諜報電影，你有沒有看過？」

「有哇，什麼特務嘛。」司機大哥盯著不斷倒數的紅燈秒數，笑笑地問：「怎麼了？難道妳男友是特務？」

「嗯，算是。」我含糊回應。

「我……隨便說的耶。」

「其實也不是啦，那些只是電影情節，我只是打個比方。」

我想了一下，將故事包裝得更完整，「他的工作常要執行一些祕密任務……有點像軍人吧，但具體的我不能說，也不太知道，畢竟任務內容對另一半也要保密。他很常出國，有時說要去抓戰犯，有時說要去抓逃走的外星人，要不是認識他十幾年，我一定當他是神經病。」

「這樣喔?聽起來的確很玄……」司機大哥語氣很謹慎,字斟句酌,「妹妹,我這麼問妳別生氣……妳是不是被騙啦?」

我似乎不小心說得太誇張了,趕緊拉回正軌,「我身邊的人也都這麼說。」我刻意嘆口氣,「他說的話,其實我也沒有全信。但我覺得,就算一切都是他幻想出來的也沒關係,我眞的很喜歡他,我願意一輩子陪他幻想。」

「看不出來,妳一個年輕人這麼痴情。」

「是呀……可是,前幾天我男友受了重傷,連自己是誰都忘了。」

「啊?那不就連妳也忘了?」

「對……我哭得好慘喔,可是又覺得很開心。」

「這麼難過的事,妳還開心!妳不是只有他了嗎?」

「因爲,我們總算有時間好好在一起了。他傷得有點重,得休息一段時間。」

「哦,難怪你們在醫院約會。」

我微微一笑,發自內心的。

「大哥,你覺得……這一次,他會喜歡上我嗎?」

回到家後,我打開暖氣、沖了個澡,感覺身上最後一丁點力氣隨著水流流走。

我躺到床上,本想看一眼手機,才發現早已自動關機,只好先將手機插上電源。

還沒等它變成1%,沉重的眼皮便不小心闔上。

我在做夢,我知道——夢裡有一頭熊猛撞門,試圖闖進屋內搜刮掠奪。我什麼都不要,只是哭喊著,言語是我唯一的武器。

我醒了,四周一片漆黑,我無暇確認時間,因爲一陣電鈴聲響起,叮鈴鈴,聽起來莫名急切。

我半夢半醒前去應門，開門的瞬間，我忽然明白夢裡的熊是哪來的。

「靠！原來妳還活著啊？」丁仁風氣急敗壞地問。

「你跑來幹麼？」我左眼睜不太開，右眼好像也腫了，只能勉強看清他的臉。

我這樣子一定很搞笑，但丁仁風並沒有笑，而是氣沖沖地闖進我的租屋處，把燈全都打開，照亮牆壁上好幾張裴恩珉的臉。

「妳還敢問我！妳知道我打了多少通電話嗎？」

「什麼……現在幾點了？」

丁仁風沒有回答我，只是站在原地氣得冒煙。

我關上門，拔掉手機充電器，按下開機，手機震動好幾秒才停下來——未接來電十幾通，未讀訊息上百則，還有好幾則社群留言通知。

我看了眼時間，算一算，原來我睡了六個小時，現在是晚上七點。

「妳到底要不要回答我的問題？」

「當然好，但我還沒醒腦，你說話速度慢一些。」

我隨意應付他幾句，點開個人網站，訊息和通知蜂擁而至，帳號一度無法運作。

❒個人主頁

Rose Dragee

❐個人簡介

裴恩珉出道五年，但我愛了他十年。

❐最新留言

「妳還好嗎？他一定會沒事的。」
「今天是我最難熬的一晚。還好，還好新聞說他度過險境了。」
「妳怎麼這麼久沒有更新？是不是和我們一樣跑去醫院了？」
「今天很冷，再怎麼擔心，也要好好保重！」

我往下滑著滑著，眼眶一熱，浮上水氣。這一字一句都在提醒著我，昨晚的一切並不是夢。

忽然，我的手機被搶走。抬頭一看，丁仁風正怒瞪著我。

「怎麼了？」我假裝打呵欠，「我只是在睡覺，剛好手機沒電，所以才沒接電話。」

他將我的手機扔到一邊，一屁股坐上沙發。

「少跟我來這一套。我從早上就開始打電話了，來過妳家好幾趟，妳都不在！」他抽抽鼻子，吸了吸鼻水。

「我很感謝你的關心，但我已經二十六歲了，就不能只是去約會嗎？」

「約會？誰想和妳約會？照照鏡子吧。」

心臟被這句話刺了一下，呼吸有些不順，腦中浮現今天眾人打量我的視線。

我告訴自己，別把丁仁風的話放心上，他講話一直都是這樣。

「妳跑去醫院了，對吧？」

「嗯。下午才回來的。」

「哈！我就知道！」他仰躺在沙發上，一副已經受夠我的表情，「又是爲了那傢伙？」他現在看起來就像一頭暴躁的熊，隨時會把牆上的裴恩珉撕碎。

「抱歉……讓你擔心了。」這是我的眞心話。

聞言，丁仁風掃了我一眼，「算了，人沒死就好。先給我點喝的，我快渴死了。」

「除了咖啡，就只有這個。要喝嗎？」我打開冰箱拿了兩罐可樂，順口問他要不要冰塊。

「冰塊？我在外面吹了好幾個小時的冷風，妳是想冷死我嗎？」

「不加就不加，你一定要這樣說話嗎……」

丁仁風從小就是這副德性，明明人不壞，講話卻充滿火藥味。這臭脾氣十幾年了，一點也沒改。

「呵，誰叫妳把心思全放在那傢伙身上，把別人說的話都當耳邊風。」

這點我並不否認。我轉移話題，「那你要吃泡麵嗎？」

丁仁風一口拒絕，「幹麼？妳還沒吃晚餐？」

豈止沒吃晚餐，我已經好久沒吃東西了。

我泡了一碗肉燥麵，三分鐘剛過，一掀開泡麵蓋就被人攔截——丁仁風不知何時拿了雙筷子，夾起麵條呼嚕嚕地送入口中。

「你不是不吃？」我瞪了他一眼。

「我吃一口而已。喏，還妳。」

「我才不要吃你的口水。」

我把原本那碗送他，重新泡了一碗。終於，我吃到了時隔三十七個小時的第一口食物。腸胃瞬間被喚醒，像個無底的黑洞，我吃得比平時都快。

「妳這是餓了多久？」

「不知道，反正很餓。」

他拿衛生紙擤擤鼻子，漫不經心地問：「結果呢？妳有成功見到他嗎？」

熊被順過毛，不再張牙舞爪，看起來可愛多了。我「嗯」了聲回應他。

「唉唷，了不起。我聽娛樂組的同事說，那傢伙轉院，所有人無功而返，搶獨家還搶輸隔壁的。沒想到妳滿有本事，要不要考慮來我們公司？」

他語氣酸溜溜的，但我全數忽略，「我真的有見到他，所以下午才回來。」

裴恩珉沒轉院的事，我並沒打算告訴他。丁仁風是個記者，雖然跑的不是娛樂線，但終究還是以頭條維生。

「見到他……然後呢？」

我始終沒有回答，只是喝了口可樂，感受舌頭的麻刺感。

「其實我一直很想問妳……難道，妳還喜歡裴恩珉？」

「當然。」

「妳真的有聽懂嗎？我指的不是歌迷對偶像的喜歡，而是戀愛喔，戀愛。」

「對我來說沒有差別。我喜歡十年前的裴恩珉，也喜歡現在的裴恩珉。無論是哪種喜歡，都一樣。」

丁仁風一陣語塞，「那妳有沒有想過，對他而言，妳只是一個歌迷……好啦，勉強稱得上是朋友。但就算你們以前認識，也沒多熟吧？妳打算就這樣追著他一輩子嗎？」

我覺得自己好像嗆到了，有什麼卡在喉嚨，有點燙，有點刺。我想，是時候告訴丁仁風了。

「丁仁風，我和你認識幾年了？」

「從國小開始……反正比那傢伙久啦！幹麼？」

「接下來我要說的話，你能不能用我們這些年的交情保證，你不會告訴任何同事？洩露一點點也不可以，別家媒體也不行，用任何方式都不行。」

丁仁風愣愣地望著我，陷入沉默。半晌，他才輕輕頷首，「嗯，妳說吧。」

他臉上是我從未見過的神情，愼重中帶著某種決然。這讓我覺得，他好像早就知道我想說什麼。

「其實，我和裴恩珉在交往。」

「多久了？」他比我想像得平靜很多。

「一年左右……」

「爲什麼沒告訴我？」

「他是明星，我不能告訴別人。」

「那現在就可以？我是不是還得感謝妳沒把我當成『別人』？」

「你幹麼這樣……」

我本以爲他會冷嘲熱諷或大發雷霆，沒想過他卻是這種受傷的反應。

「好，如果眞是這樣，妳都藏這麼久了，爲什麼現在要說？」

「因爲……現在已經歸零了。」

「歸零？」他皺起眉，「什麼意思？」

「他失憶，不記得我了。」我擠出苦笑。

「我和他的這十年……都沒有了。」

丁仁風凝望著我，眼神很複雜。盯得太久，我有些不自在，挪開視線，低聲問：「你……有什麼想法？」

「我是有很多想法，但說了有用嗎？妳永遠不會聽我的。」他語氣平靜，話裡卻暗潮洶湧。

我們陷入漫長的沉默，氣氛突然變得很奇怪。他愈是安靜，我愈覺得不安。我似乎變得很渺小，連在唯一的朋友面前，都抬不起頭。

一提到丁仁風，我腦海最先浮現的是他國小的模樣——又黑又瘦，眼神凶惡，渾身充滿戾氣。那樣的他，卻會在分組活動時，默默坐到我旁邊，讓我不再是班上多出來的那個人。

從小四到國三，直到上了不同高中，我才又變回一個人。

此刻，是我第一次意識到，丁仁風已經是個成年人。高大的他光是坐在原地呼吸，就能輕易塞滿這空間。

他掏出手機看了一眼，「我該走了。」大概是主管臨時交代工作，又或者他不想再和我這瘋子共處一室。

儘管只有幾步的距離，我仍送他到門口。

看著丁仁風的背影，一股失望的感覺自心底湧上。我在期待什麼呢？期待他因我談戀愛而高興，還是期待他和我一起難過？

下樓前，他回頭看著我，「裴恩珉，真的值得妳這樣嗎？」

「我——」

他嘆了口氣，「算了，妳不用回答，我知道答案。」

我垂下眼，默然不語。驀然，他伸手輕拍我胳膊，我訝異抬眼。

「我最近要追一條大新聞，會很忙。妳好好照顧自己，多出去走走，不要整天窩在家。」

「我就是在家上班的人，怎麼能不窩在家……」

「還有，泡麵、可樂這種垃圾食物偶爾吃就好，別當正餐，知道嗎？哦，還有，妳上一次回家是什麼時候？」

「一、一兩個月前吧。」

「妳爸媽都找到我這來了，總是問我妳過得怎麼樣。多回去看他們，常和他們聯絡，別讓他們擔心……還有啊……啊，還有……」

還有、還有、還有……聽著他滔滔不絕的叨念，我莫名想起那個來不及回答的問題。

「裴恩珉，真的值得妳這樣嗎？」

一旦喜歡上了，我就不去想值不值得。

第二章

❐最新文章 JAN.03 02:46

沒有人知道這朵小玫瑰
它或許是一位朝聖者
若不是我將它從路旁摘下
捧起獻給你

艾蜜莉．狄金生〈沒有人知道這朵小玫瑰〉（Nobody knows this little Rose）

送出貼文後，我倒了一杯咖啡，打開計畫表，便一頭栽進工作裡，追趕耽擱的工作進度。

直到被光線晃了眼，我抬頭看，才發現外面天色已經亮了。循著光束，我看向牆上的裴恩珉。

他手握麥克風，闔眼佇立，背後一片漆黑，卻藏著千萬雙炙熱的眼睛。我也蟄伏在那黑暗裡，任臉孔和聲音被淹沒。

曙光自窗外流瀉進屋內，裴恩珉浸泡在日光裡，熠熠生輝。

「早安。」我微笑，鼻尖卻微酸。

八點五分，終於順利將稿件寄給案主。修修改改，這已經是第三稿了。

點完早餐外送，我靠在牆上，抵著按摩球，按壓緊繃痠痛的肌肉，手上拿著手機，點開個人網站。

❐最新留言

「姐姐終於出現了，還好妳沒事。這首詩真美，也有點悲傷。」

「我還在期待妳分享高中時的恩珉！妳的文字真的很吸引人！今天會更新嗎：）」

「Rose Dragee」是我的個人網站，經營了三年左右。

起初，我只是想開闢一個屬於自己的小天地，在工作和追星之餘寫些心情雜感，沒想到逐漸累積追隨者，人數不多，但全是裴恩珉的忠實歌迷。

最近，我偶爾會發一些裴恩珉高中的事，當然，都是一些細枝末節的小事，例如：裴恩珉校慶上表演了什麼歌、裴恩珉高中拿過什麼獎……

由於真實性難以確認，他們大多只是圖個新鮮。也有人認定這些都是虛構的，對於我的「妄想」，粉絲頗有微詞，我也因此收過難聽的辱罵。

但我只是想分享而已，他們只不過是遙遠的陌生人，隨他們封鎖或謾罵。久而久之，這種聲音也就少了。

Rose：「也許會吧，最近比較忙，不好說。」

回覆完留言，電鈴響起，是外送來了。

與此同時，一則通知跳出來，是政厚哥的訊息。

我快速解決早餐，重新沖了一次澡，抓準時間化了點淡妝。

出了門，迎面襲來的風又溼又冷，空氣中還瀰漫著一股下雨前獨有的氣味。

循著政厚哥傳給我的地址，我搭上公車來到市區的一間咖啡館。

站在門口猶豫許久，心臟跳得飛快，我做了三次深呼吸，才終於推開大門。

政厚哥已經到了，桌上擺著兩杯飲品，正側著身講電話。見我來了，他大手一揮，示意我坐到對面。

我坐了下來，雙手無措地交疊，掌心微汗。環顧四周，店內只有我們這桌客人。

政厚哥似乎並不避諱讓我聽見通話內容，不時提及「表演時間」和「廣告」之類的關鍵字，大概是在安排行程。

沒過多久，他掛掉電話，輕嘆口氣，整頓了會才面向我，擠出笑容，「梁小姐，不好意思啊，一直想找妳聊聊，但實在太忙了，現在才有時間。」

「沒關係……政厚哥辛苦了。」我不自覺挺直背脊。

「唉，還真是辛苦了！」他苦笑道：「恩珉向來聽話，沒給我惹過什麼麻煩，一下子發生這麼多事，我都快招架不來了。」

我不知道該擺出什麼表情，只好禮貌微笑。

「我先替妳點了杯熱拿鐵，可以吧？」

「可以，謝謝……」我莫名有點坐立難安。

似是看出我的忐忑，政厚哥笑咪咪地安撫，「妳放心，這家店我常來。現在店員也都避得遠遠的，妳想問什麼就問吧。」說完，他低頭喝了一大口咖啡。

「請問……恩珉怎麼樣了？」

「就是靜養囉。公司其他人會輪流陪他，畢竟他家人都不在國內。哦，如果妳想看他，待會聊完可以直接過去，我再跟他們說一聲。」

「眞、眞的嗎？」

政厚哥面露詫異，接著笑了，「妳是他女朋友耶！這不是理所當然嗎？妳來陪他，我們也多點休息時間。」

我鬆了一口氣。

「難不成，妳擔心我像電視劇演的那樣，叫妳趁機離開恩珉？」

「差不多。」我尷尬一笑。

「我如果那麼殘忍，就不必費那麼大力氣找上妳了。」政厚哥搖頭失笑，「我確實是想和妳聊聊，但沒妳想得那麼浮誇。」

他切入正題，我雙手捧著熱拿鐵，始終沒動。

「我知道你們在談戀愛，大概是一年多前的事。他主動告訴我的。」政厚哥說：「從他剛出道，我就告誡過他，感情狀態有任何變化，一定要馬上告訴我。總不能媒體來問，我這個經紀人卻什麼都不知道吧？所以妳也別怪他透露給我啦。」

我盯著熱飲冒出的白霧，沒有回答，僅是輕輕點頭。

「不過，就算告訴我了，他還是把妳保護得很好，連我都防。」他語帶無奈。

「他……都說了些什麼？」我小心翼翼開口。

政厚哥一頓，瞥了我一眼，「有說跟沒說一樣，就像我昨天說的，我只知道妳叫『梁月季』，是個圈外人……哦，還有『Rose』，是妳的英文名字吧？看來妳爸媽喜歡《鐵達尼號》，不對，月季好像就是一種玫瑰。」他被自己逗樂，「哈哈」笑了兩聲。

裴恩珉眞的只說了這些事嗎？我有點意外，也有點茫然，腦袋突然變得亂糟糟的，不知道該向政厚哥透露多少。

「我和恩珉……高中就認識了，是朋友。前年年底才開始交往。」

「這樣啊，朋友變情人……細水長流，的確很像他的作風。」

我該對他說實話嗎？其實我和裴恩珉……

但他對此似乎不感興趣，連我的工作、當初是誰追誰都沒問。

他又低頭喝了一口咖啡，吸管發出簌簌聲響，冰美式已經見底。他問：「妳也是他的粉絲？」

聞言，我愣了一下看向政厚哥，他指指我放在桌上的手機。

我的手機殼是透明的，裡面夾著一張貼紙，因爲時間已久，已微微泛黃。

「沒看錯的話，那應該是出道專輯附的簽名貼紙。」

「對……」果然是經紀人，這樣竟然也能看出來，我不禁莞爾。

「梁小姐，這可是稀有周邊。」他笑了笑，「恩珉剛出道時沒什麼人氣，專輯也只做了幾百張，我們都覺得要慘了。後來，他終於熬出頭。聽說現在出道專輯在粉絲之間，價格炒得很高。」

我微笑頷首，「我就是那幾百分之一。我從高中就支持他，每張專輯我都有，每場演唱會也都有去。」

「既然是朋友，又是粉絲……那麼，我可以當作，妳和我們立場一致嗎？」

我一愣，感覺到氣氛從這瞬間悄然改變。我愣愣地說：「抱歉，我不懂你的意思……」

「嗯……」他沉吟一陣，「梁小姐，我想藉機和妳說清楚。我不干涉他談戀愛，前提是，這段戀情不影響事業。恩珉和我們感情再好，終究只是生意夥伴。」

我有點緊張，因爲政厚哥的表情像變了一個人。又或者，這才是他本來的樣子？

「對於戀愛，臺灣演藝圈並沒有想像中嚴苛，但恩珉一開始就選擇要走這條路、選擇成爲一個『完美的偶像』，若不想傷害任何人，那就有責任要將這條路走到底。他個人的行爲攸關整個團隊，甚至是整個公司的生計。一百個員工就有一百個家庭，他牽扯到的就是這麼多人，明白嗎？」

「我明白……」

裴恩珉和ＪＥ娛樂是互相成就的關係。ＪＥ娛樂因裴恩珉走紅，躍升前幾大娛樂公司，而裴恩珉之所以能走到這裡，也少不了公司的資源和栽培。魚幫水，水幫魚，但魚終究得活在水裡。

「有本事談戀愛，就要有本事不被發現，這是做偶像的基本底線。雖然恩珉是創作歌手，但走的也是偶像路線。之前你們藏得很好，我對他的私事也不感興趣，所以睜一隻眼閉一隻眼，甚至願意支持他。現在他失去了記憶，我不曉得這對你們的關係會不會有什麼影響，但我的原則很簡單……」

政厚哥往後一仰，笑笑地看著我，可話裡警告意味濃厚，「一旦影響到他的工作，我就不會站在你們那邊了。」

直到最後，我都沒有喝完那杯熱拿鐵。

政厚哥說要去買點東西，叫我先去醫院，他等等再過去。

臨走前，他要求我，別讓別人知道我們今天見了面。

「他現在已經夠混亂了，我們別再干擾他。」

我答應了。

他開車揚長離開，我則轉身朝捷運站的方向走去。才走了一小段路，天空便開始飄雨。

離捷運站只有幾步路，我想著趕快進站就好，卻因此蒙了滿臉水珠。我才恍然想起自己化了妝，匆匆躲進騎樓，拿出面紙和粉餅擦擦補補，最後抹上唇釉。

肩膀溼了一片，裙襬也染上溼意緊貼在腿上，又溼又重，拖遲我的思緒。

我拿出雨傘，卻沒急著撐開，僅是盯著騎樓外的雨景，聽著雨聲滴滴答答……滴滴答答……

這讓我想起某個夏日，我和同學大吵一架，導師罰我們留下來掃教室，說要讓我們趁機修補感情。

於是，大家開心地收拾東西迎接暑假，只有我們倆還在教室裡刷刷抹抹。

嘩啦——水和內心話潑了一地，不知不覺也潑到我身上來。水珠順著髮絲、沿著馬尾落進衣領，滲進肌理，一股涼意竄上背脊。

她笑著向我道歉，問我「還好嗎」。我願意相信她是真心的，但看著妝容精緻、鮮明亮麗的她，我始終說不出「沒關係」。

下午，我溼答答地去了圖書館。

「妳來啦？妳預約的書……」裴恩珉聲音一頓，「妳怎麼了？」

站在圖書館門口，我把臉垂得很低很低，低到泥濘裡。我想走向他，但不敢，布鞋泡了水，又髒又溼，走起路來啪嗒啪嗒。

眞丟臉，我爲什麼要來這呢？

裴恩珉又喚了我一聲，遲疑而擔憂。

我抬起頭，朝他擠出笑，不小心擠出多餘的淚，「我沒事……只是，外面下雨了。」

裴恩珉一怔，抬眼看向窗外的盛夏陽光。

過了很久，他回眸望向我，溫柔一笑，「眞的耶，下得還眞大。」

「梁小姐，外面下雨了嗎？」

十年後的裴恩珉，此時端坐在病床上，輕聲問我。

「是啊……下得很大。」想起往事，我忍不住微笑，將政厚哥說的那些話暫時抛到腦後。

我將溼漉漉的傘掛在病房門口，脫下大衣，坐到裴恩珉旁邊。

見我坐下，裴恩珉輕輕闔起病床桌上的筆電。

我不小心瞥見螢幕，看起來是在編曲，「你怎麼不好好休息？」

他猶豫了一下，沒有回答，只是問：「今天很冷吧？」

我點點頭，「但我覺得昨天比較冷。」

聊完天氣後，我們無話可說。他抿著唇，良久未言，眼睫輕眨，好像在思考該說些什麼。

「裴恩珉，你想不想聽故事？」

他抬眼看我，茫然應聲。

「你聽過艾蜜莉．狄金生嗎？是個詩人。」

裴恩珉搖頭，雙眸微亮。我喜歡他這樣的表情。

「艾蜜莉是個古怪卻才華洋溢的詩人。她寫詩，也種花，終身未婚，總是穿著一襲白衣，窩在溫室裡照料花花草草，尤其是玫瑰。」我輕聲說：「她過著隱居生活，卻相當熱情，常送鮮花給朋友、在信件中附上壓花。艾蜜莉生前做了四千多種植物標本，沒記錯的話，現在好像是收藏在哈佛大學。」

「眞是個有趣的人。」裴恩珉聽得很專注，語氣饒富興味。

「是呀。艾蜜莉一生寫了近兩千首詩，公開發表的卻不多。她創作的詩，結構和語法都非常奇怪，完全違背常規，在當時備受爭議。據說，她死前交代妹妹燒掉所有作品，但妹妹並沒有照做。離世幾年後，艾蜜莉的第一本詩集由好友幫她出版，大家終於得以一窺她開滿花的世界……」

裴恩珉思忖道：「如果是我，我並不希望自己廢棄的曲子被發表。」

「但也有人說，如果她妹妹眞把詩稿燒毀了，後人就沒有機會讀到如此美麗的詩了。」

他微微頷首，表示認同。

「我覺得，艾蜜莉就像一朵小玫瑰，盛開在無人知曉的角落。她太神祕，好像連孤獨都是美的……我們似乎永遠無法觸及她的內心。可當我們閱讀她的詩，卻會有種成爲她的密友、與她共享祕密的錯覺。」

「也許不是錯覺？」他微笑，看向面前的電腦，「作品的確藏著創作者的祕密。雖然我不如艾蜜莉那麼偉大，但妳說的感覺，我能明白。」

我揚起唇角，「這麼說來，我從高中就聽你的歌了，我也和你共享了不少祕密。」

聞言，裴恩珉怔愣一瞬，「妳年紀比我小這麼多？」

我笑出聲來，搖搖頭，「我是你的高中同學。哦，後來也上了同所大學，但不同系。」

他恍然大悟，蹙起眉頭，「對不起，我……」

我搖了搖頭，「不用道歉，從此以後……你就把我當作艾蜜莉的玫瑰。藏在詩裡，藏在記憶裡某個地方。

「只要這樣，我就不會覺得被你遺忘。」

裴恩珉沒有答話，沉默著不知在想些什麼。值得高興的是，在這之後，他不再叫我「梁小姐」了。

我陪裴恩珉聊了一些過去的瑣事——我的存在可有可無的那種事。

我告訴他，他出道第二年聲勢大漲，第三張專輯賣破萬張，首場演唱會兩分鐘內售罄，一票難求，公司還得想辦法遏止黃牛。

我還提到他那首知名的〈夏日印象〉，刷新了音樂排行榜的TOP1週數紀錄，直到被他下一張專輯的主打歌超越。

「妳記得眞清楚。」

「就說了，我從高中就是你的忠實歌迷。」

我遞過手機，讓他看手機殼裡的貼紙。他表情有些茫然，後來逐漸舒展開，看樣子是想起來了。

他露出靦腆的笑，「現在我相信了。」

千慧姐說得沒錯，裴恩珉缺失很多記憶，但不至於完全失憶。

醫生將他的記憶形容成散落的拼圖，有幾片能馬上拼合，但有零星幾片不小心落到沙發底下，想撿回來得費點時間和力氣。

「對了，妳以前和我說過那個故事嗎？艾蜜莉。」

我搖頭，「我也是最近才在書上看到。」

「妳喜歡看書？」

我愣住，裴恩珉想起什麼了嗎？但看著他平靜的神情，我立刻明白只是巧合。

「嗯，還可以。」從高中到現在唯一沒有改變的是，我依然喜歡看他勝過看書。但不可諱言，由於那時幾乎每天到圖書館報到，閱讀成了我的習慣，甚至成爲我維生的工具。

「妳很會說故事。」他輕聲問：「從以前就是嗎？」

「謝、謝謝你。」我努力克制聲音裡的喜悅，「我的工作就是接案替人寫東西，姑且也算是在說故事。」

我做的是文案工作。大學畢業時，想要找自由度高一點的工作，於是展開接案生涯，任何類型我都接。

「你喜歡聽故事的話，我可以常常說給你聽。」

他答應了，我的笑意忍不住加深。

然而，他默然地盯著我看，好久好久。

「嗯……怎麼了嗎？」

裴恩珉摸著指尖，一副若有所思的模樣。半晌後，他才緩慢地搖頭，「妳看起來，很喜歡這份工作。」

我一愣，這是第一次有人這麼對我說。

我想，人們都會覺得這是一份太輕鬆的工作，是我太懶惰、太不爭氣，找不到更好的工作，才乾脆將就。

我逃避著那些視線，隱藏起自己，成天窩在家裡，好像這樣就能忽視大家的眼光。可我卻從來沒問過自己「喜歡嗎」。

「我……我是很喜歡沒錯。」

用文字和幻想，爲別人造出最亮眼的一刻。是啊，我喜歡這份工作。

「可是，我卻連這個都不記得了。」他輕聲說。

我忽然覺得心尖一酸，急忙安慰，「沒關係……我剛才說過，沒關係的。」

「我知道妳說過。只是，妳都已經說了這麼多，我卻還是……什麼都想不起來。」他的聲音聽起來很無力，「拼圖就擺在我面前，我卻好像永遠對不上缺口。」

「沒關係，眞的沒關係，你不要自責。」我變得緊張，「拼圖也有可能不小心拼錯嘛，再重新拼上就好！」我說：「我會陪著你的。」

裴恩珉凝望著我，眼裡流轉一絲光亮，眉頭卻始終沒有鬆開。

我垂下眼簾，不敢面對他這般陌生表情。

下午，政厚哥來了，帶了一支新手機給裴恩珉。

他進門時，還特意看了我一眼。我開口打招呼，裝作今天是第一次見他。這句招呼讓他滿意地收回視線。

「恩珉，你原本那支手機已經解體，很難修，裡面的資料可能也救不回來……你有備份嗎？」

裴恩珉思忖半晌，搖了搖頭，「沒什麼印象。我昨天登入過電腦，沒什麼特別的。」

突然，裴恩珉瞥了我一眼。我以爲他想喝水，便替他倒了杯水，放在他的手邊，但他沒有動作，僅是悄然收回目光。

「唉，我就知道。你做什麼都不留痕跡……還以爲你是什麼特務呢。」

政厚哥碎念著，手沒有停下，遞過一個大袋子到我面前，示意我自行取用。

「反正你寫的歌都還在吧？」

「嗯……」裴恩珉輕聲應下。

「那就好，這個最重要了。」

現在似乎不是我該說話的時候，我默默從袋子裡挑出一顆橘子，低頭一點一點剝著。

「你的照片倒是無所謂，我這一大堆。」政厚哥拿出新手機，替裴恩珉設定程式，「反正你私下又不愛拍照，我猜沒留下什麼。也好啦，有什麼的話，跟著那支手機報廢也好，省得——」

政厚哥話音一頓，乾笑兩聲，瞄了我一眼。

「但總會有珍貴資料吧？和親人、朋友的合照之類的。那些對找回記憶也有幫助，我還是請他們再努力修修看？」

語落，病房內陷入沉默。

我茫然抬眼，才發現兩人的視線不約而同落到我身上。

「我……這沒有照片。」我莞爾一笑，看向裴恩珉，「我們以前不拍照。」

「連張合照……都沒有嗎？」他眼裡透出一絲詫異。

「嗯，所以你的手機就算修好了，應該也不會有我的照片。除非你偷拍我。」我刻意開玩笑，想緩解氣氛。

但沒有用，裴恩珉周遭的空氣沉了下來。他微瞇起眼，緩慢地別開臉，看向窗外濛濛斜雨。

我微笑，出聲安慰道：「沒關係，我們之後可以多拍點照。」

「那……訊息呢？我們，不傳訊息的嗎？」

「怎麼這麼問？」我喉嚨發緊。

「因爲，我昨晚登入過電腦的LINE……找不到妳。」

橘子皮太薄，指甲輕輕一掐便滲出汁液，沾了滿手黏膩。

「等我一下喔。」我微笑，背過身問：「政厚哥，你有衛生——」

「Rose……」裴恩珉聲音猶豫，「我們之間，是不是發生了什麼事？」

我一時陷入恍惚，不明白他指的是什麼。是十年前？現在？還是這十年以來的所有？思緒被敲碎，腦海裡一片錯落紛雜，一些碎屑飛濺而出。他還在等我的回答，我只好急忙撿起那些碎片，恨不得把它們全部藏起來——

第一枚碎片，是白色的。

高二校慶，裴恩珉一身潔白制服，抱著木吉他，緩步走上舞臺。

他乾淨的視線，緩緩拂過臺下每一張染塵的臉。然後，他低下眉眼，修長纖細的手指輕輕撥動，發出明亮樂聲。

身旁女孩吱吱喳喳地對我說了什麼，我聽不清楚，也沒在聽，視線始終緊盯男孩扣到最上層的襯衫鈕釦。

衣領環著他修長白皙的脖頸，汗珠若隱若現，滑入衣領深處，直至我不可及、不可觸的遠方。

「這是我人生第一首自作曲，第一次公開發表，好緊張啊。」他笑的時候，眉眼微彎，聲音染上笑意，「這首歌，靈感來自一位朋友。謝謝她推薦書給我。」

一個令人心癢的祕密，我和你。我好喜歡這種感覺。

第二枚碎片，是藍色的。

妹妹偷看了我的日記，扯開嗓子叫嚷：「媽——二姊她偷談戀愛啦！」

我熱著臉衝進廚房，鄭重澄清只是暗戀。

媽媽氣得把我們轟出廚房，「忙死了，妳們別來吵我。還有妳，不是高三了？都要考試了，還跟妹妹鬧什麼鬧。快回去念書！」

我鬆了口氣，緩步回房。

一打開房門，就看見弟弟正拿著蠟筆，把我的日記畫得亂七八糟。

我哭出來，弟弟也跟著嚎啕大哭。我想用橡皮擦恢復原狀，反而把紙張擦得更髒、更灰。

最終，紙張變得又破又爛。我抓著日記想去告狀，但一看見媽媽陰鬱的臉色，便又默默折回房間。

我戴上耳機，哭著聽裴恩珉寫的畢業歌，想像自己是海邊的貝殼。而他的歌聲如蔚藍大海，淹過我又灰又髒的軀殼。

時光如同潮水
漲滿了淚水卻也充滿了希望

祕密在藏在歌聲裡，我似乎更接近他一些了。

第三枚碎片，是紅色的。

呼吸、呼吸，我告訴自己要記得呼吸。

手指輕點，滑鼠發出「喀啦」一聲。我張開眼睛，鮮豔的紅字斗大寫著「正取」兩個字。

眞的嗎？我眞的考上了嗎？我高興得哭出來。

「啊？上這間喔⋯⋯」姊在一旁安慰我，「哎，別哭啦！終歸是妳填太多保底的學校……我不是跟妳說，應該多填幾個夢幻志願嗎？唉，眞可惜。」

姊，妳不懂，有裴恩珉的地方，才是我的夢幻志願。

第四枚碎片，是綠色的。

我抱著書經過理工學院，裴恩珉躺在草地上。

見了我，他對我溫柔一笑，「眞幸運，竟然念同一所大學。」

我把失控的心跳吞進肚子裡，坐到他身旁。綠意盎然的草地，柔軟的觸感帶著一點涼意。

第五枚碎片，是有些清冷的白。

電視螢幕裡，裴恩珉站在眾人面前，幾道零星的閃光燈落在他身上，他微笑向鏡頭招手，宣告正式出道。

這年，我們同樣二十一歲，卻像相隔兩個世界。

第六枚碎片，是濃郁得化不開的黑。

深夜，我和他隔著空蕩的馬路漫步。

他戴起帽子，藏起已被眾人熟知的臉。但帽簷下的眼神很溫柔，如唇瓣一樣柔軟青澀。

「謝謝妳一直陪伴我。」

那是我和他的初吻，哪怕相隔了一整個路口。

第七枚碎片，是絢爛的彩色。

出道五週年演唱會上，粉絲的尖叫劃破空氣。

「裴恩珉，我愛你——」

「我也愛妳們。」他站在偌大的舞臺中央，朝聲音來源看去，露出燦爛的笑。

我周圍的女孩們放聲喊叫，一陣騷動彼此推擠，紅的、黃的、紫的，在他的笑容裡盛開了一次又一次。

我沒有跟著激動，反而生出一股悲哀，因爲我明白，那不是裴恩珉眞心的笑。而她們這些萬紫千紅，終究是要凋零的。

問答環節，裴恩珉抽了張紙條。又問他的理想型，眞老套，不曉得這是他五年來第幾次回答這個問題。

但他還是很有耐心，甚至在看見題目時靦腆一笑。

「嗯……大概是像玫瑰一樣的人吧？雖然美，但又不是那麼溫柔可人。」裴恩珉語氣愼重，視線穿過螢幕投向某處。

全場響起此起彼落的歡呼和告白，我前方的女孩將燈牌高舉過頭，幾乎擋住裴恩珉。

「我就是那朵屬於他的玫瑰！」我多想爬上她的頭頂放聲吶喊，但我微張著嘴，什麼聲音也沒發出來。

裴恩珉，你是陽光、空氣和水，滋長我的青春。

裹上你給的糖衣，我盛開在十六歲的夏天。我只屬於你，你卻永遠不會只屬於我。

「該結束了……」我輕喃。

於是我轉身，擠過一片錦簇繁花，將燦爛花季留給她們……然後，獨自凋萎。

那是我的最後一枚碎片，我從此又是灰色的了。

「Rose？」

病房裡，裴恩珉還在等我的答覆。

糖衣碎片在手中化開來，又溼又黏。

「我們……分手了。」我轉頭迎向他的視線，忍不住哽咽。

「所以我不是說了嗎？我想重新開始。」

「他今天出院，說想先見妳一面。」

「這是他新的手機號碼，你們的問題自己解決。別忘記我之前和妳說的話。」

這段時日裡，手機訊息欄靜悄悄，我和裴恩珉之間也始終靜悄悄，直到此刻，政厚哥試圖打破這片沉默。

我盯著那串號碼許久，思緒沉沉地陷回那一天——

淚水模糊了我的視線，我看不清裴恩珉的表情，唯一看清的是自己的醜惡——原來比起難過，我內心更多的是慶幸。

我把裴恩珉的不幸視爲僥倖，暗自期待他滾到沙發下的拼圖再也找不回來。意識到這一點後，我什麼都沒拿，在眼淚落下以前，倉皇地逃離病房。

外頭雨絲交織如瀑，我停下腳步，在門口放聲哭泣。

驀然有什麼落上肩頭，瞥眼一看，是我的大衣。抬眼時，淚水滾落，裴恩珉的臉瞬間清晰。

「冷……」他啞聲說。

我一僵，立刻脫下大衣，想蓋到他身上，但他手一伸，輕輕替我掖好衣袖。他收回手的那一刻，我的心跳彷彿也一併被帶走。

看他身上只穿了單薄的病人服，我用手背抹掉眼淚，問他：「你呢？不冷嗎？」

「嗯，不冷。」

他的呼吸有些熱，帶著輕淺起伏，似乎是一路追過來。
他竟然為了我跑下來？點滴呢？傷口呢？真的沒關係嗎？我……值得嗎？
「可是，你的身體……」
「我很好。」
「你就不怕被人看見嗎？」我不死心地問。
下一秒，他撐開我落下的傘，深藍色的花在眼前盛開，擋住我們倆的臉。
「這樣就看不見了。」他回眸，對我淺淺一笑。
我們一時無話，並肩站在屋簷下，聽著淅瀝雨聲和彼此的呼吸。我努力收住眼淚，不想浪費這一刻，即使他只是沉默。
「我們是因為這樣才分開嗎？」他忽然問。
「什麼？」
「因為我的身分。」
我愣住，半晌才擠出聲音，「我……不知道。」
大雨尚未停歇，我的聲音變得好遠、好輕、好薄弱。
「交往這一年多來，沒收過一束花、沒有電影約會、沒有一起逛過街、沒見過彼此朋友，甚至連你家我都沒去過……」我苦澀一笑，「你問我，分開是不是因為你的身分？裴恩珉，我真的沒有答案。」
談起這些回憶，我信手拈來，因為這些點滴已被描繪無數次。
他沉默許久，最終吐出一句：「月季，對不起。」
我呼吸一頓，抬頭看向他。他低頭凝望著我，眉頭緊擰，眼裡浸滿悲傷，「我不知道，自己這麼……差勁。」

他接著說：「這兩天我總是在想，為什麼唯獨失去與妳的記憶。現在我知道了……也許，我只是想美化自己，忘記自己多麼糟糕……這讓我對自己很失望。」

最後三個字輕輕飄進我耳裡，我卻渾身一沉。

他為什麼要責怪自己？他是眾人仰望的所在，「美化」、「差勁」、「糟糕」……這些詞一點都不適合他。

這不是我想要的。

也許我錯了，我不該來到這裡。於是，我匆忙跑進雨裡，穿過重重雨幕，任他的呼喚將我推回彼岸。

「政厚哥，抱歉，我不……」

訊息還未完成，手機再度跳出訊息。

「他說，他會再聯絡妳。」

下一秒，手機開始震動，畫面上顯示的，正是剛才那串號碼。

我終究還是接了他的電話、終究還是給了他我的地址，不為什麼，只因為他是裴恩珉。

出了門，溫煦的陽光照在身上，暖洋洋的。我想脫掉羽絨外套，指尖才剛碰到冰涼鍊釦，就見一輛車朝我駛來，停在我面前。

車窗搖下一半，露出男人分明的眉骨，「月季？」

「啪」的一聲，靜電似乎在指尖開出銀色火花。我順了順呼吸，打算繞到另一邊去，車門卻忽然開了。

男人長腿探出一半，露出整張臉。我愣了一下，慌亂將他按回車上，扭頭環顧四周。

驀然，我聽見幾聲輕笑，低沉覆在我耳畔，從耳朵癢進心臟。

我回頭，只見裴恩珉倚在座椅上，似笑非笑地看著我，而我右手還按在他的胸口，襯衫攏起幾道皺褶。

我迅速收回手，順手關上門，把他藏在車內，「你、你笑什麼。被看見怎麼辦？」

「我只是想替妳開車門。」裴恩珉無辜地望著我。

「不，不用麻煩了。」

我匆匆繞到副駕駛座，開門、坐上車，始終不敢看向他，「你……已經可以開車了嗎？」

「嗯，醫生說沒什麼大礙，定期追蹤檢查就好。我明天就要復工了。」

我瞄了他一眼，除了顴骨幾處細小傷痕，他的狀態看起來的確不錯。在充足光線下更顯容光煥發，整個人看起來精神奕奕。

我不敢看得太久，很快挪開視線，可餘光裡，裴恩珉突然探過身，我不敢動，屏氣的同時，心臟重重地跳了一下。

「記得繫安全帶。」他動作微頓，不著痕跡地退後。

「我、我們要去哪裡？」

裴恩珉沉吟一陣，反問：「妳有什麼想去的地方嗎？」

「你……找我出來，有什麼事？」

「這裡可能不方便說話。」他接著問：「妳待會有沒有什麼安排？」

「我？我沒有其他事了……」

「那麼，能分一點時間給我嗎？」

我訝異抬眼，「當然可以，只是……」看著他的臉，「只是」後面的句子，我接不下去。

「吃過飯了嗎？」

「還沒。」

「那正好。」他溫柔一笑，「日式料理，妳喜歡嗎？」

「喜、喜歡。」我下意識回答。

「那就好。」

引擎發動，窗外景色開始跳動變換，光線偶爾晃動閃爍，在男人精緻的側臉落下陰影。他的襯衫挽至手肘，露出線條精實的小臂。手把著方向盤，專注開車的樣子，看起來成熟而從容。

他像什麼事也沒發生過，也像早已習慣我的存在。

上車以前，我想著趁機把話說開，但我完全猜不透裴恩珉的想法。

不久後，我們來到一間隱密的餐廳。服務生見到裴恩珉，先是禮貌地鞠躬，隨後與旁邊的人交換了個眼神，便引領我們入內。

我沿路張望，並試圖和他保持距離。

「月季。」裴恩珉回頭走向我，和我並肩而行，「妳別擔心，這是政厚哥的朋友開的。我們以前來過嗎？」

我一頓，搖頭說：「沒有。」

裴恩珉微瞇起眼，緩慢挪開視線，周遭氣氛瞬間冷卻。

「這兩天我總是在想，爲什麼唯獨失去與妳的記憶。現在我知道了……也許，我只是想美化自己，忘記自己多麼糟糕……這讓我對自己很失望。」

想起他說的話，我忍不住輕咬唇角，想著究竟該怎麼開口。

「兩位請進。」

一走進包廂，我便愣住了。

透過落地窗，可以看見一整片蔚藍大海。今天天氣好，海水正藍，令人目眩神迷，我忍不住發出讚嘆。

「妳喜歡海嗎？」

我轉頭迎上他視線，用力點頭。

「坐下來看吧。」他笑著說。

服務生留下菜單後便暫時離開。裴恩珉背海而坐，將看得見海的這一邊留給我。

他摘下帽子，露出整張臉，此刻的他映在大海裡，像個渾身散發乾淨氣息的青澀少年。

察覺我的目光，他抬眼朝我笑了一下，「妳比較希望我坐到旁邊嗎？」

我一愣，「不用……這樣就好。」

有人說，面對面用餐的好處是，一抬頭就能和對方眼神交流和談話。我十分認同，無論是以什麼身分，我都喜歡這樣看著他。

「我們以前約會都做些什麼？」裴恩珉忽然問。

該來的還是來了。我的手指在菜單邊緣輕劃，思忖著該怎麼開口。

「恩珉……有些話，我得向你說清楚。」

「那就待會再說吧，先看看想吃什麼。」

不知道爲什麼，他好像有意迴避這個話題。

裴恩珉是個不喜歡浪費時間的人，他寫歌、看書、鍛鍊體魄，甚至連娛樂應酬都以秒規畫，能提前解決的事，一定會提前完成。

若不是要聊這件事，他找我出來的目的是什麼？難道就眞的只是想和我吃一頓飯？還是，他想找回缺失的記憶？

我莫名忐忑，只點了一份簡單的壽司。

「這樣夠嗎？要不要再多點些什麼？」

見我搖搖頭，裴恩珉應了一聲，沒有繼續追問。然而，他卻在服務生來點餐時，默默多點了幾道菜。

「那個，我——」

「我有點餓。」他莞爾一笑，闔上菜單交給服務生，抬頭向對方致謝。

「這、這樣啊……」

待服務生離開，他露出苦惱的表情，「我是不是點太多了？」

我失笑，「是有一點。而且你的身體才剛好……」

「幸好，我們可以分著吃。」

看他明晃晃的笑眼，我愣了一下，忽然明白過來，不禁垂下眼簾。

餐點很快上桌，我們看著服務生進進出出，將整張桌子堆得滿滿的。

裴恩珉沒有馬上開動，而是拿起筷子，對著面前一條魚仔細挑刺。那模樣太專注，簡直像在進行一場精密的外科手術。

我忍不住笑了，卻也不敢打擾他，一邊吃盤裡的壽司，一邊默默觀察他。

裴恩珉看起來還是那個裴恩珉，溫柔、從容，偶爾流露一點孩子氣。但我讀不懂他的表情，總覺得他自失憶後，就變得有些陌生，神祕莫測。

我看得正入神，他忽然地問：「壽司味道怎麼樣？」

「還、還不錯。」我一陣緊張，「你想嘗嘗看嗎？」

他「嗯」了一聲，我下意識將壽司遞到他嘴邊。我驀然驚醒，正要收回手，他卻俯身過來咬掉那口壽司。

「真的不錯。」

裴恩珉仔細咀嚼，吞嚥時，他的喉結輕輕滾動。見狀，我怔住，始終沒動，腦袋一片空白。

突然，他將盤子推到我面前，微笑著說：「這是給妳的。可能還有些刺沒挑到，要小心一點。」

他的動作如此自然，自然到我以爲他沒有失憶、自然到我以爲我們正在熱戀。我鼻尖莫名一酸，眼前泛起水霧，一句話也說不出來。

「難道妳不吃魚？」他遲疑地道：「我想著妳都點了蝦，應該是沒有過敏……對不起。」

「我吃、我會吃。」我趕緊拿起筷子，「我剛只是……在想事情。」

我只是在想，無論有沒有我，他都是一樣的。

就算沒有和我之間的記憶，他仍然是那個裴恩珉。這令我感到既慶幸，又悲傷。

「妳哪裡不舒服嗎？」

離開餐廳，一上車，就聽裴恩珉這麼問。

「什麼？」我回過神，「沒有，怎麼了嗎？」

「妳看起來有點沒精神，從剛才開始。」

我沉默了半晌，還是決定問出口：「你找我出來，究竟想談些什麼？」

「在這之前，能再陪我去個地方嗎？」

我以沉默代替回答，他似乎懂了，於是發動引擎。

我盯著窗外的海景，隨著車子駛遠、光線改變，閃爍的波光沒入海洋，看起來平凡無奇——它就只是潮水湧動的一部分。

我不曉得車將開往哪裡，只知道大海離我愈來愈遠、愈來愈遠。

這時，車子轉了個彎，蔚藍大海再次映入眼簾。

「現在沒什麼人。」裴恩珉問：「想不想下去走走？」

聽著海浪聲響，我有些失神。

裴恩珉率先下了車，替我打開車門，禮貌地朝我伸出手，拉著我在沙灘上留下一整排腳印。

我們並肩而坐，凝望著一陣陣浪花。夕陽微沉，淌在海面上，一點一點流入金光，波光粼粼。

「你想來的地方，就是這裡？」

裴恩珉輕輕應了一聲，「上次妳說過，我們是高中同學。雖然我還沒想起什麼……但我記得，我寫了一首畢業歌。我想，妳應該聽過。」

我怔了一瞬，想起日記紙張抓在手中的觸感，還有陣陣席捲而來的浪濤聲。

「嗯，我聽過。」

我人生第一次親眼看到大海，就是在流著淚聽完畢業歌以後。

裴恩珉投稿的畢業歌〈Ocean's Echo〉，戴上耳機細聽，真的能聽見陣陣浪濤聲，從很遠很遠的地方傳來，宛如海洋的回聲。

裴恩珉在校網上寫道，他親自到海邊取聲，吹了一整天的海風，才終於取到滿意的素材。

於是，我對媽媽撒謊，說要去圖書館，將那本皺巴巴的日記藏在書包裡，獨自搭上前往海邊的車。

我總以為大海遙不可及，直至那時我才發現，看海原來是這麼簡單的事。只要一個理由，一個謊言，一點點偷來的自由，我就能走在看海的路上。

我獨自坐在海灘上，周遭的人們三三兩兩、年紀各異，然而他們看上去都好開心。這個世上，好像只有我永遠開心不起來。

我接上耳機，繼續聽那首未完的〈Ocean's Echo〉，裴恩珉的歌聲娓娓唱來。

海風徐徐地吹，吹起發皺破碎的日記扉頁。我的心事被他捲走，沉進深不見底的海洋。

「快畢業那陣子，大家都在練習那首歌。」

裴恩珉的聲音將我從回憶中拉回。

他的語氣蘊含笑意，「畢業典禮那天，我第一次聽見這麼多人合唱我寫的歌，讓我覺得，能創作歌曲眞是太好了、能唱歌眞是太好了。有人從我的歌裡獲得動力，我也從大家的聲音裡，獲得力量。」

我不禁露出微笑。當時的我也身在其中，唱他寫的故事、感同身受。

偶像和歌迷，不就是這樣嗎？彼此救贖，悲傷時一起悲傷，高興時一起高興，沮喪時給予彼此力量。我們是世上最遙遠的關係，卻又如此貼近。

「所以說，恩珉……對於我的事，你眞的不用自責或對自己失望。」

他微微一頓，表情疑惑，似乎不明白我的意思。

「在『梁月季的男友』之前，你先是一個偶像，承載著許多人的夢想，得到了很多很多愛……你是屬於大家的。」

沉默裡，我能感受到裴恩珉的目光，像海浪般一陣陣輕拍在我身上。

我並沒有看他，只是繼續說：「這一點我早有覺悟。在交往以前，我們就已經有共識，所以我們不拍照，平時只用電話交流，約好不向別人透露任何事情，就連對政厚哥也要保密。分手那天，對話紀錄早就刪除得一乾二淨……」

「我們……為什麼要做到這種程度？」他的聲音聽起來很茫然，像在自我詰問。

「這是我的決定。看，要不是你出車禍、要不是政厚哥找到我，我就像從來不存在一樣。你依然是感情世界一片空白的少年、依然是歌迷的心之所向。所以，我一點也不後悔這麼做。」

「為什麼……妳要把責任攬在自己身上？」

「因為這都是真的。那天在醫院，我只是想表達，分手有很多原因，但我們就是分手了，追問理由已經沒有意義。」

他的眼神有些悵然。

「你是生來要站上舞臺的人，你給了粉絲力量，包括我。我只是想退回這個身分，永遠陪在你身邊。今天我會赴約，是想說清楚……我們已經結束了。」

「是嗎？」

「什麼？」

「妳說過，要和我重新開始。」

「那是因為……你不記得了。」我啞聲道。

「那就代表妳想這麼做。妳並不是真的想和我分手，妳想和我重新開始，不是嗎？」

這一刻的他不再溫柔，聲音殘忍得像把刀，三兩下刨除我所有偽裝。

「問出答案，你就會滿意了嗎？」我顫聲問，幾乎要哭出來：「裴恩珉，我們不能就到此為止嗎？」

他聞言一怔，別過臉，沉沉的目光就這麼融進夕霞裡。

「回去吧。」

不曉得是誰先說了這句話，我們從沙灘上起身，拍掉身上的沙，一前一後，沿著來時的腳印，一步步走向歸途。

上車後，他發動引擎，駛進微黑的夜。我以為這已是盡處。

「妳還喜歡我嗎？」

我的心臟漏了一拍，不敢置信地看向他。

車窗外不知何時已是熱鬧街景，他的側臉映在繁華的鬧區，手依然搭在方向盤上，面色平靜，口吻輕鬆得像一句尋常問候。

時光如同潮水
漲滿了淚水卻也充滿了希望

沒來由地，我想起這兩句歌詞。

「喜歡……」在這件事上，我從來只懂得誠實。

車子忽然停下，他說：「妳在這等我一下。」

我來不及反應，只見他解開安全帶、戴上帽子，準備要下車。

「你要去哪裡？」

他沒有回答，戴上口罩，一把推開車門。

「裴恩——」我想喊他，又怕引來不必要的注意，只能眼睜睜看他穿過馬路，沒入人潮。

我的心臟跳得很厲害，腦海不受控制地閃過無數可能。

幸好，他很快就折返回來了，手上還抱著什麼。

外頭街景紛亂，我看不清，只見他站在馬路彼端。行人來往交錯，眾人低頭沉浸在自己的世界裡，只有他直直朝我這望來——就像只看著我、就像只看得見我。

綠燈了，裴恩珉朝我走來，口罩遮住他半張臉，露出的眼眸因笑意而微彎。

我的理智一吋吋潰敗，內心的渴望開始在眼前翻湧。

而後，一束花從窗口探進——明媚燦爛的黃色玫瑰，在我眼前嫣然綻放。

「那麼，我們重新在一起吧。」他笑著說：「這一次，是我想這麼做。」

第三章

「最新文章 JAN.15 23:40

裴恩珉喜歡吃甜的，這大家都曉得。

可是，他唯獨不喜歡巧克力。

以前總有學姐、學妹送他巧克力，裴恩珉每次都很糾結，既不想辜負對方心意，又真的吃不了。

朋友們都慫恿他，「不如把巧克力分了吧，反正巧克力人人愛吃。」

但他從來沒分出去，總是一個人默默吃掉。

我真的沒有喜歡錯人啊。

看他躲在臺階上，一臉為難，即使狂灌礦泉水，仍努力將巧克力吃光的模樣，我總忍不住這麼想。」

只要裴恩珉想，他什麼事情都能做到。

例如，用一束花留住一個他根本記不住的女孩。又或是，復工幾天內，便完美消化所有行程，完成了新歌MV拍攝。

這次MV下了重本，規格比以往都還高，拍攝時間也大幅拉長。裴恩珉從凌晨拍到深夜，從室內拍到室外。就在拍攝宣布結束的下一秒，他昏倒了。

這些事，我是從政厚哥那聽說的。

當我聽到最後一句時，渾身發抖，似乎又被拋回他出車禍的那一夜。

「請告訴我他在哪間醫——」

「不用了，他沒什麼事。我只是知會妳一聲。」政厚哥淡淡地說：「明天一早還有活動，他現在需要好好睡一覺。」

「那、那他現在怎麼樣了？」

「唉，他真的沒事，就只是太累了，現在正熟睡著。」

「恩珉才剛出院，工作是不是排得太滿了？」我抓著手機來回踱步，眼前莫名氤氳，「他出了那麼嚴重的車禍，怎麼能——」

「停，梁小姐，這麼說是不是不太公平？」政厚哥語帶不悅，「考量到他的身體狀況，我已經替他推掉許多行程了。可是別忘了，他還有住院期間落下的工作，有些行程延一天就是燒一天的錢，還可能要付違約金。」

言下之意是，他們已經仁至義盡。

我試圖讓語氣聽起來委婉一些，「我知道，只是……既然身體出了狀況，是不是代表行程需要再調整……」

「我已經說得很清楚了，也不需要妳來教我怎麼安排行程。更何況，這不就是他選擇的工作嗎？」

「但是……」

「比這還嚴重的狀況，數都數不清啊！我記得是前年吧？跨年趕場那次，他吞了不曉得幾顆藥才上臺，一口氣趕三個地方的演出。實在撐不住，還在車上緊急吸氧……我都已經在想該怎麼擬道歉稿、要賠多少錢了，沒想到，他這小子仍抓著麥克風上臺唱歌，淡淡地說『不想讓歌迷失望』。」

聞言，我不禁愣住，這件事我完全不知道。

「當然還有很多驚險的時候……我想說的是，他一直都是這樣走過來的。普通粉絲也就算了，但妳應該是最清楚的人吧？」

他的語氣，像在指責我不明事理、無理取鬧。我張嘴想反駁，卻無話可說。

「總而言之，這一切都是他的選擇。就算後悔、就算筋疲力盡，一旦決定了，他就會負責到底。裴恩珉就是這樣的人。」

我來回踱步的腳步一頓，停在梳妝臺前。鏡子倒映出我的模樣，我看向花瓶裡的黃玫瑰，內心五味雜陳。

我當然知道裴恩珉是什麼樣的人。

「你還好嗎？」

結束通話後，我考慮很久，還是鼓起勇氣傳出訊息。

前幾天才互加通訊軟體好友，我和他之間的訊息往來不多，就只有晚安、午安、早安。

我反覆滑動螢幕，他遲遲沒有看訊息。還在休息嗎？真的沒問題嗎？無數疑問在心頭繚繞，卻無法得到解答。

直到翌日清晨，裴恩珉才終於回覆訊息——「我很好，謝謝妳關心我：）」

簡短，客套，一如既往。

我決定親自去見他，遠遠地看一眼也好。

早上八點半，我一走出捷運站，就看見廣場上已經人滿爲患。舞臺早已搭建完畢，巨大的背板上印著裴恩珉的臉，他拿著香水，笑容完美得無懈可擊。

今天是知名香水品牌的宣傳活動。身爲品牌大使，裴恩珉將出席這場活動，這消息網路宣傳了好幾週。

放眼望去，這些人大概都是衝著裴恩珉而來。大多是年輕女孩，她們或蹲或站，手裡拿著燈牌，全身上下穿著演唱會周邊。寒風呼呼地吹，她們卻滿臉笑容，彼此吱吱喳喳。

我試圖擠進人潮，被幾個女孩瞪了一眼，還有人拿起手機對著我，大概是想拍照發到網路上批評一番。

我當作沒看見，仔細戴好口罩，刻意把頭髮弄亂遮住眉眼，繼續往裡面擠。費了點力氣，我終於鑽到一個靠近欄杆的地方。

不久後，主持人宣布活動開始。他說了些什麼，嗡嗡嗡地，聽不分明。

某一瞬間，群眾開始嘈雜推擠。我身在人群裡，仰著脖子看向舞臺，像迎著一波波洶湧的海濤。

裴恩珉出來了，他一步步走到舞臺中央，所有人的眼睛爭先恐後掛到他身上。

「啊——裴恩珉！」

「看這裡！恩珉——」

「恩珉、裴恩珉！」

尖叫、歡呼、吶喊。

裴恩珉靦腆微笑，投來溫柔目光，掃過一張張面孔，「謝謝大家這麼冷的天氣來參加活動。你們等很久了嗎？」

他看起來精神還不錯，誰也不曉得他前一晚才被送進醫院。

「今日很榮幸能應邀參與HANA香水的新品宣傳。既然是香水廣告，總該讓大家聞聞香，對吧？」

話音方落，裴恩珉走下臺。

閃光燈閃個不停，女孩們放聲尖叫，隔著一道欄杆，無數雙手瘋狂地朝他揮舞逼近。溫柔地，裴恩珉握過一隻一隻的手，所到之處掀起激烈的浪花。

「來了、來了，他要過來了！」

我的耳膜因失控的尖叫而不斷震動，聽不見其他聲音。

身旁幾個女孩開始推擠，高舉雙手在空中揮舞。

撲通——撲通——撲通——裴恩珉愈靠近我們這，我的心臟就跳得愈厲害，呼吸也變得愈來愈急促。

他站定在我們前方，眾人交疊推擠，我被淹沒，裴恩珉的身影被擋住。我眼睜睜看見他的手，越過我，輕輕握住一個少女的手腕。

他的手背中央有個瘀青，是打針時留下的嗎？

他收回手的瞬間，我在交錯的人群裡與他四目相對。裴恩珉看著我，一瞬怔怔，我的心漏跳一拍。

他移開目光，掛著溫柔微笑，繼續往旁邊走。就算他回到舞臺上，人群的騷動依然沒有平復，尖叫和歡呼不絕於耳……

我的心臟也依然失速地跳動著——他看見我了，對嗎？

活動結束後，人潮逐漸散去。我站在原地，盯著空蕩蕩的舞臺，心中莫名悵然。

忽然，手機震動了幾下。

「我剛才好像看見妳了。」

「妳先別走，等我一下。我過去找妳。」

看見這則訊息，我不由得左右張望，卻意識到，他現在不可能看得見我，不禁暗笑自己的笨拙。

「不用了，你在哪裡？我過去找你就好。」

收到玫瑰那天，是我和裴恩珉最後一次見面。後來雖偶有訊息聯絡，但大多只是錯開時間的問安。

比起情侶，我們現在更像共同接受某項任務的臥底，不得已被綁在一起、做做樣子。但，做給誰看呢？

我循著訊息指示來到一處隱密角落，看起來是座私人停車場。偌大的停車場裡，只停了一臺車，有人開門從車上下來，是政厚哥。

看見我，他臉色明顯不太好，不曉得是因爲疲憊，還是因爲昨晚的對話。

我遞給他一杯冰美式，溫聲道：「政厚哥，辛苦你了。昨天眞的很抱歉。」

他的表情微微鬆動，接過咖啡，「我只能給你們十分鐘。」

政厚哥一手抄在口袋裡，走向停車場門口，坐在那滑手機。

這距離應該聽不到我們的對話。

「月季，快上車吧。」車門被推開，裴恩珉從後座探出頭，微笑喊我。

對上他的目光，我的心跳再度失速。

一上車，一股花香撲鼻而來，是從裴恩珉身上散發出來的。他的妝髮還沒完全卸下，整個人在狹窄的車裡，依然閃閃發光。

我不太敢直視他，始終低著頭，可笑意卻止不住。

「天氣冷，替你買了這個。」我將熱紅茶遞給他。

就在指尖相觸的瞬間，他驀然捧起我的手。

「怎、怎麼了？」

「妳手怎麼這麼冷？」他蹙眉問：「妳有替自己買嗎？」

「有，我喝過才來的。」我下意識撒了謊，忍不住抽回手。他一頓，接過紅茶後，輕聲說了句「謝謝」。

車內陷入短暫的沉默，看來我又搞砸了……

「抱歉，月季。我太常和別人握手，所以有點——」

「我只是嚇到了，你不要道歉。」我急聲說。

「好……」他低頭想了一下，「那……妳今天怎麼會過來？」

「嗯，就是……」我猶豫著該不該說實話，但看見他，謊話就全忘了，「想親眼看看你怎麼樣。」

他朝我微笑，「如妳所見，我很好。」

「如我所見？」我喃喃。

凝望著他，我莫名有些恍惚，張口說了什麼。驀然，裴恩珉的表情變得有點複雜，既驚訝，又迷茫。

我這才發覺，我不小心把內心話說出口了。

「我感覺你不太好。」

剛才，我好像是這麼說的……

政厚哥很快來敲車門，敲了兩下後又退到一旁。見我們降下車窗，他走近，嚴肅表情和緩了許多，「幸虧你們還知道分寸。」

我一時沒聽懂，茫然地看著他。

過了幾秒，我才意識到政厚哥的意思，臉頰倏然發燙。已經錯過解釋的時機了，我只能緊抿住唇，保持安靜。

「恩珉，有件事要先問你。剛才千慧打來問，粉絲送的禮物要怎麼處理？」政厚哥趴在窗邊，漫不經心地問：「跟之前一樣嗎？」

「之前？」裴恩珉思忖了半晌，「之前都是怎麼處理的？」

我將背貼緊座椅，想讓出一點空間給兩人對話。

右手臂無預警地碰到了什麼，也許是裴恩珉的肩膀，也可能是他的手。裴恩珉沒有動，我也不敢動，隔著衣料相觸的那一小片肌膚開始發燙。

「當然是直接處理掉啊。」政厚哥說。

我一怔，同時感受到裴恩珉也頓了一下。

「爲什麼……」

「什麼爲什麼？」政厚哥蹙眉，但還是耐住性子解釋，「我們公告過不收禮物，但還是有粉絲趁品牌活動送東西給你。畢竟是合作活動嘛，很難控管，我們也只能先收下。」

「我是問，爲什麼要處理掉？」

「哈？」政厚哥笑了，好像聽到什麼天大的笑話。

「不得不說，你失憶以後，就像回到剛出道那時，天真爛漫。當初明明是你自己……唉，算了算了，禮物的事，我請他們自己決定，你就不用操心了。」

裴恩珉沉默，沒有回答。

原來，裴恩珉以前總是扔掉粉絲送的禮物嗎？這一點也不像他會做的事。而他本人似乎和我一樣意外。

「對了，梁小姐，恩珉待會還有行程。」像終於想起我的存在，政厚哥示意我該下車了。我迅速下車，看了車內的裴恩珉一眼。

「不好意思，沒辦法送妳回去。」裴恩珉表情恢復如常，「我等等還有行程。」

「我知道，沒關係。」

「謝謝妳的紅茶，也謝謝妳來看我。」他低眸，「我……身體沒事。」

「那就好。」我擠出笑容。

車開走了，我獨自站在空蕩的停車場裡，雙腳變得很輕，甚至有點站不穩。全身像被灌滿氣體，止不住地要向上飄升。

他說他身體沒事，卻沒否認我說的「感覺你不太好」的說詞。意識到這點，我覺得他像在向我求助，並試圖對我坦承一小部分的自己。

我該開心，還是難過？

一掏出手機，裴恩珉的訊息就跳出來。

「抱歉，剛才讓妳聽到那些……看來，我眞的忘了很多事。」

看見這段話，我心裡五味雜陳。

「我不覺得這是需要抱歉的事。你別擔心，你只是需要休息。」

回覆完，我握著手機，緩慢地走出停車場。

陽光照在我身上的瞬間，手機連震了幾下。

「謝謝。」

簡單的兩個字，卻透著一股慎重。

我繼續往下滑。

「剛剛政厚哥說，我下週會有一天休假……」

「我們要不要去哪走走？」

我答應了，虛空的腳又重新落回地上。

要和一個當紅偶像到戶外約會，實在是件很困難的事。

接下來幾天，我趁工作之餘，上網搜尋隱密景點，但弔詭的是，既然會被發在網上，就代表它根本不夠隱密。

「妳有想去的地方嗎？」約定好的前一天，裴恩珉在電話裡這麼問。

「嗯……你想去戶外，對吧？」我努力拉高分貝，想蓋過心跳聲，「我這幾天查過，臺北好像沒什麼適合的地方。我本來想說去野餐，不過現在是寒假期間，我查到的地點應該都很多人……」

我語無倫次地說了一大堆，才發覺電話那頭始終安靜。我試探地問：「恩珉，你還在嗎？」

「嗯？」他語調困惑，帶著笑意，「有，我在聽，妳可以繼續說。」

原來他的安靜並非不想聽，而是聽得太專注。我輕咬唇瓣，將手腳縮在被窩裡，忍住快要失控的雀躍。

「我、我已經說完了。」

「所以妳沒有『想去』的地方嗎？」

我一頓，輕聲應「是」。

「那我來提個主意，好嗎？」他說。

「好……」

「我們就到處走走吧。」

「什麼意思？」

「意思就是，散步。」他輕笑起來，聲音爽朗。

隔天的黃昏時分，裴恩珉準時出現在我的租屋處門口。

「你等很久了嗎？」我小跑過去。

「嗨，月季。」他拉下口罩，朝我微笑，「不會呀。就算要等一下也沒關係。」

他今天穿著休閒，沒有化妝，戴著普通的淺藍口罩和帽子。沒開車過來，看起來真的是準備要「走走」。

此刻我看著他，有點不知所措，腦袋一片空白。

忽然，我注意到他眼下的黑眼圈，再仔細一看，他的眼睛也有點紅。

「你沒睡好嗎？」

「嗯？」

大概是我的聲音太小，他沒聽清楚。我抿抿唇，總覺得說這種話很掃興，於是改口問：「你想從哪裡開始逛？」

他轉頭看了一圈，回過頭看著我說：「就先在附近繞一繞吧。妳會餓嗎？」

我搖搖頭。

「那我們就隨便走走，餓了再看要吃什麼？」

還眞隨興，就像普通朋友一樣。我忍不住笑了，「好。不過，就這樣在路上走……眞的不會被認出來嗎？」

「放心吧，妳看。」他晃了晃手上的外套。

那是件POLO外套，款式有點老氣，並不像他的風格。

「這是和公司一個大哥借的，帽子也是。」他笑著披起外套，轉了半圈，「看，穿上以後，應該沒那麼顯眼吧？」

的確，匆匆一瞥，大概不會察覺是偶像明星，畢竟這件衣服實在太老成了。

「那我們得一直走、一直走才行。」我鄭重地說。

他的明星鋒芒藏不住，總有人會一眼認出他。就像我，我很確信自己能在人群中一眼望見他。

「好。」他笑了笑，「那妳準備好了嗎？」

於是，我們出發了，沒有目的地、沒有任何擬定好的計畫，就只是散步。

一走出巷口，我不自覺緊張起來。租屋處附近的路有點紛亂，又遇上通勤的車潮，我和他忙著看路況，很少交談。

車來人往，兩個人並肩太危險，我們只好一前一後地走。我總怕他會被認出來，忍不住左顧右盼。這一點都不像散步。

忽然間，他伸手輕抓我的手腕，傾身說：「妳走我後面吧。」

我呆呆地照做，退到他身後，可他的手還在我的手腕上。

他牽著我的手腕，放上他外套的衣襬，「怕走散的話，妳可以抓這裡。」他回眸，「還是……妳想牽手？」

我心臟猛然一跳，低頭不說話，只是默默抓緊他的衣襬。

他隔著口罩發出笑聲，很輕，卻令我頭暈目眩。

不曉得走了多久，我們經過一座公園，路終於變得寬敞。指尖逐漸回溫，身體因爲步行而變暖，我的意識好像也跟著慢慢融化。

這段路上都沒人注意我們，這讓我放心了一些。

低頭看，我還抓著他的外套。

人行道寬敞，樹影在路燈下搖曳，我們在夜裡漫步，一切彷彿都靜了下來。剛才的兵荒馬亂，在這一刻，突然變得有點浪漫。

「你喜歡散步？」我出聲問。

「嗯。」他很自然地牽住我的手腕，側頭看著我。

這時，他退到我身側，鬆開了手，留下肌膚上的溫柔餘溫。我摩娑他觸碰過的地方，不禁揚起唇角。

「我還記得，我剛來臺北的時候覺得很驚訝，走路十五、二十分鐘，對臺北人來說，只是家常便飯。剛出道那時，我也常從公司走回租屋處……」他繼續往前走，偏頭看著我，「妳不覺得，走路有種讓時間慢下來的魔法嗎？」

他的聲音也有魔法，我彷彿隨著他的聲音，走遍臺北每一片土地。

我很認眞地應了一聲，和他並肩同行。

「我忘了我們有沒有一起散步過……不過，在我的記憶裡，我總是一個人走路。後來，工作忙了起來，身邊的人變多，我就很少再有機會走路了。」

「我會陪你的。」我立刻說。

他一怔，沉默了幾秒，冒出輕輕的笑聲——那是開心的笑。

「那就太好了。我昨天就在想，如果和妳一起散步，應該能聽到很多故事。」

「啊……早知道我該做點功課再來。」

他哈哈大笑，「不用啦，聊聊彼此的事也好。想不到要說什麼的話，保持沉默也沒關係。輕鬆點，走累就休息，想吃東西就去買，想喝酒也沒問題，這樣才叫散步嘛。」

已經入夜了，夜幕完完全全降下。冬夜微寒，他的聲音卻一點一點地消融那些寒氣。

我抿唇微笑，小心翼翼地伸出手指，再次捏住他的衣襬。

大概是注意到我的動作，他低頭看向我的手。我謹慎地抬眼，想觀察他的表情。只見他眼神含笑，帶著一股近乎縱容的溫柔。

沒有實際觸碰，僅憑這股視線的熱度，就足以使我的心臟怦怦直跳，好大聲、好喧鬧。

散步途中，沒有刺眼的螢幕光線、沒有囫圇吞棗的資訊、沒有分秒必爭的壓力。在這緩慢的行進時速裡，連沉默和尷尬都值得享受。

在這座繁華匆促的城市裡，總是圍繞在虛虛實實裡的他，卻願意讓時間慢下，感受眞實的我。

「這麼說來，我很好奇妳的故事。」他忽然說。

「我的故事？」我鬆開他的衣角，莞爾問：「我哪有什麼故事？」

「關於朋友、家人、工作、成長經歷……」

他想聽這些嗎？我的故事一旦少了包裝，就只是一堆零散的碎片，蒙著厚厚的灰。我不認爲裴恩珉會想聽我抱怨丁仁風、抱怨我父母、抱怨我的案主、抱怨我的身高……

「那你先說說看吧，關於你的。」

「妳不是都曉得嗎？」

「也不是事事都知道呀。例如，我對你的家人就不太清楚。」

「我以爲妳見過我的家人。」

「你是這麼覺得的？」

這句話就像在說，根據我們這陣子相處的感受來判斷，他並不意外失憶前曾帶我見過家人。

感覺像獲得某種肯定，我突然有點高興。

「是啊。」他腳步一停，很認眞地看著我。沒過幾秒，他又垂下眼，表情若有所思。

「怎麼了？」

「沒事。」他抬起頭，「我只是在想，按照我爸媽的性格，沒見過也是正常。」

我愣了愣才意識到，他再度向我坦露自己。

「怎麼說？」我追問。

他看了我一眼，拉下口罩，朝我露出淺淺的笑，「我有和妳說過嗎？我爸媽很恩愛，也很做自己。比起孩子，我比較像他們的朋友。」

「這樣……不好嗎？」

「也不是不好。他們很照顧我，只是……比起我的人生，他們更在乎自己的。有時，這會讓我感覺……」他語帶猶豫地說：「有點複雜，不知道該怎麼說。」

「我大概理解你的意思。」

雖然意義不太一樣，但「複雜」這個詞用得很精確。

對於家人，感受總是複雜的。

一想起我的家人，就有一串聲音緊接而來——嘩啦啦、乒乓乓，還不時參雜扯開嗓子的吼叫，光聽就令人覺得喉嚨發乾發癢。

「我記得，國小的時候，學校播過一部電影，叫《唐山大地震》。妳看過嗎？」裴恩珉問。

我回想了一下，搖搖頭。

「是一部關於地震的災難片。有對姊弟被壓在水泥板底下，在只能救一個孩子的危急情況下，電影裡的母親選擇救弟弟，放棄姊姊。那個姊姊被困在廢墟裡的畫面，我一直忘不掉。」他聲音一頓，喃喃自問：「爲什麼這種事就記得特別清楚呢？」

我有點心不在焉，腦海驟然出現一些不存在的想像——家屋崩塌，瓦礫殘垣，我和姊、妹妹、弟弟困在其中，等待救援。

有人朝我們伸手，大喊「快過來」。他是誰？他要救誰？我不敢想，也不敢問。

「後來，我反覆做著一個夢。」裴恩珉打斷我的想像。

「什麼樣的夢？」我終於擠出聲音。

「我夢到家裡發生火災，媽媽衝進火場，帶著爸爸一起逃走，我被困在原地，不斷求救哭喊，他們卻像聽不見一樣，頭也不回地離開。」

我望著裴恩珉，他的眼神愈來愈疲憊，在燈光照映下，顯得悲傷。

「抱歉，不小心說……」他話聲一頓，「妳怎麼了？」

眼角一陣涼，我伸出左手輕碰臉頰，才發覺自己哭了。

「啊，抱歉抱歉……我哭什麼？」我慌忙地抹抹眼角，聲音顫抖，「對不起，明明是你的故事——」

「爲什麼要道歉？」他從口袋掏出面紙，抽了一張遞給我，笑著說：「是我比較抱歉，說了這麼奇怪的故事。我爸媽也沒那麼壞啦！他們還是很愛我的，所以我長大後就不做這個夢了。」

我接過面紙，趕緊擦乾眼淚。

他接著說：「妳不會因此對我爸媽印象不好吧？」

我立刻搖頭，「當然不會。」吸了吸鼻子，「人們都說，孩子是父母的鏡子。看你就能知道，你爸媽和你一樣，是很好的人。」

「是嗎？那就好。」他彎起眉眼，「我剛很擔心，妳以後會不敢見我爸媽。」

「什麼？」

「我說錯什麼了嗎？」他傾身看我，「一直交往下去的話，未來總會見面的吧？」他說出口的話聲低低的，像明知故問。

「你……這是在逗我嗎？」我遲疑地問。

「是啊，我成功了嗎？」

這個夜晚或許眞有什麼魔力，讓他變回一個調皮的少年。

「你眞的在逗我？」我笑出來，「裴恩珉，你——」

他也笑了，而後直起身，認眞地望著我，「所以，別再爲我的事哭了。笑一個吧？」

有風拂來，樹影搖晃。夜空裡的雲輕飄而過，月亮悄然露面。

他的雙眼就是浩瀚宇宙，十年的追逐化作一粒星塵，成爲星球誕生的起點，在我們的腳下開出花朵。

我彎起唇角，朝他笑了一下。

驀然，裴恩珉握住我的手，朝我走近一步。影子落下，他身上的香氣近在咫尺，我屏住呼吸，心跳聲震耳欲聾。

我昂起脖子看他，他也低頭看著我的眼睛。我感覺臉頰正在發燙，快要融化。

「對我來說，妳也是一面鏡子。」他認眞道：「而且，是只能照出好事的鏡子。」

我茫然地望著他，不懂他的意思。

「放心吧，是稱讚。」他微笑，「意思是，看著妳的眼睛，我感覺很安心。」

聞言，我心臟跳得飛快，腦袋一片空白。

「肚子好像有點餓了。月季，要不要陪我吃點東西？」

我遲了半晌，才從喧鬧的心跳裡找回自己的聲音，「好……你想吃什麼？」

「好想吃點炸的啊。」

「這樣好嗎？」我笑了起來。

「別告訴政厚哥就好了，這是我們的祕密。」

「好吧……但我們得邊走邊吃喔！而且你得讓我去買，站遠一點等我。」

「好，知道了。」

「還有，你要把口罩拉好。」

「遵命。」他拉起口罩，露出笑彎的眉眼。接著，他又好奇地問：「但這樣我怎麼吃東西呀？」

「嗯……就偷偷從下面塞一口吧。」

「聽起來有點滑稽耶。」他又低笑起來。

說說笑笑好一陣子，我們再次邁開步伐。

迎著月色，我望著他的側臉，忍不住想，對他來說，我現在究竟是什麼樣的存在呢？

他爲什麼會想和我重新開始？

「看著妳的眼睛，我感覺很安心。」

也許，我就像這場拼圖遊戲裡唯一的提示，是他必須緊緊抓住的東西。

意識到這點，我笑容凝固，莫名有點心慌。

❐最新文章 JAN.27 12:21

有人問我，高中的裴恩珉是什麼樣的？是不是有點叛逆？

這讓我想起一件事。

高二愚人節那天，聽說他們班玩了一個遊戲——假裝裴恩珉不曾存在過。

裴恩珉一早就把置物櫃的書清空，幾個同學合力將桌椅搬到學校倉庫，並把班上所有關於他的東西都藏起來。有同學重新印了一份沒有裴恩珉的點名表，還串通了其他科任老師。

當導師問起裴恩珉時，全班都露出茫然的表情，說沒有這號人物。事實上，裴恩珉就躲在後走廊。

「你們別再玩了！再這樣下去，我真的要懷疑自己的記憶了！」老師認真地說。

據說，裴恩珉聽見這句話後，便走進教室，結束這場整人遊戲。

同學們連聲抱怨，裴恩珉卻只是笑著說：「沒辦法，我怕老師真的忘記我啊！」

大家只當他是在開玩笑，那時的我也只是想，這個人連調皮都帶著一股溫柔。

最近，我偶爾會回想起這件事，突然發覺，或許他說的是真的。

他害怕被忘記，所以成為偶像。與眾人的世界相連，就不會被人遺忘。

我配上裴恩珉舊歌的ＭＶ截圖。

他穿著制服，飾演一個男高中生。褪去高中時的青澀，他的眼神多了幾分老練。

在我送出貼文的瞬間，有人按響門鈴。我關上電腦，前去應門，一開門就迎上丁仁風的視線。

他看起來很冷，人高馬大的他，卻縮成小小一團。

「可以走了吧？」他搓著手臂。

「再等一下，我東西還沒收好。」我轉身走進屋內，「你先進來吧？我幫你開暖氣。」

他心情似乎不錯，沒急著嘮叨，乖乖窩到沙發上，拿出手機開始玩遊戲。他沒關音效，乒乒乓乓的聲音迴盪在屋內。

我將化妝水扔進行李袋，「你這次放到初幾？」

「初三。」他的眼睛仍鎖定在手機螢幕上，「妳呢？工作都安排好了？」

「農曆新年，誰要找我寫文案？」我露出苦笑，「在這之前的委託都交出去了。」

他不冷不熱地應了一聲。忽然，他想起什麼似地抬頭問：「妳紅包要包多少？是不是要和妳大姊一起包？」

我動作一頓，「我……打算自己包大一點。」

「看妳面有菜色，活該。」他放下手機，冷笑道：「說了一個謊，就要用更多謊來圓。要是妳老實說妳的工作，他們就不會給妳這麼大的壓力。」

「你才沒資格說我。」我瞪他一眼，「是誰每年都要我假裝女朋友？」

「拜託！我又沒真的叫妳去見我親戚，只是拿妳的名字當擋箭牌罷了。」

我笑了一下，繼續埋頭收拾東西。

我和丁仁風的老家只隔兩條街，又剛好都到臺北工作。自從丁仁風拿到駕照後，每到春節，我就蹭他的車回家，今年也不例外。

不過，這是有交換條件的——讓他拿我的名字擋擋三姑六婆的「關心」。

國小國中同學、大學念文學、以結婚爲前提交往、現在在國外攻博，只有前兩項是眞的，後兩項是他們自己掰出來的，半眞半假的謊言最可信。

「說到這個，要讓你帶回去的禮盒我買好了，在櫃子上。你看一下可不可以。」

我實在假得很盡責，每次過年就買點進口的餅乾糖果，假裝從國外寄回來，託丁仁風帶回去「孝敬」一番。

「哦，我看看。欸，酒心巧克力！我阿姨很喜歡……」忽然，他話音一頓，「哎，看來妳過得還可以嘛，還有這種閒錢。」

「什麼？」我疑惑抬眼，他正撫弄著梳妝臺上的黃玫瑰。

我迅速站起身，顧不得眼前發昏，三步併兩步上前，擠到丁仁風和梳妝臺之間，護住身後的玫瑰。

丁仁風明顯一怔，往後退了一步，「妳、妳幹麼？」

我抿住唇角，沒有回答。

「這不是妳買的？」

「不是……」

他眉頭一皺，旋身坐回沙發上，雙手環胸看我。

我也沉默下來，轉身輕撫被弄亂的花朵。

想起今天還沒整理過花，我小心翼翼地拿出瓶中的玫瑰，拿起旁邊的剪刀，一點一點修剪花莖。

「幹麼不說話？」

「這是我人生第一次收到花。」我輕聲說：「我想好好珍惜。」

收到花的那天，我一到家就立刻搜尋延長花束期限的方法：放至乾淨的花瓶裡，定期修剪花莖、定期換水，還要保持適當溫度，適當加入保鮮劑……

已經過了十幾天，有些地方已經開始發灰，想必撐不到年後。但花已燦爛了這麼久，這已經十分幸運。

「誰送的？」

「裴恩珉。」

他笑出聲來，「少來，別鬧了。」

「我說過了，我和他在交往。」

「我知道。但他不是失憶了？忘掉妳，現在又送妳花，是什麼意思？」

「意思是，我們重新交往了。」我說：「他提的。」

那天，裴恩珉說要重新開始。

我知道自己該拒絕。我們早就應該結束，花了十年仍走不到一起的人，重來也會是一樣的結果。

可是，看著他眞摯純淨的眼神，我根本說不出拒絕的話。

因爲他是裴恩珉、因爲我喜歡他、因爲他說想和我在一起，也因爲，我眞的好想好想和他在一起。

丁仁風沉默半晌，呼吸變得有些沉重，「所以，他喜歡上妳了？」

「沒有……」

關於這一點，我還是有自知之明。但有時，我又會莫名自負，總忍不住想，說不定，這次結果會不一樣……

憑著這個「說不定」，我願意賭上一切。

就算他還沒喜歡上我，只是把我當成拼圖遊戲裡的提示；就算他只是願意去了解、回想，甚至是挽回曾經擁有的一段感情，我都甘之如飴。

「妳眞是個瘋子。」

「大概是吧。」我苦笑。

我的行李不多，很快就收拾好了。

離開前，我爲玫瑰最後的身影拍了照。短暫猶豫後，我將照片傳送出去。

下樓時，丁仁風的手機突然響起，他瞥了眼，表情很嚴肅，應該是主管打來的。

他示意我等一下，避到一旁講電話。我坐在臺階上，靜靜看他捧著手機鞠躬哈腰，彷彿看見面對案主的自己。

這時，我的手機也震動起來。看見來電顯示，我馬上接起。

「午安。」

「午、午安。」我莫名緊張，「你怎麼有空打給我？」

「剛結束一場活動，現在在車上待機。」裴恩珉說：「場地那邊好像出了點問題，政厚哥去了解狀況，只剩我。」

「是之前說的公益廣告？」

他笑了笑，「對，妳記性眞好。」

我彎起唇角。光是一句招呼或回應，就能讓我開心一整天。

那日的散步約會結束後，日子繼續轉動。

裴恩珉不再是逗人笑的少年，變回遠在天邊的大明星——出席代言活動、接受媒體專訪、上歌唱節目當客座評審、拍攝廣告……不在螢光幕前的時候，想必也是以作詞作曲填滿生活。

一切似乎和過去沒什麼不同，唯一不同的是，我們偶爾會通電話，關心彼此的生活。我在他的日常裡占了一個小小的角，像翻頁時不經意摺起的頁角。

「我看到妳傳給我的照片了，那是我送妳的玫瑰嗎？」

「對，保存得還不錯吧？」

「很厲害耶！到現在還盛開時這麼燦爛，感覺比我送妳的時候還漂亮。」

不是的，當你將它遞到我手中時，它就是世上最美麗的玫瑰。

「妳一定很用心照顧它……謝謝妳。」

「這有什麼好謝的？」我忍不住低眉微笑。

「下次妳也一起入鏡吧。」他突然提議。

我愣了一下，「我？」

「嗯。妳不是說，我們以前不拍照嗎？和我送的玫瑰拍照，也能算是合照了吧。」他輕笑。

「沒關係，我有很多你的照片。」我沒想太多。

電話那端的他頓了一下，接著傳來笑聲，好像有點無奈。

「嗯？怎麼了？」

「沒什麼。」他語帶笑意，「就是覺得，原來妳也有遲鈍的一面。」

我沒聽懂，但覺得不是什麼壞話，於是笑了笑，換了個話題，「對了，好不容易有待機時間，你要不要先休息一下？」

他的嗓子狀態聽起來不太好，不曉得是不是太累了。
「沒關係，我想和妳說說話。」
我心臟一緊，整張臉迅速發燙。
我瞥向遠處的丁仁風，他還在講電話，我暗自希望電話永遠不要結束。
「你吃過飯了嗎？」
他沒有回答，電話那頭傳來車門開關的聲音。
「抱歉，政厚哥回來了。我改用訊息和妳說吧？」
我對著空氣點頭說「好」。
通話結束前，我聽見政厚哥問了一句「又是梁小姐」，語氣有點無奈。
沒過多久，裴恩琘的訊息來了。
「我正要吃。妳覺得我該吃哪個？」
裴恩琘傳了一張照片給我，照片裡是一盒沙拉和一塊麵包。
「你午餐只吃這樣？」
「是只能吃其中一樣。照理來說我該吃沙拉，但……」
「吃你想吃的吧。」
過了半晌，他傳來咬過一口的麵包照。
「好，我選了麵包。妳呢？午餐吃什麼？」
讀著他的訊息，我不禁莞爾，他每一個標點符號都用得很認眞，細節裡透著拘謹。我能想像他謹愼敲下每一個字的模樣，像個乖乖寫作業的好學生。
我知道，他還很不習慣和我傳訊息。其實，我們就連通話也透著一股生澀，像隔著一層膜互相摸索試探。

但沒關係，我們可以慢慢來。在上次一起散步後，我覺得我們的關係拉近了不少。

我敲下訊息，「我正要回老家過年，午餐應該會在路上隨便解決。」

「啊，後天就是新年了，時間過得眞快……」

「你今年會回家嗎？」

「應該不會，畢竟回去也沒人在。」

「你爸媽過年不回來嗎？」我問。

裴恩珉的父母旅居國外，享受退休後的悠閒時光。

聽說他們本來想帶裴恩珉一起去，但裴恩珉堅持留下，實現夢想。他父母欣然答應，只要求裴恩珉，要做就要做到最好，不要讓他們失望。

一晃眼，五年過去了，裴恩珉並沒有讓他們失望。

以上這些內容，是我一直以來認爲的版本。然而，當我想起他上次說的夢，不禁有點悵然。

「不會，雖然他們知道我出車禍，很想回來看我，但他們快把錢花光了，現在機票太貴，我叫他們別回來。」

他傳了一個笑臉貼圖，但我難以確認他眞正的心情。

「這樣，今年你又要自己過嗎」，我沒傳出這句話，只留在心裡。

「你過年也要忙工作嗎？」

「沒有公開行程，但工作還是不少。」

我的腦海裡驟然浮現這樣的場景——外頭傳來熱鬧的煙火喧嘩，而他一身黑衣，獨自一人窩在昏暗的工作室裡，只剩自己的歌聲陪伴。

「這樣會不會太累？」我忍不住皺眉。

他慢了些才回覆：「和平常一樣，所以沒關係。」

在訊息和訊息之間的短暫停頓裡，我好像能感受到他的遲疑。

這時，丁仁風恰好結束通話，朝我這走來。我從臺階上起身，視線和雙手仍緊抓著手機不放。

「還是，你要來找我？」

我鼓起勇氣敲下最後一行字，送出。

我突然，好想好想見到他。

「妳剛在講電話？」上車後，丁仁風問。

「嗯。」

「和誰？」

「男友。」我答得很快。

他朝我翻了個白眼，我沒理會他，逕自轉身繫上安全帶。

忽然，他聲音傳來，「現在我才是妳男友。」

「你說什麼？」我懷疑自己聽錯。

「沒事。」他淡淡地說：「只是假的，我知道。」

「你發什麼神經？」

「開個玩笑而已。」

我正想開口回應，手機忽然又跳出新訊息。

「我很想，但可能沒有時間……對不起。」

是意料中的答案。我對著螢幕擠出笑容，傳了張「ＯＫ」的貼圖。

我點開手機相簿，剛才拍下的玫瑰，依然在陽光下燦爛明媚。

這樣就夠了，我不可以太貪心。

「妳幹麼這個表情？」丁仁風嘟囔：「我都說是開玩笑的了……」

「沒什麼，不是因爲你。」

手機不再震動，螢幕由亮轉暗。

「我只是在想，不知道爲什麼，大家好像總是很忙。」

我望向窗外，只見沿途高樓大廈掠影而過。

這條回家的路上，似乎看不見海。

第四章

路上有點塞，我和丁仁風買了速食在路上吃。走走停停，回到熟悉的街區時，已接近傍晚。

丁仁風送我到離家最近的超商。下車前，他不曉得從哪變出一盒鳳梨酥，要我轉交給爸媽，順便替他問好。

「謝啦。」我晃晃手中的禮盒，「新年快樂。」

丁仁風朝我燦爛一笑，「新年快樂。」

我一手提著行李袋，另一手提著禮盒，轉身邁步。

「嘿！」他突然喊住我。

我回眸，此刻一陣寒風吹來，彷彿能刺進骨髓。

丁仁風站在紫藍色的天空下，恍惚間好像又變回那個瘦小的男孩。

「怎麼了？」我問。

「我……」他開口，卻始終沒繼續說下去。

「你到底要說什麼？很冷。」

「沒事了。」他釋然一笑，「我只是希望，妳今年能快樂一點。眞心的。」

我愣住，看著他轉身上了車。

車子揚長而去，隱沒在完全降下的夜幕裡。

我獨自沿著街巷，緩慢地走上天橋，走過我二十幾年來的日常。

丁仁風說希望我快樂，意思就是，我並不快樂。可是，我爲什麼不快樂呢？

家境清白，黃、賭、毒一點不沾；家裡人多，雖然吵了點，但也熱鬧；父母時常拌嘴，但吵著吵著，也這麼過了大半歲月。

一切都如此平凡，平凡到我連悲傷都顯得矯情。

我的人生如一張白紙，挑不出優點，但也挑不出一點錯處。

一幢老舊的三層透天厝，在夜色裡像個慈祥老者，朝我伸出布滿皺紋的手，試圖將我收攬其中，我不自覺加快腳步。

隔著一扇門，我聽見搓洗麻將的聲音，還有歡騰的吆喝聲——姊低聲抱怨，爸洋洋得意地挑釁，弟爽朗大笑，妹亢奮地吱吱喳喳。他們四人很投入，媽也沒閒著，明明不打麻將，「吃」倒是喊得很歡快。

寒風呼嘯，鑽心刺骨，有股暖烘烘的熱氣從屋內傳出。但是我的手停在鐵門手把上，始終不敢拉開。

這瞬間，我莫名在想，要是我現在進去，屋裡就多了一個人。

在成爲姊姊以前，我度過很長一段被叫「妹」的時光，那是我人生最無憂也最自信的日子。

印象中，我總是和姊吵吵鬧鬧，我有的東西她也要，她有的東西我一定也吵著要，偏不要她用過的東西。

我的無敵魔法是哭著對爸媽說「不公平」，一喊出這咒語，不管是一隻巨大的熊玩偶、幾件漂亮的公主洋裝，還是一間漆成粉色的夢幻房間，任何願望，他們都會滿足我。

我和姊搶玩具、搶衣服、搶點心，哪怕只是分到稍微大一點的蛋糕，我就像贏了全世界。

有時，我會刻意在雨天跑出去玩，把自己淋得高燒不退。當媽媽焦急地守在我床邊，我總忍不住沾沾自喜，慶幸自己分到了較多的愛。

直到國一那年，妹出生了。國二暑假，弟接著出生。自此以後，爸媽不再呼喚我「妹」。

每當他們大喊「姊姊過來一下」，我和姊總會面面相覷，確認是在叫誰。我也從此失去自己的名字，不能任性、不能撒野，要幫忙替弟妹換尿布、泡牛奶，最重要的是，懂得察言觀色。

「哎呀，眞巧，妹妹生日跟妳只差沒幾天，以後一起過就好啦。」

「家長會……我一定要去嗎？我以前去過大姊的，反正也沒講什麼重要的，妳自己去聽一聽就好，如果有問題，老師會自己聯絡我啦。」

「對不起喔，爸爸要出差，媽媽要照顧弟弟妹妹，沒辦法去妳的畢業典禮了。高中、妳高中的時候，爸媽一定去……」

「大姊最近要考大學了，老師說她認眞拚一下可以上前三志願，妳不可以去吵她喔。對了，妳最近先搬去跟妹一起睡，可以嗎？」

「身體不舒服？很嚴重嗎？發燒喔……但怎麼辦，我們沒人可以去接妳啊。這樣啦，妳跟老師說，妳家人沒辦法去接，讓妳在保健室躺一下，晚上再叫爸爸帶妳去看醫生。」

「不公平」的魔法咒語早已失效，我就是天秤中央的支點，沒有喊不公平的資格。

「嗯？二姊不是說要回來嗎？都這時間了……」忽然，我聽見妹妹這麼說，但聲音很快被各種「碰」、「吃」淹沒。

我將鑰匙插進鑰匙孔，深吸一口氣，拉開鐵門，「我回來了。」

語落，所有人都停了一瞬。

「哦，名師回來了！」爸眉開眼笑。

「二姊！」

「都還沒除夕，你們就已經開打了呀？」我放下行李，想坐到他們旁邊，卻沒有多的椅子，只好席地而坐。

「很誇張吧？剛剛我一回來，就直接被按到牌桌上。」姊抱怨道：「我的行李都還在門口。」

我微笑，沒有回答，只是靜靜仰望他們。

「還知道要回來啊？」媽「哼」了一聲，「當老師眞有這麼忙？」

「私中工作量本來就很大嘛。昨天還帶學生去比賽。」我搬出早就準備好的說詞，答得流暢。

「別聽妳媽這樣說，她每次出去見人都要炫耀，說女兒在臺北當老師！」

聞言，媽似乎有點難爲情，壓著嘴角碎念：「又不是公立學校，私校而已……」

「公校老師難考又血汗，去私校賺更多。媽，我看她年薪應該有我的兩倍喔！」姊笑著說：「等等妳還要領紅包呢，她的一定最大包。」

大家聽了哈哈大笑，可我不知道自己有沒有在笑，只知道我很努力彎起唇角。

私校運作隱密、難以查證、繁忙、薪水高……這個選擇對我再適合不過。

「說了一個謊，就要用更多謊來圓」，丁仁風的話我當然明白，有時我也會想，爲什麼我要撒謊呢？

「好啦，說眞的，當老師是很不錯。」媽搖搖手，阻止大家的玩笑，「不管在哪當老師，都是幫助人的嘛。」

她說這段話時，眼裡有光，像漂泊半生終於覓得某種寄託。我想，這就是我撒謊的理由。

這時，妹突然跑過來翻桌上的袋子，我告訴她有鳳梨酥，順口問她的近況。

「嗯，就那樣嘛。」她一邊啃鳳梨酥，一邊小聲說：「不會連二姊都要問我成績吧？我可不是妳的學生喔。」

「我知道啦。」

弟也過來搶了一塊，咬了一口就嫌棄地塞給我，抱怨這口味他不喜歡。

「這是丁仁風買的。」

「什麼！」弟弟立刻搶回去，一口塞進嘴裡，「嗯嗯嗯，尊好粗（眞好吃）……」

有一次，丁仁風來我家玩，一場遊戲帶弟弟起飛，短短半天就幫他提升了十幾等，從此成爲他心中的偶像。

「二姊，妳今年也跟他一起回來？風哥是不是快變我的二姊夫了？」

我一愣，差點大笑出聲。想著也許該告訴家人交了男友的事，但如果他們問我對方是做什麼工作的，我該怎麼回答？

正當我思忖著該怎麼開口，姊忽然將椅子挪到客廳中央，面向所有人。

「那個……可以暫停一下嗎？既然大家都回來了，我想宣布一件事。」

大家的視線全落到她身上。

「怎麼了？怪嚇人的。」

「嗯，是這樣的……」她將髮絲勾到耳後，羞澀一笑，「今年，阿宏想來拜訪，談談結婚的事，不知道方不方便？」

屋內一陣譁然，爸媽又驚又喜，弟妹興奮追問。

而我坐在冰涼地板上，看著所有人臉上都寫滿快樂，一瞬燦爛起來，只有我，慢慢變得黯淡。

「恭喜妳啊，姊。」我輕聲說。

這世上所有人，看起來都好忙，似乎就只有我閒得發慌，閒得有大把時間感受悲傷。

晚上洗過澡後，我經過妹的同意進了她的房間。原本屬於我的那張床，堆滿了娃娃和衣服，我東挪西挪，好不容易挪出一處空位坐下。

爸媽和姊喝了點酒，正暢談婚姻與人生，弟妹在玩Switch，一直大呼小叫。時間已近午夜，他們似乎還不覺得累，家裡嘈雜熱絡。

我拿出手機，靠在柔軟的白熊玩偶上，點開裴恩珉的官方社群軟體。才半天沒看，就已經密密麻麻一堆消息。

裴恩珉今天拍攝的公益廣告，官方IG下午發出側錄花絮。他穿著白色T恤和牛仔褲，站在攝影棚裡朝鏡頭微笑，燈光閃爍。

拍攝空檔，裴恩珉注意到花絮攝影機，先是露出茫然的表情，接著靦腆一笑，難為情地問：「怎麼啦？」

「啊啊啊女友視角！」

我看著留言，忍不住微笑。關掉影片，我戴上耳機，點開YouTube，觀看裴恩珉傍晚才剛發布的影片。

影片背景是熟悉的工作室，他總是在這錄製練唱影片，想到就上傳，沒有固定頻率，對粉絲來說，就像不定時投放的小驚喜。

他偶爾也會在這頻道上直播，有一次甚至用粉絲的留言即興創作一首歌，前後不過半小時。才華洋溢的他，連登好幾天娛樂新聞頭條，歌曲收錄在他的第四張專輯裡，歌名就叫〈留言〉。

這次的影片不是新發布的歌，而是翻唱《阿拉丁》的主題曲，〈A Whole New World〉。童年耳熟能詳的優美旋律，由他徐徐唱來，在黑夜裡開闢一個宏大世界。

我閉上眼睛，傾聽他細膩澄澈的嗓音。他就在我耳畔歌唱，讓我覺得自己離他很近很近……

外頭的尖叫笑鬧全被屏除在外，這一刻，我只能聽見他的聲音。

驀然，手機震動。我睜開眼，一條訊息闖入眼簾。

「睡了嗎？」

訊息來自歌聲的主人。我立刻坐直，用力揉著懷裡的玩偶，試圖緩和躁動的心跳。

「還沒。」

他很快回覆：「妳家，在我們高中附近嗎？」

我不懂他爲何這麼問，內心卻閃過一絲莫名的期待，快速敲下訊息，「對，走路只要十分鐘。」

「那妳現在可以出門嗎？」下一則訊息接著跳出，「我知道很晚了，不方便也沒關係。」

我愣愣地盯著螢幕，腦袋思緒像顆氣球迅速膨脹、爆開，無數彩紙飛散，眼前一片五彩繽紛。

「為什麼？」我的指尖微微顫抖，下一秒，手機響起，我接起，將手機靠到耳畔。

「雖然時間有點怪……」他輕笑起來，「但我來找妳了。」

我家到學校根本不需要十分鐘。

我在寒夜裡奔跑，跑過熟悉的街巷、天橋、路口……我曾費盡無數個十分鐘抵達的青春，一眨眼就出現在我眼前。

我在校門前倉皇張望，上氣不接下氣，視線有些模糊。

「晚安。」

一道聲音響起，我抬起頭，裴恩珉就坐在矮牆上，微笑望著我。黑暗裡，他目光炯然，像閃耀星辰。

「你……」我張口半天，卻什麼也說不出口。

夜晚的街道冷清，連一輛車也沒有。

他輕巧躍下，一步步走向我，「抱歉，這個時間跑來。但我看了一下行程，好像只剩今晚能來見妳了。」

那又為什麼要來呢？我好想這麼問，但又不敢。我怕他覺得我不喜歡，卻不敢奢望他會在意我的想法。

奇怪的矛盾拉扯在心中滋長，像不小心纏繞在一起的線，愈理愈亂。

「我打擾到妳了吧？」他皺眉，看起來有點懊惱。

我立刻搖頭，「沒有，沒有。我沒那麼早睡，我家的人也都還沒睡。」出門前，我說要去散步，他們只叫我注意安全，回來時多買點啤酒。

「那就好。」他勾起笑容。

裴恩珉沒有戴帽子或口罩，我不敢直視他的臉。

一低頭，我才注意到出門時穿到爸的涼拖，尺寸明顯過大，我的腳趾裸露在寒風裡，無處可逃。不只如此，我感覺後腦勺的髮夾鬆了，頭髮鬆鬆垮垮地堆在肩頭。

我現在看起來一定很狼狽，就像渾身溼透、不敢踏進圖書館的那一天。

「月季？」

我抬頭看他，卻不禁一愣——裴恩珉頭髮凌亂，雙眼泛紅，下頷冒出淡淡的青碴。

他的模樣比上次見面時更狼狽，這是我第一次看見他這個樣子，像褪去光暈的星球，露出一身坑疤。

「你怎麼了？你看起來……很累。」

裴恩珉笑了笑，「是嗎？」

我認得那種笑。

他有時是個溫柔得太殘忍的人，連撒謊都禮貌客氣。每當他回應粉絲的告白，總會露出這樣的表情，溫柔但虛假。看似離他更近，事實上，他只是豎起一道透明的牆。

這讓我意識到，我們的關係，似乎一下子退回原點。

「你沒有好好休息嗎？」

「最近工作……是有點多。」他別開目光。

我想起這陣子的訊息和電話，忽然感到緊張。我怕我也成爲他「工作」的一部分。

「那你要不要趕快回去？」我擔憂地問。

他一頓，沉默半晌，靜靜凝望著我，「月季……妳有沒有想過，可能是我自己想來？」

怎麼可能？我差點脫口而出，然而我只說：「對不起……」

明明是我問他要不要來，現在又在矯情什麼？

「我才要說對不起。」他朝我走近一步。

「爲、爲什麼？」

「無論是上次一起散步，或是這次，妳看起來總是很驚訝。這代表，我失去記憶之前……從未這麼做過。」

我微瞠雙眸，心臟若有似無地揪了一下，有點痛、有點無力。

「你……是想補償我嗎？」我眼眶發燙。

我恨自己問出這種問題，明知道他什麼也不記得、明知道他會來找我，只是因爲歉疚、明知道他會和我在一起，只不過是氾濫的溫柔在作祟……我又爲什麼要讓自己變得更可惡？

「不是。」他笑著搖頭，聲音平靜溫和，「我是來見妳的。」

我愣住。他的聲音融化我的自卑，變得無比柔軟。

「當然，我也想回來看看，看能不能想起什麼。」

我抹掉眼角滲出的淚，輕聲問：「那……你想起什麼了嗎？」

裴恩珉沒有回答，身子往後一仰，目光沉沉地望著我，一副嘗試回憶的模樣。

我僵住不敢動，我的臉似乎成了寫生的目標，在他視線的流連比劃下，被置放在一個美麗的維度細細思量。

我們就這麼對視許久。突然，他眉眼染上淡淡的笑意，「眞奇怪，我想起的，好像是很久以前的事。」

「什麼？」

「我想起妳綁馬尾的樣子。」他微微一笑，「很漂亮。」

我腦袋一片空白，下意識反駁，「我哪裡漂亮。」

裴恩珉沒有回應，依然笑著。可他的表情，看起來並不像在撒謊。

我覺得我快無法呼吸了，向他提議，「要不要在附近走走？也許你能想起什麼。」

「好啊。但這麼晚了，學校應該進不去。」

「去圖書館看看吧。雖然這時間沒有開放，但外面有一座涼亭，我們可以在那待一會兒。」

他看向我，神情有些恍惚。我微笑著說：「再走一下就到了，我帶你去。」

也許是因爲四下無人，也許是因爲環境太過熟悉，就算裴恩珉一點僞裝也沒有，大大方方地走在街上，我竟也不感到緊張。

我一邊走，一邊拆掉髮上的夾子，用手指稍微梳理後，重新綰起頭髮。

裴恩珉走在我身邊，路燈將我們的影子拉得老長，中間隔著一盞燈光的距離。從某個瞬間開始，他步伐領先我一點，像對這段路很熟悉，早就知道要在哪轉彎。

我猶豫著問：「恩珉，你到底……還記得多少事情？」

「我也沒有答案。因爲忘了，所以不曉得忘了什麼。」他笑了笑，「有些事內建在我的記憶裡，例如開車、唱歌、面對鏡頭……有些事我需要關鍵字，相關畫面才會慢慢浮現，想起這段記憶。就像剛才妳提起圖書館，我一開始沒有印象，但走著走著，我逐漸想起那股書的氣味，想起自己整理書架的時刻，拼著拼著，終於有了鮮明的畫面。」

那，你還沒有想起我嗎？

一陣冷風吹來，涼颼颼地吹著我的脖頸，我忍不住縮起肩膀。突然，一股溫暖圍上我的脖子。我渾身一僵，轉頭看他，裴恩珉不知何時摘下圍巾，繞在我脖子上，一圈又一圈。

我想拒絕，可當他指尖輕碰到我的鎖骨，回絕的聲音頓時全數消失。

「我也有問題想問妳。」

「什麼？」

「妳是不是……其實有點希望我忘記過去的事？」

我一怔。髮夾支撐不住頭髮，「喀啦」一聲，在靜夜裡響起清脆聲響，我的頭髮應聲散落。我聞到熟悉的洗髮精香氣，和他身上乾淨的木質氣息混在一起。

「我怎麼會那麼想？」

他沒有回答，只是轉身走向涼亭。我慢了半拍才跟上去，看著他的背影，我無法辨認他的情緒。

我們站在涼亭階梯上，俯瞰階梯下的圖書館。建築物一片漆黑，我和他的祕密時光被鎖在那裡，近在咫尺，卻遙不可及。

「我只是在想，失去記憶以前……我似乎是個很差勁的人，也許妳寧願忘掉一切，重新開始。」

我抿住唇，圍巾的熱度讓我有點想哭。

我寧願他忘掉，同時又希望他記得我的一切。然而這麼自私的話，我說不出口。

「對不起。」裴恩珉輕吁一口氣，空氣裡泛起一團白霧。

「你不用向我道歉。」我想起他上次說過的話，心裡有點酸，「突然喪失記憶，你一定很不安。」

這句話像碰觸了什麼開關，裴恩珉驀然沉默下來，良久未言。

「其實……我這段時間過得不太好。」他的聲音在夜色裡變得更加清晰，「我好像，寫不出東西了。」

我不禁怔住，半小時內就能即興創作出一首歌的裴恩珉，竟然會沒有靈感？我不曾想像他會遇到瓶頸……

「是因爲……失憶嗎？」

「我本來也這麼以爲。」他說：「但我稍微翻找過檔案……車禍以前，我寫歌的頻率就下降很多，而且完成度都不怎麼樣。」

「政厚哥他怎麼說？」

「我沒有問他。」

我想起政厚哥說過，他們感情再好，終究只是生意夥伴。

此刻，我望著裴恩珉的側臉，忽然不知道該怎麼做。

在我眼裡，他一直是光鮮亮麗的，但他現在看起來卻如此黯淡……

是因爲我嗎？因爲我太想變得快樂，所以連他的快樂都一併摧毀了嗎？

「車禍那天，我只記得自己很累，很累很累，彷彿用盡這輩子所有力氣。我對閉上眼睛的瞬間，留下的記憶竟然是——太好了，就這樣吧。」

我呼吸一滯，心臟像被狠狠掐住，又緊又痛。

「恩珉……」

「我被自己嚇了一跳，我總是在想，那眞的是我嗎？每當我對某些記憶感到困惑，問身邊的人，大家總是安慰我、說些好聽話，可是……我很害怕。我是誰？裴恩珉是誰？我連妳都不記得，我到底還有多少事情還沒想起來？」

我眼前湧上水霧，胸口傳來的疼痛讓我好想逃跑。明明我們之間的牆正在瓦解，這不就是我想要的嗎？

「你只是累了。」我啞聲說：「車禍只是一場意外，你失憶也是。我眼裡的你從沒變過，就算把記憶全部找回來，你依然會是那個美好的裴恩珉。」

「我……可以相信妳嗎？」他凝望著我，憔悴的雙眼泛著血絲，臉色在黑夜裡如此蒼白。

我有一種感覺，只要我輕輕一句話，他就會應聲碎裂，然後散入風中。

「我是這麼希望的。」我說。

他輕吁口氣，露出淺淺笑意，「月季，其實……和妳在一起的時候，我的感受很矛盾。有時也會覺得有點不自在。」

我胸口突地一跳，遲疑地問：「為什麼……不自在？」

「妳好像總是把我看得很清楚，我卻……連自己都不太認識，努力在迷霧裡摸索自己、捕捉有關於妳的事。這讓我感到難堪，也有點彆扭。」

我張口想說些什麼，卻說不出來。

「但這種感受，很快就被安心感取代。」他笑意漸深，「因為妳就像一面鏡子。」

「鏡子……」我喃喃：「你上次也這麼說過。」

他說，我是一面只能照出好事的鏡子。

「嗯。在妳眼裡，我總是那麼好，好像一點缺點也沒有。」

「因為那就是真正的你。」我答得很篤定。

他望著我，緩慢搖頭，「我知道我沒有那麼好。失去記憶以後，我找回的記憶總和認知有落差，就像無法完全密合的拼圖。而我在這些縫隙裡感受到，我並沒有自己認為的那麼好。」

原來，裴恩珉也會自我懷疑。是因為那些事嗎？因為他發現他忘了我、發現他扔掉粉絲的禮物、發現他沒辦法再創作……還是，他發現了更多事情？

「才不是。而且不只是我，大家都知道，你是個完美的人。」

「月季。」他輕喚：「他們不是我親近的人，從他們身上映照出的，是我想讓他們看見的樣子，所以我很難認同自己是那樣的人。但是，妳看著我這麼久，把我看得清清楚楚，每當我看著妳的眼睛，我好像就能相信……也許我眞的是個不錯的人。」

聽他這麼說，我忍不住莞爾，緩緩地說：「恩珉，世上沒有『只能照出好事』的鏡子。如果你覺得我是鏡子，那我映照出的，就是你眞正的樣子——你就是那麼美好。」

裴恩珉低頭微笑，嘴角帶著一絲苦澀，「謝謝妳……」他低頭看著影子，低低地說：「我相信妳。」

他像在對我說，也像在對自己說。

是從什麼時候開始的呢？我們的立場對調了，我好像，成了主宰這段關係的人。

我和裴恩珉的深夜約會，因爲兩通電話而結束。

第一通是我的。弟打來問我怎麼還沒回家，散步散了一個半小時。

第二通是裴恩珉的。他在我面前接起電話，我能聽見手機那端傳來的宏亮嗓音，一聽就是政厚哥。

「裴恩珉，你不在家是跑去哪了？行行好，你馬上就要去機場了耶！」

我愣愣地聽著裴恩珉向政厚哥致歉，但他始終沒說出他人在哪，只說兩個小時以內會出現在機場。

結束通話後，他迎上我視線，露出苦笑，「我該走了。」

「我知道，但是……」我腦袋一團亂，不知道該先問他哪件事。最後，我愣愣地問：

「你要出國？」

「嗯，下午和妳通完電話後才知道的。政厚哥說，要臨時去趟日本。」

「要去做什麼？」

「我也還不知道，反正是工作。」他聳肩，「但他說很快就能回來，幸運的話，他還能趕回家過年。」

「可是……你沒好好休息過。」

「剛才，不就是休息嗎？」他莞爾。

我愣住，看著他步下臺階，朝我伸出手，「走吧。這麼晚了，我陪妳回去。」

裴恩珉並沒有眞的送我到家。

他很堅持，但我多次拒絕，最後，他折衷送我到離家最近的巷口。

「你不要自己開車了，叫車去吧？」我擔憂地說。

他搖搖頭，「我很好。」

「可是……」

「月季，妳不用擔心我。」他微笑，「我不會再有那種想法了。現在我甚至有點期待，期待找回記憶的那一天……謝謝妳。」

他一頓，「有來找妳眞是太好了。」

在他的催促下，我轉身離開，卻忍不住頻頻回頭。他始終站在彼端，溫柔地望著我。

我將臉藏在圍巾裡，乘著他的氣息，一步步走進夜色，直到看不見彼此爲止。

回到家後，我才發現爸媽已經睡了，弟弟妹妹也各自回房，客廳只剩下姊，一個人坐在沙發。

「妹，妳交男友了？」我經過她時，她突然問。

我一頓，並沒否認，「怎麼了？」

她伸手指指我脖子上的圍巾，又指向桌上一瓶瓶啤酒空罐，接著說：「怎麼沒帶回來給大家看看？」

我猶豫半晌，「妳先別跟爸媽說。」

「爲什麼？」

「因爲，我男友身分比較特殊。」

「妳這麼說，更讓人擔心了耶。」她哈哈笑，我將食指湊到唇邊，要她小聲點。

「好啦，好啦，談戀愛而已，又不是犯罪，怕什麼？」姊支著下巴看我，眼神迷離，似乎有點醉了。

「眞的別說喔。」

「好啦。對了，妹，謝謝妳。」

「謝什麼？」

「謝妳把房間讓給我。」

我困惑地問：「什麼？妳本來就自己睡……」

「我是說，妳國中的時候啊。」她打了個嗝，「媽說我要拚考試、要有自己的空間，叫妳去跟小妹擠一間。謝謝妳啦。」

「妳很會念書，這是應該的。」

姊只是笑咪咪地看著我，好像早就看透我，這讓我有點彆扭。

「很會念書，結果也只是當個餓不死的郵務員，每天蓋印章蓋到手長繭。」她對著手指吹了幾口氣，看起來醉得不輕，「而妳當了老師，爸媽眞的很爲妳驕傲。」

我沉默，不知道該怎麼回答。突然間，姊大笑起來，我皺眉叫她安靜點。

「對了，妳紅包包多少？我和妳出一半吧。」說這段話時，她手肘撐著桌子，半睜著眼，一副隨時會睡著的樣子。

「幹麼這樣？我平常也沒怎麼給孝親費，我自己就……」

「妳以爲我什麼都不知道嗎？」她笑了笑，「我可是妳姊姊。」

她一句話，就讓我啞口無言。

「妹，我也跟妳說個祕密。」剛才還大聲嚷嚷的她，現在卻壓低聲音，湊到我耳邊，悄聲說：「我總是在阿宏面前假裝喜歡小孩，但我根本就不想生小孩。我怕……他會因爲這樣就不跟我結婚。妳眞的不能跟別人說喔，妳說出去會破壞家庭。」

才剛說完，還沒等到我的回答，姊就趴倒在桌上，沉沉墜入夢鄉。

我進房替姊拿了件被子，蓋在她身上。這時，她放在酒瓶旁的手機亮了一下。

「陳太太，新年快樂。我愛妳。」

我再看向姊的睡顏，忽然覺得很難過。我出生的時候，她是不是也和我一樣，覺得很不公平？

曾經看過蘇乙笙《我們是微塵裡的光》，裡頭提到：長大是在得到與失去之間權衡利弊，在付出與回報之間進退兩難。

無論如何，好像總得隱藏起自己的眞情實意。我們想要，卻又不敢要，於是學會撒謊。

或許，我們都太早長大了。

我坐在姊的旁邊，將圍巾拉高一些，閉上雙眼，裴恩珉彷彿就在我身邊。

初三那天，姊的男友果然來了，我們全家一起到餐廳吃飯。

他們倆已經交往多年，爸媽早就認定他是未來女婿，一切談得很順利。

接著，爸媽問起他們打算何時要孩子，阿宏篤定地說：「當然愈早愈好。」

我和姊互看了一眼，又繼續低頭吃飯。

餐桌上氣氛融洽，姊全程只說了一句「一切從簡，希望今年年中前辦完」，沒有多說什麼。

隔天早上，我們全家一起去附近寺廟祈福。

在香火繚繞的寺廟裡，眾人一同闔眼佇立，手持線香祈禱來年之幸。我喃喃祈願，腦海浮現的是裴恩珉的眼神，純淨卻悵然。

廟宇設置了一座祈願座，讓民眾將願望寫在牌子上，繫在上面。大概只是噱頭，大家對此興致不高，但弟妹特別興奮，替每個人都拿了牌子，要我們在上面留下新年願望。

我抬頭一看，祈願座上已掛滿無數願望——賺大錢、轉學考順利、金榜題名、全家健康平安……

我正要提筆寫下願望，反而不知道要寫什麼。這時，腦中突然閃過丁仁風對我說的，希望我比去年快樂。

「二姊！妳怎麼還沒寫？」妹催促，「妳要小心寫喔，他們說寫錯了不能拿新的，願望會失靈。」

「要寫了，等我一下。」

我拔開筆蓋，想著不如就寫這個吧。可當我真正下筆，卻寫了不一樣的事。

「妳寫了什麼？」媽問我。

我搖搖頭，說寫錯字了，趕緊塞進口袋裡。

離開前，我趁著他們不注意，將願望掛上祈願座。

「希望這場美夢，可以再持續久一點。」

這就是我的願望。

在我掛上的瞬間，感覺到口袋裡的手機震動。直到走出廟宇，我才低頭查看訊息，沒想到是丁仁風傳來的。

他平時很少傳訊息給我，本以爲是新年祝福，然而，訊息內容不由得使我腳步一頓。

「對不起。」

空蕩蕩的訊息欄裡，僅有這三個字。

第五章

〈車禍後遺症？裴恩珉記憶缺失〉

創作歌手裴恩珉先前（2日）深夜駕車，不愼自撞護欄，送醫急救，引起大眾關注。公司當即表示傷勢不重，裴恩珉亦於一週後火速恢復活動。

據知情人士透露，裴恩珉此次車禍已造成腦部損傷，記憶有缺失情形。忘記多少事情？是否影響演藝活動？新專輯是否如期發表？致電JE娛樂後僅回應：「新專將正常發行，其餘無可奉告。」

A市立醫院腦神經林醫師表示，「不清楚裴恩珉失憶情形，僅就車禍失憶一事來說，腦部受到撞擊，的確有可能造成暫時性失憶。這一類的患者大多知道自己是誰，智力不會受到影響，也不會忘記原本會的事情（如：算數、煮菜、開車等），只是可能忘記某些事件或個人經歷。」

專家指出，大部分的短暫性失憶症和心因性失憶會自行痊癒，應避免給予過多情緒上的刺激，只要安撫患者，並回答患者的提問，待其記憶慢慢恢復即可。

記者　丁仁風

可能是很久沒有生氣了，我似乎忘了怎麼生氣，只是渾身隱忍緊繃，近乎顫抖。

站在丁仁風租屋處門外，我死盯著門上那張「福」字，覺得既諷刺又可笑。

我深吸一口氣，按下電鈴，刻意按得很重、很用力，偏偏響起的還是那麼無力的「鈴鈴」聲。

丁仁風出來應門，表情很平靜，「妳什麼時候回臺北的，怎麼沒跟我說？」

我一愣，他太過理所當然的語氣，一瞬間又點燃我的怒火。我用肩膀推開他壯實的手臂，走進他的租屋處，將行李一甩，扔到沙發上。

這裡是丁仁風在臺北的住所，我只來過兩次，一次是陪他看房、一次是來送喬遷禮物。沒想到，第三次會是因爲這種事。

「先坐吧。」

他打開冰箱，拿了瓶果汁給我。我根本不想喝什麼果汁，沒有接下。

心臟涼颼颼的，一看見那封訊息和新聞，我恨不得馬上當面質問他。得知他已經回臺北，我立刻訂了最快的車票趕回來，一下高鐵就直奔他的租屋處，沒料到，他竟然是這副理直氣壯的模樣，只差沒對我說「新年快樂」。

「你到底什麼意思？」我氣得聲音都在發抖。

「就像妳看到的那樣，我改跑娛樂線了。」

「我問的不是這個！」

「我只是寫他失憶而已。」

「而已？」我忍不住笑出來。

「我知道妳會生氣。但我老實說，這新聞眞的沒什麼料，主管也是看我剛入組，讓我試試水溫。」丁仁風淡然道：「失去記憶又怎麼樣？我想立功的話，應該報點桃色緋聞。」

我不敢相信他還在說這種話，「意思是，你接下來就要把我報出來了嗎？『據知情人士透露，裴恩珉正在和圈外女性戀愛』，稿子我幫你寫好了！丁仁風，我是這麼、這麼相信你——」

「妳果然生氣了。」

「我能不生氣嗎？你怎麼能把從我這聽到的事寫出去？」

「不是我，終究也會有別人發現，只差有沒有報出來而已。裴恩珉失憶的事，JE娛樂根本沒打算藏，因為他們也覺得這是小事，不痛不癢。妳知道我打電話過去的時候，他們的反應是什麼嗎？輕鬆的口氣就像在問『所以呢？問這要幹麼』。」

原來，生氣到極點的時候是會想哭的。我眼眶發熱，怒瞪著丁仁風，「你口中這『沒料』的『小事』，很可能是別人的傷痛。你有想過嗎？」

「嗯。但八卦不就是這樣嗎？在決定轉進娛樂線的時候，我就已經想好了。」

「決定？所以，跑娛樂線是你的決定嗎？」

他點頭，輕輕應了一聲。

「為什麼？」

「我有想調查的事，但這不重要，反正我就是轉了，媒體界本來就這樣來來去去。」

他聳聳肩，「娛樂圈就這麼大，裴恩珉正當紅，我寫到他的新聞是遲早的事。」

「你是個記者，難道不懂嗎？這件事看起來沒什麼大不了，但它會是個破口！在知道他失憶後，有多少人會試圖混淆他，又有多少媒體會順藤摸瓜？誰知道他們會循線挖到什麼？誰知道這件事會有多大的影響？」

「這我就不懂了。」丁仁風將果汁放回冰箱，回眸看了我一眼，「妳是怕裴恩珉受到傷害，還是怕自己受到牽連？」

我一怔，眼角滲出一滴淚，我很快伸手抹掉，「我才不想和你玩文字遊戲。」

「言歸正傳，我是個記者，我只是在完成工作。我那則新聞有哪句話不是事實？還是，裴恩珉眞有什麼見不得人的祕密？」

「可是，我們是朋友……丁仁風，你是我唯一的朋友。」

他輕描淡寫地說：「所以我道歉了。」

我看著丁仁風，忽然覺得他好陌生。

現在的他看起來既冷漠又遙遠，再也不是那個瘦小的少年，不再是我認識的那個丁仁風。他長大了、變強壯了，肩膀寬闊了許多，像一隻巨大的熊，輕輕一掐，便能捏碎我的美夢。

「好……那就這樣吧。」

我拎起行李，打開大門，逕自走了出去。他沒有送我，但我餘光瞥見，他的眼神一直跟隨著我。

淚眼模糊中，我一步步走下階梯，忍不住想起幾天前，他說希望我能快樂。

丁仁風這個騙子。

我不知道我是怎麼回到租屋處的，渾身軟綿綿，一點力氣也沒有。

我點開手機訊息欄，深吸一口氣，主動傳訊息給裴恩珉。

「你還好嗎？」

我們倆的訊息，還停留在他來找我的那天。我不知道他是否已經回國，是否已經看到新聞。

「我很害怕。我是誰？裴恩珉是誰？我連妳都不記得，我到底還有多少事情還沒想起來？」

我想起裴恩珉說這段話時的表情，那麼茫然、那麼憔悴。

他說他很害怕，我也好害怕，怕他受到傷害。

我理解丁仁風的意思，只是失憶而已，又不是緋聞或醜聞，就像扔進池裡的小石子，掀不起多大的水花。

可是，再小的石子也會掀起漣漪啊。現在新聞一出，所有人都會知道他失去記憶。他就如同一張白紙，大家爭先恐後要在他身上留下色彩。也許從來沒有發生過的事，只要有人對他說一句「你眞的不記得了嗎」，他便可能當眞、試圖回憶，甚至不小心捏造出一段新的記憶……

裴恩珉是那麼溫柔的人，比起質疑別人，他一定會先感到自責，怪想不起來的自己，然後對自己失望，就像他面對我時那樣。

裴恩珉站在那麼高的地方，稍不注意就會摔下來。他可以因爲愧疚和我交往，也可能會因爲愧疚讓自己捲入危險。

半小時後，裴恩珉回覆了訊息，不是文字而是音檔，我忐忑點開，清冽美好的嗓音湧向耳畔。

「如果是指新聞的事，我很好，謝謝妳關心我。我剛下飛機，馬上就……」

說到這，背景傳來一陣嘈雜人聲，淹沒了他的聲音。

「月季，不好意思，我晚點再跟妳說，這裡太吵了。」

音檔至此爲止。不多不少，總共十秒，我卻反覆聽了十分鐘，心情終於慢慢平復下來。

我等他的聯絡等了許久，沒想到反而是政厚哥先打電話過來。

「梁小姐，現在方便說話嗎？」

「可、可以。」

「妳應該看到新聞了吧？」

我「嗯」了一聲，一顆心隨之提了起來。

「我沒打算追究是誰說出去的，人多嘴雜，消息走漏也是難免。」他低笑兩聲，「但我很意外有人會這麼做。這沒什麼好處啊？失憶而已，有什麼好報的呢？」

我沒想到，他會和丁仁風說一樣的話。但我能聽出來，他是故意這麼說的。

「那個記者是我朋友，對不起。」

他輕應了一聲，語氣平靜，似乎並不意外，「妳不用道歉，妳有妳的交友圈。失憶的事，我也沒叫妳保密。知道這件事的人不少，傳出去也是遲早的事。」

「那麼……你想和我說什麼？」我討厭這種陰陽怪氣的說話方式，如果想怪罪我，還不如直接說。

「我只是想提醒妳，別忘了我們的約定。」政厚哥說：「請別越線。」

「能說得具體一點嗎？」我疑惑地問。

除了那則新聞，我不覺得自己有哪裡越線了。我沒把心裡想的說出口，他卻好像聽懂了，「妳或許沒有，但恩珉呢？」

「什麼意思？」

「妳不覺得，你們最近來往得太密切了嗎？」

原來在別人眼裡，我們的關係變得更密切了？我不知道我該怎麼反應，有點高興，但又覺得荒謬，只是這種程度，他就要來警告我了？

「我們在交往，來往密切是很正常的事。還是，我眞有哪裡影響他工作了？」

「我只是提醒妳而已。」政厚哥聲音平靜，「缺失記憶後，恩珉顯得很不安。在我看來，他好像比以前還要依賴妳。」

聞言，我忍不住皺起眉頭，既然他知道裴恩珉因爲失去記憶而不安，又怎能對那則新聞無動於衷？

我再一次體認到，JE娛樂和裴恩珉，眞的只是合作關係。五年的陪伴、互相扶持、患難與共……這些全都只是粉絲的自我感動，裴恩珉身邊始終只有自己一人。

「我知道了，但是……請你們好好保護他。」沉默許久，我只能擠出這句話。

「啊？那當然啦。」政厚哥笑出聲，聲音宏亮，顯得我的要求蒼白且無力。

結束通話之前，我問起裴恩珉接下來的行程。政厚哥提到，今天裴恩珉應該會待在工作室。

「妳要去找他嗎？」他問。

我當作沒聽見，只是輕聲道謝，然後掛斷電話。

這一刻，我終於有力氣整理行李。

回家時鬆鬆垮垮的行李袋，回程時卻變得沉甸甸的，裡面有爸爸公司同事送的蘋果、阿姨寄來的蛋捲、準姊夫送的蛋糕、還有媽自己醃的泡菜……

整理好行李，我換上洋裝、畫了點淡妝，束起馬尾。

離開前，我看了眼掛在椅子上的圍巾，有一瞬猶豫是否該圍上，但最後只拎起一個袋子出門。

我搭捷運又轉公車，兜兜轉轉，花了一個半小時，才終於抵達目的地。

憑著印象，我彎進一條小巷，沿路摸索費了點時間，才終於找到記憶裡的建築物。小小的一幢矮樓，夾在高樓大廈之間，既低調又自然。

已經忘了第一次來這是什麼時候了，我只記得當時很緊張，心臟跳得厲害。現在的我還是覺得很緊張，胸口撲通撲通地鼓譟著，但理由已經不一樣了。

我站在門口徘徊了一陣子，才終於撥出電話。

「哦！月季，我正想回電給妳——」

「恩珉，你人在工作室嗎？」

「嗯，怎麼了？」

「那……」我克制不住上揚的唇角，覺得澎湃的喜悅就快滿溢而出，「你能下來接我嗎？」

「月季！」

聽見呼喚，我轉過頭，對上他訝異的眼神。他呼吸微微起伏，似乎是一路跑下來的。

「妳真的來了？我還以為妳在開玩笑。」裴恩珉大步朝我走來，眉眼慢慢染上笑意。

他手裡還握著手機，一點偽裝也沒有，只戴了頂黑色球帽。此刻的他有種天真的可愛，我的笑意忍不住加深。

「我們先上去吧。」他拎過我手上的紙袋，「這是什麼？怎麼這麼重？」

我們一起進了電梯，門關上後，我才笑著說：「這是給你的。」

「給我？」

「嗯，你不是喜歡吃甜的嗎？這些都是甜食。」

裴恩珉沒有回答，只是捧著紙袋，低眉微笑。

電梯來到五樓，我們走出電梯。他一手抱著紙袋，一手滑開門鎖，輸入密碼，大門發出清脆的解鎖聲響。

「妳來過這裡嗎？」

「很久以前，來過一次。」

這裡是裴恩珉專屬的工作室。

剛出道那幾年，他用的是公司裡的工作室。後來，他的成就愈來愈高，也希望能有專屬的創作空間，便另外租了一個小空間。

工作室裡乾淨整潔，一走進門是落塵區，鞋櫃裡只擺了一、兩雙男鞋。

隔著一片霧面玻璃，裝潢黑白相間，牆面裝了軌道燈，暖色調燈光增添了一絲溫馨感。

牆上掛著一幅無框畫，是他在舞臺上歌唱的樣子。看著那幅畫，我不由得揚起唇角。

「妳認得這幅畫？」

「嗯，認得喔。」我笑著說：「這是你二十三歲生日的時候，粉絲集資送給你的。」

他前陣子直播時，屋內的無框畫是另外一幅，有粉絲問本來的畫去哪了，他說怕沾灰，先收起來，沒想到，現在又再度出現。

這霎那，我突然想起停車場裡發生的事——粉絲送的禮物，直接處理掉。

不，這怎麼可能。這幅畫現在再次出現，代表之前只是暫時收起來。

「妳記得眞清楚。」他輕聲說。

「我記得的事還不止這一件。」我將大衣外套挽在手裡，朝他微笑，「我還知道你的一個小祕密。」

他怔了一瞬，有些遲疑地重複，「祕密？」

「嗯，祕密！」

我故弄玄虛，朝他一步步走近。裴恩珉難得露出有點緊張的表情，低聲問：「是什麼？」

「好啦，不逗你了。」看他這表情，我實在不忍心繼續鬧他，「你公開的生日，不是你眞正在過的生日，對吧？」

他看著我，神情意外，「妳怎麼知——」說到一半，他忽然笑開，「眞是的，我在說什麼？妳當然知道了。對不起。」

他的反應讓我忍不住笑出聲。

其實，這算不上什麼祕密，我高中時就知道這件事。

裴恩珉並非出生在傳統的家庭，但從祖父那輩開始，他們家過的就是農曆生日。身爲風雲人物的他，生日總是辦得盛大熱鬧。後來，他主動告訴大家，他過的是農曆生日。

「其實我們家不太過生日，大家不用這麼大費周章啦。」裴恩珉臉上沾著白色刮鬍泡，有點不好意思地說。

大家沒放過他，只是起鬨，「你以後可以一年過兩次生日了。」

「眞的很謝謝你們。」他全身都是泡沫，制服衣衫都溼透了，卻笑得很燦爛。

而我只是遠遠地看著，連一句「生日快樂」都不敢開口。

我鼓起的最大勇氣，只不過是跑去翻日曆，抓準他農曆生日那天，在要歸還的書裡，夾進一張畫上生日蛋糕的便利貼，期待他會發現。

裴恩珉坐在櫃檯，接過我要還的書，替我刷條碼。

「這樣就可以了，謝謝。」他微笑對我說。

那本書被擱上書車，保持著若遠似近的距離。

他並沒有發現，但這樣就可以了。我滿足地想。

「對了。月季，這是妳的吧？」

他的聲音拉回我的注意力。我轉頭，發現裴恩珉蹲在門口，面前擺著一雙白色的室內拖鞋。

「啊……嗯。」

「我前幾天就在想，這鞋碼對我來說有點小……」他笑了笑，朝我招手，「要不要先穿上？地板很涼。」

我走向他，裴恩珉已默默將鞋子轉向我，讓我能直接穿上。我照做，小心翼翼地伸出腳。

被他這麼看著，我忽然覺得腳背肌膚傳來一陣溫熱，像洗澡時花灑澆淋下來的溫水。我咬著唇，心跳得很快，將腳套進那雙稍大的拖鞋裡。這一刻，我彷彿成了試鞋的灰姑娘，契合的瞬間，響起幸福快樂的鐘聲。

驀然，我重心不穩，不小心踉蹌。

「小心。」裴恩珉很快起身，一把拉住我，「沒事吧？」

「沒、沒事。」我低著頭，整張臉燙得厲害，不敢看他。

「那就好。」

他笑了笑，卻沒鬆開我的手。

裴恩珉就這麼拉著我走進工作室，示意我在沙發上坐一下。他自己則拉了張圓凳，坐到我對面，將紙袋裡的餅乾糖果倒出來，攤在桌上。

裴恩珉的表情，就像收到耶誕禮物的孩子，雙眼發亮。

「對了，恩珉……抱歉，我忘記帶圍巾來了。」

「什麼圍巾？哦，沒關係啦。」他朝我微笑。

「你……剛才在忙什麼？」

「嗯……整理作品，還有翻翻自己之前隨手寫的歌詞。前陣子太忙碌，今天才終於有時間處理。」

「我過來，會不會打擾到你？」

他拆了一顆草莓軟糖，放進嘴裡咀嚼，臉頰鼓鼓的。

「當然不會……反正也只是跟電腦乾瞪眼。」他吃著甜食，卻說著苦澀的話。

「先別想了吧，現在還是年假。」我微笑安慰。

裴恩珉忽然抬起頭，沉沉地望著我，表情若有所思。

「怎麼了？」

他的嘴一張一闔，似是想問些什麼，最後卻搖了搖頭說了「沒事」。

我想追問，他卻說：「說到這個，我以爲妳明天才會回來。提早了嗎？」

這問題讓我想起丁仁風，心裡不由得一沉。

「難道……是因爲我？」裴恩珉蹙眉問：「是因爲那則新聞？」

「算是吧，我有點擔心你。」

「我很好。」他微笑道：「謝謝妳，月季。」

我莞爾一笑，「其實是我自己想早點回來。房子空在那，感覺有點浪費自己繳的房租。」

裴恩珉笑出聲，眼睛彎彎亮亮的，像一彎弦月。

突地，他的手機響了，他臉上笑意瞬間褪去，低頭看了一眼，又繼續整理面前的甜食。

「唉，一天只能吃一個，這些我要留著慢慢吃……」

「你不接嗎？」他的手機鈴聲還在響。

「抱歉，吵到妳了吧？」他低頭掛斷電話。

「是推銷電話？」

「我也不知道。同個號碼打來兩、三次了，也有傳簡訊給我。」裴恩珉苦笑，「我想，大概只是普通的騷擾電話。」

騷擾電話還「普通」？我皺眉問：「你以前也遇過這種事？」

「聽政厚哥說，是這樣沒錯。所以他才趁機替我換新號碼，也叮嚀我要小心。」

「騷擾電話，是今天才開始的？」

「嗯。我猜是看到新聞，又不曉得從哪裡得到我的新號碼。」

聞言，我莫名打了一陣冷顫，急忙地開口：「簡訊都寫了什麼？」

他掏出手機，遞到我面前。

「你是裴恩岷？」

「喂，你爲什麼不接電話？」

「我知道是你。」

就在此時，又有一則新簡訊傳來了。

「你不記得我了？」

我頓時頭皮發麻，渾身發冷。這個人連裴恩琨的名字都打錯，到底想做什麼？

「現在該怎麼辦？」

「沒關係，不要管他。」裴恩琨收起手機，朝我溫柔一笑。

看到這些電話和簡訊，他不害怕嗎？爲什麼可以這麼淡然呢？

「一開始，我有點懷疑是不是我認識的人，有想過要接通或是回撥，但政厚哥要我別貿然這麼做。想想也對，如果是認識我的人，應該會親自來找我。」

說完，他重新拿起手機，低頭封鎖了那個號碼。

「現在已經沒事了，別怕。」

爲什麼是他反過來安慰我……

我就知道，他失憶的消息一走漏，就會有一堆麻煩等著他。爲什麼所有人都不當一回事呢？我渾身像被澆了一盆冷水。

「月季，眉頭都皺起來囉！」

我愣了一下，趕緊鬆開眉頭，朝他擠出笑。

他望著我，低頭笑了笑，「我說過，妳讓我感到安心，其實還有個原因。」

「嗯？」

「當我說『沒事』時，只有妳會追問我是不是眞的沒事。」

我下意識想反駁，「怎麼會？那是因爲——」

「我知道。大家不是不關心我，只是沒辦法。」他語帶無奈，「這圈子分秒必爭，我的表現影響很多人的工作……不管怎麼樣，只要我好好忍耐，說一句『我很好，我沒事』，一切就能繼續運轉。所以，我必須沒事。」

我垂下眼，酸澀感湧上心頭。

「但我現在是眞的沒事喔！妳抬頭看看，我的眼神像在說謊嗎？」

聞言，我緩慢抬眼。與他四目相對的瞬間，他朝我眨了一下眼睛，我忍不住笑了。還能開玩笑，看來是眞的沒事。

「月季，妳要不要吃？」

他不知何時又拆了一顆糖，遞到我嘴邊，我下意識張嘴。

這是一顆水果硬糖，輕輕一咬便碎開，流出酸甜內餡。那滋味酸得厲害，我忍不住皺起眉。

「是什麼口味的？」他問。

「檸、檸檬……」

裴恩珉似乎覺得我的反應很有趣，笑得眉眼更彎了。

他倒了杯水給我，我喝了幾口，糖還沒完全化掉，嘴裡依然酸溜溜的。

「突然想到，我這還有一樣東西要請妳認領。」

「什麼？」

他起身走到衣架前，翻找大衣口袋，而後坐到我旁邊。

他忽然離我這麼近，我的腦袋頓時一片空白。

「月季，手借我一下。」

「嗯？」我朝他伸出左手，「這樣嗎？」

裴恩珉沒有回答，僅是低垂眼簾，在我腕處輕輕繫上一條鍊子。它透著一股涼意，輕撓在肌膚上。

「好了。」他輕聲說。

我這才終於看清手腕上的東西——一條銀色手鍊，上面刻著「L」，小巧精緻。

「修車廠的人說，這是落在我原本那臺車上的。我想，這應該是妳的……」他猶豫著問：「這是妳的，對嗎？」

我抿唇微笑，輕輕晃動手腕，「嗯，我不會再弄掉了。」

他輕吁一口氣，笑著輕喚：「月季……」

我一頓，抬頭迎上他毫無保留、乾淨得令人生畏的目光。

「一開始看到新聞，還有那些電話和簡訊，我的確有點擔心。可是，看到妳的訊息後，我突然覺得，一切沒什麼好怕的。」裴恩珉的聲音低啞，附在我耳畔，彷彿傳入心底。

「因爲，我只要相信妳就好。」

語落，他伸出手，輕輕環住我的肩。

軟糖的甜味沁入鼻尖，舌尖上的糖不再酸澀。

「當我不確定的時候，妳會告訴我，什麼是眞的、什麼是假的，對嗎？」

在他擁住我的瞬間，我彷彿聽見有什麼頹圮崩塌的聲音——原本橫在我們之間的牆，已然消失得一乾二淨。只餘下柔軟的、甜美的，宛如糖衣一般，輕輕覆在我身上。

「嗯，我當然會。」

現在，我不僅是他拼圖遊戲裡唯一的提示，也是他唯一的正解。

我慢慢閉上眼，感受他的擁抱——如此炙熱，如此眞實，不再只是萬千人海裡的謊言，裴恩珉眞的就在我身邊。

Hold on

Cause everything's coming up roses

我想起初見那一日，裴恩珉的歌聲曾這麼告訴我。

「Coming up rose」，意思是漸入佳境。

我的玫瑰來得太慢，漂了十年才穿過大海，抵達此岸。

就算只是夢、哪怕只是夢……我也希望這場美夢，永遠不要醒來。

■最新文章 FEB.2 11:25

聽過硃砂痣嗎？

硃砂痣是皮膚上出現的紅色痣點，色紅而鮮豔，形似硃砂，故稱為硃砂痣。

這種特殊的痣，一直以來被認為是好運的象徵，據說擁有硃砂痣的人，將會擁有幸運和順利的人生。

（不不不，你沒點錯網頁，這不是什麼占卜算命網，我還是那個Rose。）

我想分享的，是一個關於硃砂痣的祕密。

裴恩珉，也有一顆小小的硃砂痣，只是常常不小心被修掉。

不曉得你們有沒有發現？

寫完貼文，我在電腦中的無數資料夾裡仔細挑選，最後選了一張照片附上，送出。

我的電腦裡存了很多裴恩珉的照片，按照年分和場合詳加分類。

這張照片，是裴恩珉以前受邀參加時裝秀的新聞照。他穿著知名設計師設計的新式西裝，襯衫剪裁有度，但領子極低，微微露出他精實的胸膛，布料似乎再掀起一些，就能窺見他火熱的心跳。

那是他出道以來最大膽的一套服裝。

❐最新留言

「真的嗎？我從來沒發現！都怪他穿得太保守了！姐是怎麼知道的？」

「這是什麼活動的照片？我漏了什麼！」

「我把圖片放大再放大，還是沒看到啊……是不是真的被修掉了？」

「反正又是在騙人吧？真是受夠妳這種人。」

也許是因爲話題聳動，這篇貼文很快就累積不少留言。

看見最後一則，我不禁露出苦笑。他們看不見，當然覺得我在撒謊，但是……

Rose：「我就是知道。」

有一枚小小的硃砂痣，就藏在裴恩珉胸口。

然而，才剛回覆完，我就後悔了。這種行爲根本是挑釁，實在太幼稚，我趕緊將留言刪除。

幸好，過了許久都無人回應，應該沒有人看見。

驀然，電鈴響了，有人在門外呼喊「梁小姐在嗎」，我頓了一下才反應過來，匆匆前去應門。

對方說，有一束花要請我簽收。

「名字……是梁月季嗎？」我一度懷疑是不是送錯了。

對方解釋，送花的人只留了姓氏，請我確認地址和電話。我再三確認，才終於相信這束花是要給我的。

即使如此，我仍驚訝得說不出話，茫然地接過那束花——一束白色玫瑰，潔白無瑕，乾淨得令人心顫。

我站在原地看了許久，眼眶莫名發熱。

上面夾著一張卡片，沒有署名，鑲著一排漂亮的印刷字——

Dear L,
You're pure, elegant, stunning.
（你是純潔、優雅且驚豔的。）

這些形容詞，從來不曾出現在我身上。

這一刻我才知道，原來，不只悲傷時會想哭、生氣時會想哭，太幸福的時候，也會忍不住想哭。

我一邊流著眼淚，一邊修剪玫瑰花莖。當我插上第三朵玫瑰，手機響了。我想等自己哭完，又怕讓他等太久，匆促地接起電話，莫名狼狽。

「收到禮物了嗎？」裴恩珉問。

我有好多話想說，張了口卻不知道要先說什麼，根本無法克制眼淚，哽咽一陣又忍不住流淚。

「怎麼了，月季？」他慌張地問：「妳在哭嗎？」

「我沒事，我沒事。我只是，太高興了……」我抽噎著說：「你是什麼時候訂的？」

「一下飛機就訂好了。」他說：「我以爲妳今天才回臺北，昨天來不及送。」

「你親自訂的？」想起昨天的騷擾電話，我不禁緊張起來。

「雖然留了電話，但我留的是假名，也沒親自過去，妳別擔心。」

「那、那就好……」

爲了送我花，他甘願冒這種險……爲什麼？我值得嗎？

「月季，妳喜歡嗎？」

「當然！我非常喜歡，我眞的很高興……」我忍不住又一陣哽咽。

「太好了，妳高興就好。」

裴恩珉輕淺的笑意透過電話傳遞過來，落在我心上。他說話的語氣如此眞誠，彷彿我高興，就是他唯一重視的事。

我抬手抹掉眼淚，努力恢復鎭定，「你現在能通電話？」

「嗯，我現在在家。半夜錄完節目就直接去錄音。」他打了個呵欠，聲音顯得慵懶放鬆，「到剛剛才結束。」

被他傳染，我也打了個無聲呵欠，「你熬了通宵嗎？」

「是，但沒關係，我晚上才有行程，可以睡一下。」

「那你怎麼……」怎麼還打給我？我差點脫口而出，但及時收住。

我想起之前那通電話，他對我說過「沒關係，我想和妳說說話」。

我看向面前的玫瑰、看向那張卡片，以及掛在椅背上的那一條圍巾，我忽然覺得，也許我可以再更自信一些。

我始終覺得自己不值得，但或許對現在的裴恩珉來說，我也可以是值得的。

「什麼？」他問。

「我是想說，那你待會要早點休息。」

「我會的。」他聲音帶著笑意，「但好像累過頭了，睡不太著。月季，妳在忙嗎？」

「我？我不忙，我正在整理你送的玫瑰。」

「那，妳能不能說個故事給我聽？」

我一愣，莞爾一笑。

政厚哥說，裴恩珉比以前還要依賴我。我知道裴恩珉有孩子氣的一面，卻沒想過，當他全心信賴某個人時，會是這個樣子。

「當然可以，你想聽哪一類的故事？」

「都好。」

「嗯……」我一手捧著手機，一手輕撫玫瑰花瓣。

「你看過張愛玲的小說嗎？有一篇，剛好就叫〈紅玫瑰與白玫瑰〉。」

「有聽說，也聽過陳奕迅唱的〈紅玫瑰〉，但沒看過原著。」

得不到的永遠在騷動
被偏愛的都有恃無恐
玫瑰的紅　容易受傷的夢

握在手中　卻流失於指縫　又落空

他哼了一小段〈紅玫瑰〉，歌聲低低的，摩娑在耳畔，像一把碎糖澆在心上。

「很好聽。」

「隨便唱唱而已。」他輕笑出聲，有點難爲情。

我從沒想過，有一天我會站在這裡，一邊撫弄白玫瑰，一邊聽著裴恩珉唱〈紅玫瑰〉。

這情景令我忍不住莞爾，「你覺得，那是個什麼樣的故事？」

「我想想歌詞……大概是得不到的最美？」

「差不多，這是個渣男的故事。」

聽到我說的話，他在電話那端再度笑了起來。

「男主角叫佟振保，他自詡是位『正人君子』。他很有自制力、有分寸，也爲此而驕傲。但使他崩壞的，也正是這些特質。」

佟振保認定自己是個君子。當他遇見「玫瑰」這位聖潔美好的女性時，他選擇克制慾望，並爲自己能夠忍住慾望而沾沾自喜。他覺得自己像加冕的君王，打造出唯一的世界。

第二個女人，是性感的王嬌蕊。她是朋友的妻子，初遇她時，儘管被誘惑，佟振保仍深信自己擁有強大的抵抗力，不會臣服於慾望。但他始終沒能戰勝，理智潰不成軍，與王嬌蕊開始偷情。

最後自制力回籠，他選擇和王嬌蕊分手，他再度以此爲傲。可他不知道的是，他離理想的世界愈來愈遠。

最後，他娶了理想中的妻子。她寡言、恪守本分、平淡卻索然無味，佟振保的自制力不再受到挑戰，像一根鬆弛的弓弦，完全掌握在自己手中。

自制成了一種自溺，她做錯事他便當面喝斥，然後心安理得地嫖妓。他終於得到想要的，卻覺得什麼都不對勁。

而後他發現，他已無力挽回自己的世界，甚至無法再建得更好了。他只剩一條路——毀了它，砸碎他手造的世界。

毀滅，是他主宰自己世界僅存的手段。

「『紅玫瑰、白玫瑰，大家乍聽都以爲指的是兩個女人，其實，這兩朵玫瑰，道盡畢生可能遇到的各種愛情。不只是佟振保，也不只是男人。』這是我教授曾說過的話，讓我印象很深。」

「我本來也以爲是這樣。」裴恩珉說：「好像重新認識這個故事了……」

「張愛玲的作品，還眞不適合當床邊故事。」我苦笑道：「但我說完了……你睡得著了嗎？」

我聽見布料摩娑的聲音，我猜是他翻身下床時發出的聲響。

「糟糕，我好像更有精神了。」他笑著說。

我們又聊了一會兒，時間匆匆流逝而過，我說：「恩珉，你眞的該睡了。」

「不過……聽起來好像是妳比較疲憊。」他忽然這麼說。

我一頓，「嗯，有嗎？」

「可能是電話音質不好吧……啊，我眞的得先瞇一下。」

「快去吧。恩珉，晚安。」

「妳也要好好休息。」他溫聲道。

掛斷電話後，耳畔似有餘音繚繞。

我凝望著眼前插了一半的白玫瑰，有些怔神。

「也許每一個男子全都有過這樣的兩個女人，至少兩個。娶了紅玫瑰，久而久之，紅的變了牆上的一抹蚊子血，白的還是『床前明月光』；娶了白玫瑰，白的便是衣服上的一粒飯黏子，紅的卻是心口上的一顆硃砂痣。」

張愛玲〈紅玫瑰與白玫瑰〉

「妳眞的沒事嗎？」

幾分鐘後，手機跳出新訊息。

他說過，每當他說「沒事」，我總會追問他是不是眞的沒事。現在立場卻顚倒了。我不禁低眉微笑。

「嗯，沒事。你看我的眼神，像在說謊嗎？」我傳了一個眨眼的貼圖。

裴恩珉打了一連串「哈哈哈」，又傳了一張大笑的貼圖。

「好，沒事就好。我再聯絡妳。」

「快去睡吧。祝好夢。」

我眞的沒事。

只是，直到這一刻才恍然記起，裴恩珉的心口上，也有一顆硃砂痣。那是一朵，被他暫時遺忘的紅玫瑰。

大家都說，裴恩珉的記憶總有一天會恢復。

如果眞是如此……我希望，在他想起她之前，至少可以先想起我。

不知道是不是因爲白天胡思亂想，今天工作效率不太理想。爲了節省電費，我沒開暖氣，整個租屋處凍得像冰箱一樣。手指又冷又僵硬，眼睛乾澀，但手上有幾份稿子要趕，根本沒辦法停下來。

剛過午夜，我才總算把急件寫完。確定檔案儲存備份好，我忍不住趴到桌面上。我想起自己還沒吃飯，但實在沒什麼食欲，甚至有點反胃，渾身虛冷。

打開手機，裴恩珉並沒有傳新訊息過來，是行程還沒結束嗎？滑掉頁面，丁仁風的訊息赫然映入眼簾。那是他傍晚傳來的訊息，說是聽說妳的婚訊，恭喜我。

恭喜我做什麼？又不是我要結婚。

我想回覆些吐槽的話，可半個字也敲不出來，只能晾著訊息。看著丁仁風的大頭照──高大的他，對著健身房鏡子秀出手臂肌肉。我忽然覺得很無力。

這則訊息是他彆扭的討好，我明明看得出來，卻又忍不住想：他難道想當作什麼事都沒發生過嗎？

不對，或許他也有苦衷，畢竟他才剛轉進新環境，可能根本無法決定要報導什麼，依他的個性又不會老實告訴我……

「謝謝，我會轉達你的祝賀。」最後，我不冷不熱地回覆。

有時候，我眞厭棄自己這種性格，好像只有我一直被困在黏膩發灰的網上掙扎，裹足不前、傷人傷己。

將裴恩珉的圍巾抱在懷裡，我點開他的YouTube頻道輪流播放。我閉上眼睛，在他的歌聲裡，做了幾次深呼吸，思緒變得又沉又慢……

驀然，電腦發出通知聲響，我抬眼一看。

「裴恩珉正在直播！」

我驚訝地坐直身子，立刻點進去，直播才剛開始。

裴恩珉坐在工作桌前，背景是熟悉的無框畫，四周擺著創作設備。

他沒有說話，只是靜靜盯著留言和逐漸上漲的觀看人數，笑意溫朗。

直到觀看人數破千，他終於開口：「不好意思，這幾天讓大家擔心了。」

他沒有多說，但大家都知道，他是指昨天那則新聞，留言區頓時湧上許多疑惑和安慰。

「嗯……我的確忘了一些重要的人和事。但一切都在變好，就像你們看到的，我就在這，什麼事都沒有，我依然是那個裴恩珉。」

我揣緊懷中的圍巾，對著螢幕微笑。

接下來，裴恩珉似乎有意轉移話題，「大家有沒有聽前幾天的翻唱？」

旁邊一整排的愛心和留言湧入，刷新得很快，令人眼花撩亂。

他輕笑起來，「最近沒什麼靈感，又忙著籌備新專輯，一直沒有發表新作。今天聽到一個有趣的故事，忽然覺得有很多想法，寫了幾句歌詞，想跟大家分享。」

「什麼故事」，一整排的留言，全都在問同一句話。

裴恩珉並未回答，只是靦腆微笑，「只寫了幾句歌詞，曲子是現場創作，隨興玩玩，大家輕鬆聽吧。」

我小心翼翼，在留言區敲下一個小小的笑臉。但無數留言快速湧現，像陣陣浪花捲上，將我的笑容推到看不見的遠方。

裴恩珉雙手輕敲琴鍵，漫無目的，卻輕巧繫起螢幕兩端。他低下眉眼，在鍵盤上摸摸索索彈出幾個音。樂音在寂靜中響起，點連成線，線連成面，流暢旋律如一張網，網住所有人的世界。

輕快的、浪漫的，他反覆唱了幾句歌詞，似乎覺得不滿意，收聲一瞬，半晌後再重新唱道——

袖珍的你　妄想裝幀整個宇宙
你拾起每顆星球
將黑洞當作山丘
在眞空裡開出花來

歌聲優美、旋律悠揚，眾人的留言激動驚喜，一波接一波湧現。

丁仁風寫的新聞裡，質疑他失憶是否會影響工作，這次直播無疑是一次無聲澄清。那個對我說寫不出東西的人，此刻意氣風發的模樣，讓我忍不住爲他驕傲。

繁星點綴　無盡沉默
你手握寂寞

找不到出口
最終　鑿出一個洞
躲入以謊爲名的籠

我的心臟微微揪緊，雙手懸在胸前，輕輕搖擺晃動，左手腕上的鍊子隱然發出光芒。

留言刷新得愈來愈快，交織成一片波濤汪洋。此刻的我彷彿置身演唱會現場，眾人聲音喧嘩嘈雜，無數臉孔重疊紛亂。

安可！安可！安可！在萬千少女的尖叫歡呼裡，他的目光穿過人群、落在我身上。

「今天的直播很愉快，久違地感受到創作的快樂……謝謝妳，讓我重新找回寫歌的感覺。」

「最後，有段話想告訴大家。如果我不小心忘了妳，請給我一點時間。每段回憶都很珍貴，我……一定會努力想起妳。」

直播尾聲，裴恩珉朝鏡頭微笑，「新年快樂。祝妳永遠快樂。」

不是「你們」，而是「妳」。就像只看著我，就像只看得見我。

如果人一生的幸福有額度，我今天恐怕已經超支了三輩子。

他爲什麼能溫柔到這種地步呢？他又還沒喜歡上我，爲什麼對我這麼好，彷彿我就是他的唯一？

這一刻，我竟然感到害怕。

第六章

當我睜開眼，發現自己正趴在電腦桌上——我什麼時候睡著的？睡了多久？

我緩慢直起身，全身關節喀啦喀啦地發出抗議。抬眼一看，電腦早已自動休眠，手機也因電量過低而關機。

環顧四周，外頭陽光傾瀉入室，將小小的租屋處照得亮晃晃的。太清楚了，一切都太清楚了。我莫名覺得心慌，快步走向窗邊，將窗簾全部拉上。

大概是動作太急，我驀然一陣昏眩，眼前閃爍，趕緊扶住桌緣，好半晌才勉強恢復力氣。

我拆了幾塊巧克力果腹，順手從櫃子裡掏出一包泡麵，正要拆封時，腦海忽然響起丁仁風的聲音。

「泡麵、可樂這種垃圾食物偶爾吃就好，別當正餐，知道嗎？」

我糾結了會，最後還是把泡麵丟回櫃子，替手機接上電源後，叫了一份熱粥。

我絕對不是聽那傢伙的話，絕對不是！我只是覺得，想起他實在糟心，連泡麵都不想吃。

點完外送，我才注意到手機裡躺了好幾封未讀訊息。

「月季，睡了嗎？我剛從工作室離開。」01:15 a.m.
「看來是睡了。我也祝妳好夢：）」01:21 a.m.
「我今天不會太早睡，如果妳剛好看見訊息，隨時可以打給我。」01:23 a.m.
「我該睡了。今天是充實而快樂的一天。晚安。」02:30 a.m.
「對了對了，白天我沒有行程，要不要見一面？」03:01 a.m.
「嗯……我的意思是，如果有空的話，我們可以見一面。」03:05 a.m.
「眞的晚安啦：）」03:06 a.m.

我忍不住低笑出聲。

這麼形容裴恩珉，粉絲恐怕會生氣，但我眞的覺得……他好可愛，令人心臟快要化掉的那種可愛。

我恨不得馬上打給他，但現在才九點，他那麼晚才睡，我看還是晚點再……

想到這，手機突然震動起來，是裴恩珉。

「早安，月季。」

他說早上得先去趟健身房，問我下午想不想見一面。

「當然想，但你下午沒事嗎？」

「嗯，下午沒事，晚上才有行程。妳想不想去哪逛逛？」

「可以嗎？」我驚喜地問。

「當然。不過這次別再散步了，做點別的吧。」他笑道：「妳想做什麼？下午茶、逛街購物，還是看電影？」

我忽然想起之前曾對他說的話。

「交往這一年多來，沒收過一束花、沒有電影約會、沒有一起逛過街、沒見過彼此朋友，甚至連你家我都沒去過……」

「我什麼都可以——」我一頓，小心翼翼地問：「說『都可以』的話，是不是有點討厭？」

以前，爸媽最常問我和姊的問題是「晚餐要吃什麼」。

小時候，我總傻傻地回答「都可以」，被擺過幾次臉色後才知道，「都可以」是個令人生厭的回答。

之後我學會了，無論好惡爲何，都要努力先擠出幾個答案——優柔寡斷、模稜兩可、三思後行……全是惹人厭的忸怩作態。

幸好，這個問題很快就不屬於我的負責範疇。弟弟妹妹長大了，開始有喜惡，爭先恐後搶著點餐，不再需要我的意見。

但這種哲學，就像一顆埋在心裡的種子，隨著年紀增長破土抽芽。

「嗯？爲什麼會討厭？」裴恩珉疑惑地問，而後冒出笑意，「只要妳不介意交給我決定就好。」

「去哪都好。」只要和你在一起。

「知道了。那我們等會見面再討論？」

「好。」我捧著手機，低眉微笑。

我們約好一點半在工作室見，他會開車來接我。

「妳如果到了就先上去等，不要在外面吹冷風。」他聲音溫柔，「待會見，月季。」

中午十二點，我算準時間出門。

公車上人很多，一路搖搖晃晃，晃得有點不舒服。

上了捷運，好不容易有位子坐，我仍覺得整個人昏沉不已，沿路睡睡醒醒，甚至有點喘不過氣。應該是因為天氣，雖然出了太陽，但溼氣很重，空氣沉悶。

下了車，我買了附近知名的甜甜圈，拎著拐進小巷。

今天是平日，這條街巷沒什麼人，只有零星幾間商家開著，偶爾幾個路人經過。

這時，一個女人腳踩靴子，迎面大步走來。擦身而過的瞬間，我不由得回頭看了一眼。

這瞬間我想起一個詞——百分之九十八的平庸少女。

「她們可能常常被稱讚，但更多時候是批評，說她們太過自溺、矯情、小鼻子小眼睛，全是些肚臍眼思考：『妳以為妳很偉大嗎？』她們疑惑了，不懂。只好悶著頭繼續一撞再撞，試圖突破某些界線。但誰也沒有說出那句話，誰也不願意好心地開口說：其實什麼錯也沒有，妳們不過，不過就只是平庸罷了。」

我努力將目光從那女人身上移開。

我走進矮樓，按下通向五樓的電梯。一抬眼，恰好對上鏡子裡的自己。燈光投下來，我的臉就像糊成一團的光影——我無疑也是那百分之九十八。

我永遠無法像剛才那個女人一樣，連穿過一條尋常巷弄，都能充滿自信、昂首闊步。

「後來有人告訴我死心吧，一輩子都別想成爲T那種女孩：『妳相信妳是個一無是處的人。』是的，T不會露出像我這樣，求不得又觸不到，苦苦渴望變成另外一個人的猙獰。」

神小風《百分之九十八的平庸少女》

我搖搖頭，將這些雜念甩出腦海，低頭摩娑手腕上的鍊子。

電梯門開了，我滑開密碼鎖，按下裴恩珉告訴我的密碼——〇三一五，他「眞正」的生日。

門鎖開了，我迎來新的世界。

「所以，我是不一樣的。」我對自己說。

還沒來得及脫下外套，裴恩珉便打電話過來。我笑著接起，「你到了？我下——」

「月季，妳已經到了嗎？」

「我剛到而已。怎麼了？」

「沒什麼。我剛從健身房離開，可能還要一陣子。抱歉，要請妳等我一下。」

「沒關係，我等你，路上小心。」

不知道爲什麼，總覺得他的聲音聽起來沒什麼精神……剛才不是還好好的嗎？是運動太累了嗎？

換上室內拖後，我坐在沙發上等待。明明也沒等多久，我卻覺得度秒如年，什麼也做不了。

這裡處處充滿了裴恩珉的氣息——他用過的杯子就放在工作桌上，直播時指尖敲擊的鍵盤就擺在那，手機支架立在面前。陪伴他度過無數日夜的椅子，已有使用痕跡，扶手漆色略微斑駁。我能想像他創作時輕輕摩娑扶手，坐著椅子轉來轉去的模樣。

我就像穿進螢幕，走進他的世界，任他乾淨木質的氣息包圍著我。

這裡一片寂靜，只能聽見自己心跳的聲音，撲通撲通，有點紊亂、有點急促，像在胸口輕輕撓癢，讓我忍不住掩嘴輕咳。

「如果你說你在下午四點來，從三點鐘開始，我就開始感到幸福。」

我想起《小王子》的那句話。即使他就在來見我的路上，我卻已經開始想念他。

驀然，一陣敲門聲響起。我嚇了一跳，愕然地盯著門口。

是恩珉回來了？不對，如果是他，爲什麼要敲門？

「喂，裴——是我。」

女人的聲音響起，隔著一扇門，聲音遙遠而模糊。

「喂，你爲什麼不接電話？」

「我知道是你。」

「你不記得我了？」

我想起那些騷擾簡訊，不禁滲出冷汗。

我下意識伸手握住手機，心臟怦怦亂跳，思緒揪成一團——我該打給裴恩珉嗎？還是裝作沒人在？或乾脆先打給政厚哥……

又一陣敲門聲。

「喂，你在裡面吧？燈都還亮著。」她的語氣不耐。

我站起身，放輕腳步，小心翼翼朝門口走去。

我不知道自己到底在做什麼，一心只想湊近一點，聽清楚她在說什麼，找裴恩珉又想做什麼。

甚至忘了要害怕。

後來，我想起這一刻，覺得世上所有事情發生以前，大概都是有跡可循的。

例如，我的感冒，例如，紅玫瑰與白玫瑰，例如，籠罩心頭的不安，又例如，大步朝我走來的那個女人……

我伸出手，碰觸到門把的前一秒，門鎖發出清脆的開啟聲響。

然後，門開了。

見到我的瞬間，女人明顯一愣，驚訝地問：「哇，妳哪位？」她的手還停在半空中。

「哦……」她上下打量我一眼，表情似笑非笑，「妳就是裴的新女友？」

看著那張漂亮精緻的臉，我竟覺得心情格外平靜。也許，我早知道會有這麼一天——她是裴恩珉的紅玫瑰。

下午兩點，裴恩珉回來了。

他一臉汗涔涔的，脖子上掛著一條毛巾，一身運動服裝。

「抱歉，讓妳久等了。」他扯扯衣領，難爲情地說：「剛沖過澡，但還是有點溼。」

「沒關係。你快擦乾吧，免得感冒。」

他這樣反而多了幾分少年感，很好看，公司眞該替他接個運動品牌代言。

我將甜甜圈的盒子打開，擺在桌上，逐一羅列，草莓、優格、豆香……不知道他會喜歡哪種口味？

「月季。」

「嗯？」

「妳……早上在做什麼？」

我抬眼，他背過身，正對著錄音室的玻璃窗擦頭髮。

「我？起床後弄點工作，然後就過來找你了。」

他輕輕應了一聲，依然背對著我，我看不見他的表情。

「恩珉，你來的時候，有遇到什麼人嗎？」我故作自然地問。

「沒有。怎麼這麼問？」

「沒事。」

我們不約而同陷入沉默。

雖然不曉得是什麼事，但我知道，他有話想說，我也有話想說，卻不知道該什麼時候開口。

「你今天好像練比較久？」

他動作一頓，「妳怎麼知道？」

「你不是早上就去健身房了？現在已經兩點，所以……」

「哦，也對。」他像鬆了口氣。

我們似乎保持著一種微妙的平衡，在某個界線邊緣來回試探。

氣氛就像結了冰的湖面，稍不注意就會碎裂崩陷。

「我換了間健身房，離這比較遠。」他回過頭來看我。

「這樣啊。」我擠出笑意，轉移話題，「甜甜圈你想吃哪種口味？」

他坐到我面前，瞥了我一眼，才將視線投向面前的甜點，「妳喜歡哪一種？妳先挑。」

「我不用，這些都是買給你的。當然，你想留著晚點吃也行。」

「謝謝妳……月季。」

「幹麼突然這麼正經？」我微笑，「三個甜甜圈就收買你了？」

「因爲，妳對我太好了。」

我一愣。

他說我對他太好，我卻覺得我得到的更多。

他明明忘了我、還沒喜歡上我，卻對我這麼溫柔，滿足我所有遺憾。相形之下，我的付出就是一場算計圖謀，既廉價又庸俗。

想到這裡，我忍不住挪開視線，有些支支吾吾，「恩珉……我有件事要告訴你。」

在張愛玲的故事裡，佟振保的紅玫瑰與白玫瑰不曾相遇。

大概誰也沒想過，若她們有一天見到面，會談些什麼？會不會興起一種近於惺惺相惜的感受？

「妳知道我是誰嗎？」那個女人問。

「我……知道。」

「他提起過我？」她露出驚訝表情，像迪士尼動畫裡的公主，眼睛水汪汪。

我搖搖頭，輕聲說：「他根本不記得妳。」

她表情疑惑，兩道娥眉輕輕蹙起，「所以新聞說的是真的？他失憶了？」

「那些簡訊是妳傳的？」

她輕笑，「哦，是妳封鎖的？」

我沒有回答。我們倆的對話根本不在同個頻率上。

「看來他不在。」她聳肩道：「那我就先走了——」

我扶住門，忍不住探身問：「妳找他想做什麼？」

她邁出幾步，回眸望向我，「啊？沒幹麼，就只是敘敘舊啦。」她彎起笑眼，「看到新聞，想來關心他一下，好奇他還記不記得我，也想和他道歉。但他都不接我電話，我就抽空來看看，沒想到，他連密碼都沒改。」

我抿住唇，將左手藏到身後，心情五味雜陳。

忽然，她露出一副恍然大悟的神情，「妳別緊張，既然他已經展開新戀情，我就不打擾他了。我沒想過要插足別人感情。」

「既然」這個連接詞，用於表示某種前提。那如果沒有這個前提呢？她原本打算做什麼？

突然，她朝我走近，傾身湊近我、盯住我的臉。她身上某種香薰精油的氣味刺進腦袋，麻痺我所有感官。

「不過，和我分手沒多久就交新女友，他也是很有效率耶。」

她的表情和語氣就像在說：我的下一個是妳嗎？怎麼會？

不，我不能退縮。我繃緊全身，用盡力氣克制自己不要後退。

「這段感情是我對不起他，現在確認他交新女友，我心裡好像舒坦不少。」她說。

對不起他……這和他們分手的原因有關嗎？我好奇得要命，內心滿是疑問，卻不想從這個女人口中問出答案。

「妳想確認的事，都確認完了嗎？」

「嗯哼，差不多。」

「那請妳離開。」裴恩珉就快回來了，我不希望他們倆碰面。

「那麼，妳就沒有想確認的事嗎？」她微笑。

「什麼？」我愣聲問。

「例如，我怎麼知道他的新號碼？我和他真的沒私下聯絡？」

我直直瞪著她的臉，努力定住視線，「妳——」

她驀然往後退開，笑容明媚，鞋跟敲出清脆聲響。

「開個玩笑啦。妳怎麼這麼嚴肅？」她伸手按下電梯按鈕。

「妹妹，我和裴真的分得很乾淨喔，我把訊息、照片都刪掉了。我知道他身分特殊，我也沒興趣毀掉別人事業。只是啊……」

叮——電梯門開了，女人走進電梯。旋身面對我的瞬間，她的明媚笑意刺進我眼底。

「請妳提醒他，下次訂花記得換家花店，也別親自打電話。他的聲音太好認了，很危險的。」

儘管那個女人已經離開許久，她身上的香味仍縈繞不去。

「剛才有人來過。」我開口，聲音輕得不像自己的。

「來這？誰？」裴恩珉茫然地問。

「你前女友。」

我聽見冰層崩塌的聲音，是我自己踩碎了那層薄冰，任自己摔入又冷又深的水裡，直到呼吸被淹溺其中。

光看他的反應，我就立刻明白，裴恩珉並不記得自己有個前女友。

因此我將剛才的對話全數告訴他，一字一句說得很慢，反覆斟酌，深怕說錯任何一個字。

原先昏沉的思緒，到這一刻竟變得格外清晰。

裴恩珉垂著眼簾，聽得很認眞，但我始終讀不懂他的表情。

對於那個女人，我所知道的事寥寥無幾。從剛才對話得到的唯一資訊是，她開花店。而裴恩珉的手機號碼，正好就這麼洩露出去。

這世上巧合已經太多，多得我不再爲此驚訝。我故作輕鬆地說：「還眞巧，不是嗎？」

裴恩珉沒有回答，工作室裡陷入寂靜。我不自覺苦笑，想著該怎麼安慰他，同時讓自己不要那麼悲哀。

沒想到，他卻先打破沉默，「其實……我也有事要告訴妳。」

我雙眸微瞠，心臟漏跳一拍。

還來不及反應，裴恩珉突然站起身，我以爲他要走，下意識伸手想抓住他衣袖，但只抓到一片虛無。

確定他不是要離開，我才放下懸空的手。我忍不住聳起肩膀，視線緊緊黏在他身上。

只見裴恩珉拉開工作桌下的抽屜，拿出一本筆記本。

「這是我隨手記錄靈感的本子。」他說：「上次妳來這之前，我正在整理東西，看到它才想起來……」

他側身坐到我身旁，將筆記本翻到最新一頁，遞到我面前。

頁眉處標記了年分和日期。

「是你出車禍前一週？」我一眼注意到這個。

「嗯。」他的聲音有點悶，「我不記得自己爲什麼寫這些歌詞，但我隱約有印象，我是在抒發自己的故事。」

此刻，他就在我身邊，可他沒有面對著我。本子攤在面前，有一隻手橫在我們之間。

「我……眞的可以看嗎？」我盯著那串日期，視線始終不敢往下移。

餘光裡，他緩慢點頭。

妳說妳要走　走往下一個綠洲
沙漠　我們愛得太寂寞
途經長滿尖刺的滂沱

妳說妳要逃　逃向下一個擁抱
天空　我們愛得太沉默
注定要埋葬彼此承諾

妳轉過身　背對不懂愛的我
沿著我看不見的盡處
把曾一起走過的路　變成陌路

我愕然抬眼，望進裴恩珉的眼底。

就算我現在不是他的另一半、就算我不是個文字工作者，我也一直是他最忠實的歌迷。歌迷與偶像之間有著某種默契，無須解釋就能心領神會，共享所有祕密。

「你本來以爲，我做了對不起你的事？」

「嗯……」裴恩珉的聲音聽起來很無力，「我知道，這個問題本身就是一種傷害，所以我始終……沒能說出口。而且，我說過要相信妳……」

我想起他上次欲言又止的模樣，難道他當時就是想問我這個？

我忍不住觸碰腕間的手鍊。上頭刻的「L」，彷彿刺進我的心臟，汩汩冒出血。

原來，那個女人口中的「對不起他」，指的是她劈腿？

「現在看來，這應該是寫給她的……」他自嘲一笑，「我真搞不懂，我失憶之前到底在做什麼？我怎麼會……」

我忽然覺得心慌，下意識握住他的手，「恩珉，你別說了。」再說下去，只會更令我難堪。

「對不起，月季……自從失憶以後，我總是很混亂。」他反掌握緊我的手，眉頭緊蹙，眼眶微紅，「我想快點記起一切、想快點找回所有記憶，但我愈是心急，就愈是不知所措。每當我找回一塊新的拼圖，又會陷入新的迷惑，因爲我根本不曉得該拼在哪裡……」

他聲音微顫，費盡所有力氣展示脆弱，「也有人想替我撿回拼圖，大家都在幫我。但無論我怎麼拼，就是拼不上……我好怕拼錯、好怕傷害了妳。就像我現在在做的事。」

我眼眶發熱，心臟像被他攥在手心，無法呼吸，擠出一滴滴酸楚。

「你沒有傷害我，恩珉。」

在我不知道的時候，他歷經多少掙扎？他向我坦白的瞬間，又鼓起多大的勇氣？我憑什麼擾亂他的記憶、他的人生……

被傷害的人，明明是他。

「我知道我這麼說很自私，可是……」他目光炯炯地望著我，「妳不要討厭我，好不好？」

我驀然一怔，我怎麼可能討厭他？我這輩子只討厭過一個人，那就是我自己。

裴恩珉執起我的手，低頭在我的手背上落下一吻。

「如果我傷害了妳、如果妳厭惡我，我好像就無法再相信……自己眞的是個好人。對不起，我眞的……很自私。」

他唇瓣微涼，卻燙得我好想逃。

「可是，月季……我已經不能沒有妳。」

月季，當他這麼呼喊，我的淚水不受控制地往下掉落。

這是我這一生，最痛恨自己的瞬間。

一眨眼就到了二月中旬。一年之計，好像到此刻才終於揭開新的一頁。

家裡群組變得很熱鬧，每天都在討論姊的婚事。

我上網查過，現在全臺國高中都已經開學，所以我盡量不在「上班時間」點開訊息，以免被問爲什麼有空回訊。

與此同時，我接到的案子也變多了。工作變多是好事，偏偏在這種時候感冒，也就因爲繁忙的工作變得更嚴重。

這幾天頭又痛又脹，感冒藥副作用是昏沉嗜睡，只好等每次工作結束再吃。

早上六點整，終於完成一份稿件。

我起身倒了杯溫水，先喝了一小口，又咬了幾口麵包墊胃。

喉嚨像卡著幾片玻璃，一吞嚥就生疼。我一鼓作氣吞掉五、六顆感冒藥，糖衣一泡水便融化，藥卡在喉間泛起苦澀，我拆了顆糖果含在嘴裡。

我放下馬克杯，拉開窗簾一小角。太陽還沒完全升起，只透出一絲微光，照在梳妝臺的白玫瑰上。

我想起裴恩珉、想起那個女人、想起那天的一切——

最後，我們哪裡都沒去，沒有花、沒有逛街，也沒有電影。

裴恩珉傍晚還有行程，便先開車送我回租屋處。

我們一路無話，但只要一停紅燈，他的手便會伸過來握緊我，像是怕我眞的就這麼離開。

「我明天開始要跑宣傳了。月季……我可能沒有很多機會聯絡妳。」

我始終垂著眼簾，緩慢點頭，僅能擠出一句「沒關係」。

下車前，裴恩珉傾身抱了我一下，沒有抱得太久，只是輕輕一擁便鬆開，但我能感受到他無聲的挽留。

臨別時，我站在車外凝望著他。雖然隔著一片車窗，我卻好像能看見他泛紅的眼眶。

「妳不要討厭我，好不好？」

裴恩珉的聲音言猶在耳。原來，他也會害怕被誰討厭。

那日過後，不知不覺就過了好幾個星期，這陣子我們很少聯絡。不必他說，光看官方公布的行程資訊，我就知道，他忙得連用手機的時間都沒有，甚至可能沒有時間休息。

雖然我可以主動傳訊息過去，可我總在最後一秒刪除文字。我還沒釐清思緒，有太多想法纏繞在一起。直到現在，我也沒想清楚，我到底該怎麼做？

想念像一種小蟲子，爬上心口輕輕啃咬。我抱著他的圍巾，窩在沙發上，點開手機裡的影片。

這是女演員林采的YouTube頻道，時常邀請名人來家中作客，一邊做菜一邊聊天，最後一起品嘗料理、暢談心事。

這名女演員雖然年輕，但口條清晰、風趣幽默，和嘉賓總能碰出不錯的火花，加上節目剪輯流暢鮮明、企畫團隊用心經營，很快就成爲熱門訪談節目。

昨晚發布的第一百期，嘉賓是裴恩珉。

開場，林采站在廚房吧台，拉禮炮慶祝節目邁入第一百期。

「大家好，我是林采，粉絲都叫我小采！新的一年迎來第一百期，而且播出時是情人節前兩天！離情人節這麼近，一定要邀個重量級嘉賓，對吧！」她笑容可掬地說。

接著，電鈴被按響，林采前去應門。對講機畫面裡，裴恩珉露出靦腆笑意。

「歡迎大家的情人——裴恩珉！」

後製剪了一小段裴恩珉的經歷介紹，是他在演唱會上的精采片段。

裴恩珉進屋後，看了一圈鏡頭，笑著問：「已經開始錄影了嗎？」

林采遞給他一件黑色圍裙，問了些問題，兩人有說有笑。

裴恩珉負責洗菜，洗好後交給林采切菜。

話題圍繞著裴恩珉的新專輯和近期趣事，偶爾穿插一些笑料，但都是無傷大雅的玩笑。一切井然有序，大概是照著腳本進行。

「新專輯會是很不一樣的風格。五週年了，知道粉絲想看到我不同的樣子，我只能說，不會讓大家失望。」裴恩珉朝鏡頭笑了笑，低頭轉開爐火。

「說到五週年，年初時傳出你車禍的消息，讓粉絲們都很擔心。你現在一切都好嗎？」

「嗯，很感謝大家的關心。其實只是自己不小心而已，沒受什麼傷。大家行車也要注意安全。」

「哎呀，我們節目不需要這種雞湯喔。」林采在湯裡撒入一撮鹽，笑盈盈地問：「聽說你失憶了？」

裴恩珉面色平靜，但遲了半晌才回答：「是這樣沒錯，不過還不至於煮出黑暗料理，妳大可放心。」

字幕被放大，加深加粗，響起誇張的音效。

聞言，林采哈哈大笑，「那讓我考考你，你還記得我們第一次見面嗎？」

裴恩珉一愣。只是一眨眼的事，我仍看得出來，這個問題並不在他意料之中。

他手握湯勺，低頭看著嬌小的林采，鏡頭默默地拉近。

「這好像不在腳本裡耶。」他故作輕鬆地說。後製替他配上冒汗的動畫。

「就是這樣才有趣啊，歡迎你來到『好采上桌』！」林采笑道：「這樣吧，等等喊

三、二、一，我們一起喊出初見場合。如果我答錯，就讓你宣傳新歌三十秒。如果你答錯，就讓我點播一首歌，怎麼樣？」

顯然，林采是在給裴恩珉宣傳機會。我想，粉絲應該會對她很有好感吧？

「三──」

裴恩珉關上爐火，認眞盯著她的臉。

「二──」

他褪去笑意，表情有些凝重。

「一！」林采俏皮地朝他比出食指。

「對不起，我……」

「我們今天第一次見！」

裴恩珉眼神一愣，林采則對著鏡頭比出勝利手勢，「沒想到吧？我們今天是第一次見啦。」

她轉頭向他致歉，裴恩珉微笑搖頭，似乎鬆了口氣，「不用道歉，反而要謝謝妳給我宣傳機會。」

「要點播什麼呢……算了，你都這樣講了，就唱你的新歌吧！大家一定很好奇是什麼樣的曲子，我也超好奇！」

於是，他開口清唱一小段副歌，還穿插一小段MV預告，宣傳效果十足。

MV預告結束，畫面跳轉回廚房，兩人依舊手忙腳亂，不時聊聊天。

氣氛恢復如常，我卻覺得畫面裡的裴恩珉笑容變少了，偶爾有點心不在焉。是因爲剛剛的事嗎？那段插曲，一定讓他很慌張。

「這麼說來，你也出道五年了耶。都沒想過要談戀愛嗎？」林采問。

裴恩珉動作一頓，大概又是個不在預期內的問題。

「妳……希望我談戀愛嗎？」他看了她一眼，語帶笑意。

林采搗臉尖叫：「你是不是在和我調情？」

接著，她衝到鏡頭前對粉絲喊話澄清。裴恩珉只是淡然笑著，用湯勺輕輕攪拌熱湯，霧氣裊裊升騰。

「但，你剛剛閃避話題了，對吧？」林采湊到他旁邊，神祕兮兮地問：「難道已經有好消息了嗎？」

裴恩珉只是笑著搖頭，不知是無奈還是否認。

「不過，我也出道五年了，如果有戀愛對象的話，應該也不是太意外的事，對嗎？」

「不怕粉絲傷心嗎？」

「那妳呢？如果有另一半，會不會擔心影迷傷心？」

「我？」她笑出來，「我的情史，網路上一查都有呀……而且每接一部戲，就有一段緋聞。演員比較不care這個吧。」

「那我要不要改去當演員呢？」

「大家！裴恩珉說想談戀愛囉——」林采再度衝到鏡頭前。

畫面跳轉，兩人將煮好的菜端上桌。熱騰騰的飯菜，旁邊擺著林采代言的酒精飲料，和裴恩珉的新專輯。

「你知道這集會在情人節前兩天上嗎？」

裴恩珉莞爾一笑，「哦，所以剛剛才問我戀愛問題？」

「說眞的，你不太可能一輩子不談戀愛吧。」她夾了一塊糖醋肉，「如果眞的談了，會想公開嗎？」

裴恩珉喝了一口湯，沉吟半晌，悠悠地說：「我會希望能公開。」

我心裡「咯噔」一聲，聽不出他是認眞的，還是在開玩笑。

「爲什麼？」

「我從小就立志當歌手，想和大家分享自己的創作，這一點到現在也沒改變……但有時候，我會覺得很無力。」

氣氛頓時變得感性，背景響起抒情旋律。

「怎麼說？職業倦怠嗎？」

「嗯……有點類似。」裴恩珉笑意溫柔，「妳也是公眾人物，應該能明白。我們這一行，總要一再消費自己的情緒。我們反覆咀嚼自己的寂寞和歡樂、販賣笑容與悲傷來營生，卻沒有說眞心話的權利。這是我的工作，但我不希望另一半也這個樣子。」

裴恩珉不是演員，但站在鎂光燈下的他，終究也需以謊言保護自己……

「那你後悔當歌手嗎？」林采問。

他很快地搖頭，望向鏡頭，眼裡蘊含暖意。

「曾經有人對我說，我承載了許多人的夢想，得到了很多愛，我是屬於大家的。能夠屬於誰是幸福的，何況是屬於這麼多人。在這些人的眼裡，我看見一個美好的自己，也好常有這些疑問——爲什麼能喜歡我到這種程度呢？我眞有這麼好嗎？」

林采聽得太認眞，不小心灑出一點醬汁，裴恩珉立刻抽了張衛生紙給她，微微一笑。

「過去我總想把自己縮到最小，努力不讓任何人失望、避免傷害任何人。可是，最近我總忍不住想，世上只有一個裴恩珉，我獲得太多愛，卻無法逐一回報……或許，我終有一天會傷害到誰吧？」

「如果眞有這麼一天，你會怎麼做呢？」

「嗯……」他陷入沉思，最終搖頭輕笑，「答案我還沒有想到，但能確定的是，現在，我有不想失去、不想傷害的人。」

節目到此結束。兩人對著鏡頭招手，一同講出結尾詞，氣氛溫馨。

螢幕已經暗下，我腦海中仍不斷重播裴恩珉最後說的那些話。

「現在，我有不想失去、不想傷害的人。」

影片將他這段話，剪輯成是對粉絲說的話。

但我知道，他並不是在對粉絲說。這讓我的感受更複雜。

忽然，螢幕重新亮起，有新訊息。

「我今天到臺北。中午要不要一起吃個飯？」

第七章

抓空檔睡了一會，十二點半，我準時抵達姊約的燒烤餐廳。向店家報上名字，還沒講完，姊就已經看見我，揮手喊我。

「嗨——在這在這！」

姊已經在烤肉了，烤盤上鋪滿肉片，已經微熟。

我坐下來，旁邊空位還擺了副餐具，「還有人要來？姊夫嗎？」

「都還沒登記，叫什麼姊夫。」姊難為情地笑了，「不是他啦，他要去見幾個朋友。我晚上會和他家人一起吃飯。」

「這樣中午還吃燒烤？」

「就是這樣才要吃燒烤啊。晚上一定吃不飽，中午得吃飽一點。」她嚴肅地說：「不過，妳聲音怎麼了？聽起來怪怪的。」

「感冒了。等等記得用公筷。」

「哦，嚴重嗎？」

我搖頭，隔著口罩輕咳，「應該算小感冒吧，只是很久都好不了。」

「妳從小就這樣，一感冒就要很久才好。有次還燒到昏倒，差點把爸媽嚇死。讓我猜，妳是不是又沒按時吃藥？」

我心虛一笑，「妳語氣還真像媽耶。」

「都說『長姊如母』嘛。所以說，我都有你們這三個小孩了，還生什麼小孩？嫌我包的尿布還不夠多？每次見面都要問我什麼時候生，煩死了，誰還吃得下飯。」姊翻了一個白眼。

聽完姊的抱怨，我暫時離開座位，裝了半杯可樂回來。

「都感冒了還喝可樂。」姊瞇眼看我。

「就今天嘛。」

姊聳聳肩，一臉拿我沒辦法的樣子，任由我喝。

「婚事準備得怎麼樣了？」摘掉口罩後，我問。

「還有很多事要談。爸媽本來今天想跟我一起來，但我想，還是等事情決定得差不多再說。人多嘴雜，意見一大堆，反而會弄得更亂……唉，妳看群組就知道了。」

姊夫是臺北人，考上我們家鄉的公務員。和姊因工作而結識，很快，兩人便開始交往，至今已邁入第四年。今天姊是獨自來臺北見家長。

「說到這個，我今天找妳吃飯，是有大事要請妳幫忙。」

姊將烤好的五花肉夾到我面前。我示意她先吃，但她只是笑著說她吃過了，我只好乖乖接下那塊肉。

「要幫妳什麼忙？」我問。

「其實有兩個。首先是，我希望喜帖、謝卡這種文宣，可以交給妳設計。」

第一個要求，讓我驚得趕緊把口中的肉吐出來。我有些緊張地問：「妳、妳本來就知道我做什麼工作？」

「嗯哼。」她淡然地咬了一口肉片，「就說了，我可是妳姊姊，我什麼都知道。」

我沒打算追問，畢竟我也知道，我撒的謊處處是破綻，網路那麼發達，滑鼠稍微點一下便會眞相大白。

「我當然樂意……可是，爸媽會覺得奇怪吧，他們又不知道我眞正的工作。」

「妳不想趁機向他們坦白嗎？這是個好機會。」

「我……」

「妳總不能瞞一輩子吧？」姊幽幽地說：「他們是會把妳怎樣嗎？爸又不管事，媽的個性妳也知道，讓她念一念就過了。」

「我知道，只是……」我垂下眼。

「眞不曉得妳在怕什麼，我們可是妳的家人。」

我明白，其實我得到了許多人的愛。可我總是陷溺在自憐自哀裡，將恐懼放大成無數倍。

「先不說這個。要或不要？一句話。」姊敲敲桌面。

「要要要，當然要。可以幫自己姊姊設計，我很榮幸。」

姊鬆了一口氣，「那就好。跟妳說，要是阿宏家人對妳的想法有意見，我絕對跟他們槓到底。」

我不禁莞爾，低聲說了句「謝謝」。

我拿起夾子，替烤盤上的肉翻面，肉片響起滋滋滋的聲響。我抬眼問：「對了，另一件事是什麼？」

「喔對。」姊喝了口果汁，傾身靠近我，興奮地說：「我想找妳當伴娘。我問過了，親妹當伴娘也可以。」

我一愣。我這輩子還沒當過伴娘，連那種輕飄飄的洋裝都沒穿過。

她追問我願不願意，我一口答應。

「伴郎就找妳男友怎麼樣？」
「呃……他可能不太方便。」
「太好了。」姊拍掌一笑。
太好了？哪裡好？我茫然地看著她。
「上次聽妳說他身分敏感，我早就猜到妳會這麼說，所以我已經替妳找好伴郎了。妳記得問一下妳男友啊，會介意就算了。」
「找好了？誰？」我一頭霧水。
「我先問一下喔，阿風應該知道妳所有祕密吧？工作啊、男友啊，都知道嗎？」
我一頓，心中警鈴大作，「知道是知道……但妳爲什麼突然提起他？」
「那就好……哎呀！說人人到。」姊朝我身後看，舉起夾子揮呀揮。
我身旁的椅子被拉開，一股熟悉氣息沉落。
「藝樺姐，不好意思，來晚了。」
「不晚不晚，我們剛好聊到你。」
「聊我……聊什麼？」他語氣遲疑。
「阿風，你願不願意當我的伴郎？跟我妹一起。」
丁仁風明顯一頓，「哦……好啊。」
好什麼！我抬頭瞪了他一眼，丁仁風也看了過來，迎上我視線的同時，他眼神閃過一絲詫異。
他的表情有一種心虛的、犯了錯卻沒等到責罵的迷惑。
「妳……沒事嗎？」他蹙眉問。
「你希望我有什麼事？」

氣氛一瞬凝結。

「沒事就好。」他似乎還有點摸不著頭緒。

「你們怎麼了？吵架了？」姊疑惑地問。

「對。」

「沒有。」

我和丁仁風異口異聲。

姊沒有多說，只是將肉片夾進丁仁風的盤子，「你們記得在我婚禮前和好。」

「對了，還沒恭喜妳結婚。」

「哎，謝謝、謝謝。」

「不好意思，我開車過來的，讓我用飲料代替吧？」

「沒關係，我也是果汁——」

還來不及反應，丁仁風便舉起我的杯子和姊碰杯，仰頭喝了一口。我瞪大眼睛，愣然地看著丁仁風，「喂，那是我的。」

「感冒還喝什麼可樂？」他一臉理所當然，甚至還好心地解釋，「我爲什麼知道？嗯，聽妳聲音就知道了。」

「喝我口水，你不怕被傳染嗎？」

「我才沒那麼容易生病，感謝關心。」丁仁風拿起桌上的熱茶壺，倒了杯熱麥茶給我，「妳喝這個就好。」

「我現在只想把它澆在你頭上。」

「好啦，不就是杯可樂，這麼嚴肅幹麼？阿風也是爲你好。」姊笑著緩頰。

我覺得，我現在根本是在和兩個媽媽吃飯。

「婚禮打算辦在什麼時候？」丁仁風問。

「愈快愈好，五月之前吧。」姊說：「阿宏他外婆生病，長輩那邊希望趕快辦一辦，替她沖沖喜，規模小一點也沒關係。」

這件事，上次姊夫和我們家吃飯時就已經提過。

我一邊聽，一邊埋頭吃肉。我將碗裡最後一塊肉吃完，正要和姊換手，丁仁風卻接過夾子專心烤肉，而我面前的盤子瞬間堆積如山。

「難怪這麼急著找伴郎伴娘。」丁仁風說。

「不僅如此，爲了確保一切照我喜好，我已提前把我在意的事都打點好了。」姊眨了一下眼睛，語氣頗爲自豪，「先斬後奏，長輩根本來不及插手。」

「不愧是藝樺姐。」丁仁風給了她一個讚賞的眼神，「都有些什麼？」

「嗯……我算算。」姊扳著手指細數，「伴郎伴娘暫定是你們兩個、婚禮文宣交給妳，場地我和阿宏已經看好，只差過長輩那關。哦，花我也想好要找誰了喔！」

「花？」我納悶出聲。

「對呀。妳知道嗎？其實我超愛花，但妳懂的，爸媽那麼沒情調，家裡根本不可能出現那種東西……幸好！這是屬於我的婚禮！我早就想好，婚禮上一定要有漂亮的花。婚紗隨便披件床單也行，就是花不能將就。」

不知是可樂裡的咖啡因作祟，還是感冒藥遲來的藥效，我持筷的手正微微發抖。

我用左手壓住右手，擠出一點笑，「妳……決定好找哪家了嗎？能看看嗎？」

「可以啊。」姊掏出手機，左滑右滑，「我看中這間很久了！有實體花店和線上花店，花藝設計也很厲害，超有名的，婚禮布置甚至要提前半年預約……」

姊將手機遞到我們面前，「找到了。」

熟悉的Logo映入眼簾——Queen Of Flower。

「怎麼樣，聽過嗎？雖然規模不大，但聽說藝人辦活動，也都會找他們合作。我看過他們的作品集，美到發瘋！」

我張口想發話，卻發不出聲音。

看，姊的表情那麼興奮、那麼期待，我不可以掃興。

我突然想起十八歲生日時的事——一個漂亮的冰淇淋蛋糕，上面插著幾根蠟燭，照亮我送給小妹的泰迪熊。

全家人圍著小妹，氣氛和樂融融。忽然，媽質問我爲什麼不高興，我才發現我沒在笑，趕緊擠出笑容說「沒事」。

「騙人，妳一定有事。到底有什麼事？不要逼我問第三次。」

「眞的沒事，我們趕……」

「快說。」

我再不說的話，她好像隨時會引爆。於是，我選擇開口。

儘管試圖保持鎭定，開口的瞬間仍忍不住流下眼淚。

媽表情憤怒，「妳哭什麼哭？我早就問過妳了，妳親口答應和小妹一起過生日的，有沒有？妳自己想有沒有？拜託，妳都長大了，十八歲了！」

是啊，我都十八歲了，可是爲什麼蛋糕上的蠟燭插著數字「4」？他們甚至連一個問號，都不肯施捨給我。

「所以我才說沒事……」我哭著問：「妳如果不想聽，又爲什麼要問我？」

就讓一切停在美好的謊言上，不就好了嗎？

妹被我們嚇得大哭，姊立刻起身將我拉到角落。

「妹，別這樣……我知道妳受委屈了。」姊抱住我，溫聲道：「我明天買一個蛋糕給妳，好不好？不要跟小妹講。就選妳最喜歡的巧克力，上面放十八根蠟燭。」

我不停流淚，腦袋一片空白，拚了命地搖頭。有些事情過了某個瞬間，就不再有意義了。

姊鬆開擁抱，扶著我的肩膀，溫柔地望著我，「妹妹年紀還小嘛，妳別和她計較。」

我一頓，噙著淚水，愕然地望著她。

我當然也爲妹妹高興，也想爲她慶祝生日，我只是……

「好啦，今天是開心的日子，不要掃大家的興。我們回去唱生日歌，好不好？跟媽道個歉、撒個嬌就沒事了。」

姊抽了幾張衛生紙替我擦眼淚，但她始終擦不掉我記憶裡的那句話——不要掃大家的興。

「那妳記得我生日是哪天嗎」，我始終沒問出這句話，也知道不該問，再問下去就是得寸進尺。

我不該再顧影自憐，掃所有人、包括我自己的興。

「藝樺姐，妳覺得它熟了嗎？」

丁仁風的聲音響起，拉回我飄遠的思緒。我抬眼，他正夾著一塊雞腿好奇地問。

「欸，我看看。」姊收起手機，皺眉道：「我也不知道耶，拿筷子戳戳看？」

我看向他，他也看著我，眼神帶著關切的意味。

眞是什麼都逃不過丁仁風的眼睛。

快吃完時，丁仁風出去接了通電話。我打算烤麻糬給他們當甜點，才剛伸出竹籤，就聽姊神祕兮兮地說：「老實說，我一直以爲，妳來臺北後，會和阿風交往。」

「啊，黑掉了。」

「什麼？」

「麻糬。」

「誰在說麻糬？我在跟妳說阿風！」姊無奈失笑，「不是我不信純友誼，但我覺得阿風滿有那個意思的……妳覺得呢？」

「不要開這種玩笑。」我皺眉道：「這是不可能的事。」

「是你們不可能在一起，還是他不可能喜歡妳？」

「都是。」

「對於這兩者，我的想法是一樣的：妳怎麼能確定？」

「我才想問，妳怎麼會覺得他對我有意思？」

「我這樣想才正常吧？」姊悠悠地說：「他總是很照顧妳，處處爲妳好……從小時候就是這樣。」

是啊，丁仁風的確是。他總用他自己的方式，默默爲我好。

「那我……又有什麼值得他喜歡？」

姊一怔，似乎不明白我的意思。我輕聲說：「他大概只是同情我吧。」

大家不都這麼說嗎？可恨之人必有可憐之處。

家人對我好，或許是出自血濃於水的羈絆，那丁仁風呢？我連朋友都做得七零八落，怎麼可能會是他的戀愛對象？

離開前，姊和丁仁風搶帳單搶了一陣子，我說我要付，兩人異口同聲地叫我別插手。

最後，由我在兩張信用卡裡，隨機抽出請客的人選——丁仁風。

姊因爲還要去做頭髮，先和我們道別。

「對了，姊。」我叫住她，將手中的提袋交給她。

「這是？」

「給妹的生日禮物。我這陣子工作比較多，眞的沒空回去……妳能替我轉交嗎？」

我買了小妹想要的電競耳機，還刻意挑了她比較喜歡的顏色。

過年時，我看到她在算壓歲錢，好像還差一點，一臉懊惱的樣子。希望她會喜歡這個驚喜。

「天啊，幸好妳記得。我這陣子忙翻了，差點忘記。當然沒問題囉。」姊晃晃手中的袋子，「那我先走啦，電話聯絡喔。我還有好多事要麻煩妳。」

我愣了一下，微笑道：「嗯，當然。」

送走姊，我也打算要離開。

準備搭上手扶梯時，丁仁風擋住我的去路，「談談？」

「關於那件事，已經沒什麼好說了。」我平靜道：「你不打算解釋，我尊重你。但就這樣吧。」

「妳剛爲什麼那種表情？告訴我。」他拉住我的胳膊。

「如果跟裴恩珉有關，就可以順便送你一篇獨家嗎」，我本想這麼問，話到了嘴邊又收回去。我忽然在想，也許失憶那則新聞，是丁仁風又一次地爲我好？

「快點告訴我。」他催促。

「我幹麼告訴你？」

丁仁風一頓，表情一瞬轉暗。

他又露出這種受傷的眼神，我挪開視線，垂下眼簾。

我們就這麼沉默著，不經意占住走道。丁仁風將我一把拎到旁邊，讓路人經過。

我嘆了口氣，「找個地方坐吧。」

咖啡廳裡，我替丁仁風點了他喜歡的焙茶，自己則點了杯熱可可。端到桌邊時，他視線一掃，伸手過來要搶我的，我立刻往後一退，「這是我買的。」

「妳感冒了。」

「這是我買的。」我重複強調，他這才作罷。

我們倆相對而坐，他拿起焙茶喝了一大口，好像根本不怕燙。

「謝謝你請我們吃飯。」

丁仁風沉默，再度露出那種欲言又止的表情。

「你……想問我什麼？」我開口。

「那間花店。」

「我不知道該不該告訴你。」

丁仁風沉吟道：「哦，和裴先生有關。」

我皺眉，「你又知道了。」

「不知道啊。但因為是妳，我猜也知道。」

我輕嘆口氣，「這麼厲害，不如說說你還猜到什麼？」

「那間花店的老闆是女生，年紀和我們差不多，名字叫——」

「你查過了？」

「歡迎來到網路世代。」他舉起手機，螢幕裡，一名女人捧著花束，嫣然微笑。

「是他前女友。」我乾脆坦白，反正他已經猜到和裴恩珉有關了，接下來的事一點也不難猜。

果然，丁仁風表情淡然，沒有絲毫動搖。他低頭看了眼手機上的女人，意味深長地「喔」了一聲，感嘆道：「真是個美女。」

說完，還不忘上下打量我。我抿抿唇，默默挪開目光，沒答話。

「妳剛怎麼不直接跟藝樺姐說？」

「我不想掃興，你也別告訴她。反正不是我的婚禮，我和那個女生，說不定到婚禮結束，都見不到面。」

丁仁風淡淡地應了一聲。

「你不會又報出去吧？他們已經結束了。」

「我要找妳談的事，和這件事有關。」

「什麼？」我抬眼。

他喝了一口焙茶，「最近圈子裡開始有風聲，關於他戀愛的事。還有小道消息說，他在和公司討論要不要公開。」

說這段話時，丁仁風始終盯著我，像要將我所有表情盡收眼底。

「怎麼會？」我驚訝地問：「之前都沒有……」

「妳動腦想想啊！跟失憶前比起來，他有認真在藏嗎？」

我愣住，腦海浮現自己和裴恩珉共處的時光。我垂下眼簾，朝他搖搖頭。

「所以囉！大家也還在等時機、談價碼。這其中牽涉很多利益，不會這麼快報出來，不過妳要有心理準備，報出來是遲早的事。」

「遲早的事」，上次裴恩珉的新聞，丁仁風也曾這麼說。

我不喜歡這個說法，卻必須承認他說得沒錯——我的美夢，遲早有結束的一天，而且這一天，已經離我愈來愈近。

「謝謝你告訴我。」我輕聲說。

「不過，他眞的什麼都沒對妳說嗎？」丁仁風忽然問。

「你指的是什麼？」

他沒有繼續問，目光深沉難測。良久後，他吐出這句話：「也許是我錯了。」

「你到底在說什麼？」我擰起眉頭。

「他這是認眞的啊……」丁仁風露出苦笑，「是我小看他了。」

我完全聽不懂他在說什麼，而且，他爲什麼一副和裴恩珉很熟的樣子？

「不管如何，妳有沒有想過，美夢持續愈久，醒來就會愈痛苦？」

我聞言一僵，渾身竄上一股涼意。我雙手捧住熱可可，卻怎麼也暖和不起來。

他將視線投向窗外，輕聲說：「好像要下雨了。」

「丁仁風，你知道什麼？」我手心出汗，快要喘不過氣。

「某種程度來說，我什麼都不知道。」

丁仁風轉回來，凝望著我，「但因爲是妳，所以一點也不難猜。妳從以前就是這樣，做事不帶腦。」

我無話可說。

這時，丁仁風手機震動，他瞄了一眼，露出無奈的表情，「主管急Call，我走了。」

丁仁風仰頭將焙茶喝光，收拾著東西。

他忽然從背包裡掏出一個平口紙袋，「對了，雖然還沒到，但這先給妳。」

我愣愣地接下，連句「謝謝」都來不及說，丁仁風已經順走我桌上的熱可可，頭也不回地走了。

他走後不久，我拆開紙袋。

一本書、一條99%黑巧克力、一張手寫卡片，字跡凌亂倉促。

「書我沒看過，隨便買的，妳有的話就賣掉吧。偶爾吃點黑巧克力，對身體好，網路上說抗氧化、抗發炎。太忙了，二十號那天沒休假，就提早祝妳生日快樂，恭喜妳離死神又近了一步。」

我噗哧一笑，眼眶卻漾起熱氣，我還以爲，不會有人記得我的生日……

我拆開書本的塑膠膜，發現是一本小說集——辻村深月《謊言疊疊樂》。

這時，手機響起通知聲。

「明天我行程結束後，見一面好嗎？」

「可能很晚，說不定會跨日。」

「如果不介意的話，我們見面吧。」

「我想妳了。」

❐最新文章 FEB.14 21:05

Happy Valentine's Day.

據說，中世紀的英國流行一種情人節風俗：將未婚男女的名字，分別寫在紙條上，裝在不同的箱子裡，讓那些未婚男女從箱子裡，抽出一個異性的名字，交換禮物。然後，女子會在男子的衣袖繡上自己的姓名，象徵在這一年內，成為男子的「Valentine」。而照顧和保護該女子，就成為該男子的神聖職責。

我們愛上裴恩珉的瞬間，就像成為他的Valentine。粉絲試圖在他的記憶裡刻下名字，並期盼他永遠保護我們、帶給我們力量。

裴恩珉又何嘗不是呢？

在萬千人海裡，我們揀中彼此，成為彼此的Valentine。

但若有一天，我帶給他的不再是力量，而是傷害呢？

送出貼文後，我放下手機，望向牆上的海報。

裴恩珉出道五年，我擁有他無數張海報，專輯的、簽唱會的、演唱會的、粉絲自製的……但我和他能擁有的回憶太少了，我只能留下幾張，鋪滿我小小的租屋處，一一鋪就我愛裴恩珉的歲月。

我走上前，伸手拆下海報。就算要拆除，我依然忍不住屏息，動作小心翼翼，深怕弄破任何一角。

第一張，身處無盡黑暗裡，他獨自散發光輝，如一顆遙不可及的星球。我只能在好幾光年之外仰望著他。

第二張，裴恩珉背著一把吉他，身後人來人往，城市人群的腳步繁忙，唯有他定在原地、盯著鏡頭。他目光執著深刻，就像穿過海報盯住我。

第三張，他露出側臉，輕靠在旋轉木馬上，眼神憂鬱卻純淨。彷彿只要我一伸手，就能觸碰到他柔軟的內心。

第四張，裴恩珉穿著連帽T，肩上架著一把小提琴，隨興地朝鏡頭微笑，青春、俏皮卻優雅，還帶著一點試探。像在說：歡迎來到我的世界。

最後一張，裴恩珉出道專輯《Endless Moments》的限量海報。他穿著一襲白色西裝，坐在一架黑色鋼琴前，月光悄悄灑落在他身上。

一陣暈眩，我閉上眼，彷彿聽見琴聲徜徉，載著他的純淨歌聲——

陌上花開　可緩緩歸
這是我們的　Endless Moments
渺小但美麗的每一瞬間
逐格逐幀逐日逐漸　走在我們之間
花海開遍　簇擁妳經過的從前

陌上花開蝴蝶飛　妳長歌緩緩歸
請走得再慢一些
沿途的花開得慢一些
讓花瓣　落得不那麼快

也許　最後一次相見　這是
我們的End
我們的Last Moment

過了五年，海報已微微褪色，如同我們之間的回憶。

我將海報捲好，收進抽屜深處，留下空蕩蕩的牆面。換上洋裝，擦掉滲出的冷汗，畫上精緻妝容，戴上手鍊。對著鏡子，我將自己變成渴望成爲的模樣。

出門前，我圍上裴恩珉借給我的圍巾。不過五分鐘，熟悉的車駛入視野。我正準備上車，駕駛座窗戶忽然降下，一束紅色玫瑰映入眼簾。

「好漂亮。」

我愣愣地看著玫瑰，忍不住伸手輕碰，花瓣彷彿滲出露珠，滴在心口，呼吸時微微發酸發脹。

「情人節快樂。」裴恩珉探出頭，露出炯然雙眸，朝我微笑。

我也笑了，眼眶卻悄然發熱。

「這是我親自去買的。今天花店好熱鬧喔。」裴恩珉扯扯衣領，一副受累的模樣，可笑容仍然燦爛。

我有些訝異地望著他，他卻只是笑意款款地看著我。

而後他忽然下車，繞到另一邊，替我打開車門，邀請我上車。

「你不怕被看見嗎」，這句老套的疑問，我沒有問出口。畢竟，這已是我和他的最後一個情人節。

車輛穿過大街小巷，我抱著花問他要帶我去哪，裴恩珉笑說「走到哪算到哪」。紅燈的時候，他牽住我的手，我所有顫抖悲傷，陷溺在他柔軟溫熱的掌裡。

他因彈奏樂器而長繭的指節，輕輕拂過掌心，我這輩子爲數不多的快樂，似乎因這一刻而更顯珍貴。

最後，他將車停在一條小巷裡。

我們下了車，他戴上鴨舌帽和口罩，隱身在黑夜中。

儘管身在巷弄深處，卻能聽見熱鬧沸騰的人聲。外頭繁華喧嚷，微映出一點燈光。

「那邊好像有市集。你想去看看嗎？」

他朝我點頭，卻驀地望向我，陷入思考。

「怎麼了？」

「妳身體還好嗎？臉色不太好。」

我點點頭，「我已經去看過醫生了，沒事的。」

「那就好。」

驀然，裴恩珉摘下帽子，扣在我頭上，又伸手替我將圍巾拉高了些。我驚訝地看著他。

「好了。」他牽起我的手，笑著說：「我們去逛街吧。」

他的語氣聽起來既興奮又期待，像宣告著一場冒險即將展開。

看他高興的樣子，我忍不住微笑，抱緊手中花束、握緊他的手，和他一起走出黑暗巷弄，迎向燈火通明的街市。

我和裴恩珉牽著手，走在熙來攘往的街道上。

和之前的散步不同，這一次我們是眞正混在人群當中。但在這個特別的節日裡，大家的眼裡似乎再也容不下另一個人。

嘈雜的街道，音樂聲震耳欲聾，光彩流轉閃爍。燈紅酒綠裡，所有人凝望彼此，臉上都掛著幸福的笑。

裴恩珉戴著口罩、我戴著他的帽子和圍巾，當我們隱藏起面孔，儼然成了人群中的一對平凡情侶。

在這個相愛的日子裡，沒有人會過問我們的姓名。彷彿在疏離冷漠、密布成網的城市裡，誰都能擁有快樂的權利。

這一刻，我忍不住想，或許，我和他是相配的。

尤其當我倆同時靚衫革履，牽手的側影透過櫥窗映出，這時，我多希望時間在此刻凝結，謊言與愛情同時長駐。

忽然，一段熟悉的旋律響起，我們同時腳步一頓。

一個街頭藝人站在廣場中央，抱著吉他，試了幾下音。他撥動吉他弦，開口哼了幾句，吸引許多人駐足停留。身旁一個女孩替他調整器材和麥架，兩人互動自然溫馨。

我和裴恩珉互看了一眼，不禁勾起微笑。

「他好像要唱你的歌。」我不自覺輕晃他的手。

「對啊！哇，好久沒唱這首了。」他感慨道：「我們聽聽他唱得怎麼樣？」他開玩笑地說，指尖在我手背上輕敲節奏。

「大家，情人節快樂！爲了不要被路人閃瞎，今天我也帶女友來表演喔。」

有人大笑，有人吹起口哨，有人鼓掌叫好。聞言，女孩靦腆一笑，難爲情地搥了他一下。

「在唱歌前，想和大家分享一個小故事……別！先別急著離開！我知道今天是大家最願意施捨耐心的一天，對吧？」

眾人大笑，裴恩珉也在笑。

我抬眼，迎上他的目光，他的眼眸裡映出我的模樣。原來，我也可以是美麗的，哪怕只是鏡花水月。

我忽然理解裴恩珉之前說過的話——我像一面只能照出好事的鏡子，照映出他美好的樣子。

裴恩珉對我來說也是如此。當我看著他的眼睛，就能看見自己美麗的模樣。

我突然意識到，我這些年來愛的或許不只是他，也是他眼中的自己。

喜歡是股強大的力量，能讓我變得堅強、變得自信，忘記自己有多麼醜惡。

對他來說，我是否也是這樣的存在？

「我是個很健忘的人，記不住第一次相遇、記不住交往紀念日，甚至有時候會不小心忘記她的生日……但是啊，我還記得去年的情人節。」他微微一笑，接著說：「那晚，我們看了一部電影，步出影院時，我的內心忽然覺得好澎湃，就像被塡滿了一樣，然後……」

他學著電影臺詞，「『讓我們永遠在一起吧』，我對她說了這句話。」

他娓娓道來，「就算有一天，我忘記了電影情節、忘記曾許下的承諾，哪怕眼神改變、懷抱冷卻、牽過的手不小心鬆開，連那些走過的路全變成廢墟，在這個寒冷的夜，我願意臣服在音樂、夜色和電影的魔力裡，做一個信徒，相信命運、相信愛情。」

他笑了笑，「不知不覺，一年過去了。我們的謊話還在持續。」

大家發出一陣低聲笑語。

「所以……不好意思占用大家時間，我今天想做一件很重要、很重要的事……」

男人放下吉他，從口袋裡掏出一個盒子。眾人見狀爆出一陣歡呼尖叫，女孩驚喜地摀住嘴，眼眶急遽轉紅。

男人單膝下跪，聲音微微發抖，帶著一點哽咽，「妳、妳陪著我走過好幾條街、唱遍南北，我、我……」

大家紛紛向他大喊「加油」、「不要緊張」，更有不少人舉起手機錄影。

驀然，裴恩珉鬆開我的手。

我訝異抬眼，他笑著對我說：「在這等我一下。」

說完，他便大步一邁，走向廣場中央，背起男人的吉他，撥動和弦，緩緩哼唱——

渺小但美麗的每一瞬間
逐格逐幀逐日逐漸　走在我們之間
花海開遍　簇擁妳經過的從前

陌上花開蝴蝶飛　妳長歌緩緩歸
請走得再慢一些
我們愛得再慢一些
讓結尾　來得不那麼快

如果　最後一次永遠　這是
我們的End
我們的Endless Moments

他的歌聲輕柔和緩，如月光輕輕照映在男女身上，照亮這片夜色。

瞬。

歌唱時，他始終凝望著我。我的視線逐漸模糊，想哭，卻不想輕易吹散這美好的一

我抱緊懷裡的玫瑰，我知道，我也會記得這幕一輩子。

「親愛的，妳陪著我走過好幾條街、唱遍南北，和我一起日晒雨淋，扛著沉重的音箱到處跑……」

伴著裴恩珉的歌聲，男人再次鼓起勇氣，聲音變得堅定。

「妳曾說，永遠只是個謊言。」他深吸一口氣，「那麼，妳願意被我騙一輩子嗎？」

女孩哭著衝向他，一把抱住他，在他耳邊輕喃：「我願意。」

裴恩珉欣然一笑，放下吉他，在眾人的笑鬧、目光和鏡頭之外，徐徐朝我走來。

瞬間，即是永恆，這是我和裴恩珉終將結束，卻永不結束的瞬間。

「裴恩珉。」

「嗯？」

「我們……分手吧。」

女孩給了男孩一個吻，眾人歡叫喧鬧，鼓掌叫好，淹沒我的聲音。

「妳剛說什麼，月季？」

裴恩珉重新牽起我的手，彎身與我平視，眼中蘊含無限溫柔。

我的眼淚奪眶而出。而他目光裡的波濤打過來，拍在我身上，又冷、又痛、又窒息。

「你可以再叫我一次嗎？」

他茫然地望著我，「月季？」

我哭著搖頭，感受眼前一切開始跳動旋轉。

「怎麼了？月季，妳……喂！月季、月季——」

視野裡，裴恩珉逐漸傾斜，離我愈來愈遠、愈來愈遠……

現在才發現，原來夜空掛著一輪明月，皎潔生輝。

這瞬間，我彷彿看見了男孩映在月光裡。他站在那最高、最遠、最亮、湧上最多愛與思念的地方，俯瞰眾人，溫柔吻過每雙崇拜的眼睛。

安可！安可！安可！眾人的聲音喧鬧不休，耳膜隨著樂聲鼓點震動，連心臟都隨著節奏跳動。

在月光熄滅以前，我聽見裴恩珉的聲音。

他慌張焦急地喊著：「月季……月季……梁月季……」

他不知道的是，我根本不是梁月季。

第八章

「那妳叫什麼名字？」

我嚇了一跳，抬頭對上裴恩珉的臉。

他穿著圖書館的工讀背心，眼神溫和純粹。

我一時怔然，沒有回答。他也不急，繼續將推車上的書歸位。

「剛說過，我是八班的裴恩珉。那妳呢？」

「我是二班的……」我一頓，猶豫道：「抱歉，我不喜歡我的名字。」

他轉頭看著我，疑惑的眼神像在問「爲什麼」。可他終究什麼也沒多說，只是對我微笑，「那我該怎麼稱呼妳呢？好記的綽號也行。」

我訝異地看著他，張嘴卻說不出話來。

我……也值得被他記住嗎？

「啊，抱歉……我只是想說，妳都幫我保守祕密了，我總該知道怎麼稱呼妳。」他放輕了聲音。

我連忙搖頭，慌張道：「我、我只是還在想，你別跟我道歉。」

他微笑頷首，耐心等待我的回答。

「就叫Rose吧。」我低垂眼睫，盯著腳尖，「這是我的英文名字。」

「好的，Rose。」他笑著呼喚。

地球上有千萬朵玫瑰，我只是一朵啞光又無味的灰玫瑰。

然而當他輕喚出聲，我彷彿成爲整顆星球上最特別的玫瑰，在他唇邊悄然盛放。

冬夜裡，裴恩珉牽起我的手，將我帶離身後蟄伏的野獸。

時間就此定格，貯存在腦海深處。

我不記得那陌生男人有沒有追上來，也不記得我們是怎麼走上涼亭。我只記得，裴恩珉指尖長了繭，摸起來很硬，掌心卻格外柔軟。

「謝謝你。」我主動鬆開手。

「現在應該沒事了。」他四處環顧，關切地問：「妳還好嗎？」

我含淚點頭。

他看起來有點赧然，一下摸脖子，一下撓臉。我低下頭，抹掉眼角的淚水，不禁彎起唇角。

「羅藝詩。」

我迅速抬頭，驚訝地問：「你、你怎麼——」

「不小心看到的，抱歉。」他靦腆一笑，「今天是我第一次坐櫃檯，處理借還書……」

我抿住唇，雙手緊緊攥住制服下襬，「沒關係。」

剛才借書時顧著看他，都忘了借書證和借書系統看得見名字。

那他是不是也看得出來，這其實是我第一次借書？

但裴恩珉什麼也沒說，只是說：「妳的名字很漂亮，就像詩一樣。」

我心口一緊，眼前因他這句話而湧上氤氳。

這一刻，我回想起很多事——

剛上國小時，我的身高比同齡孩子都高出一截，大人們高興地對爸媽說：「哎呀！你們生了個模特兒。」

我一開始也好高興，感覺自己做了什麼偉大的事。但後來我才知道，高不只是高，還有大。

列隊站在一群孩子裡，我的體積總是別人的兩倍，明明ＢＭＩ數值正常，卻不自覺被貼上「臃腫」的標籤。

不自覺，那又是怎麼發覺的呢？

他們會在某些時刻，在眼神互碰的瞬間，建構一個不屬於我的空間。

「好，現在開始分組！三到五人，拉手蹲下來。」體育課，班導吹響哨聲。

我揚起脖子，目光在班上一張張面孔之間搜尋，卻完美錯開所有人的視線。

直到全班都牽手蹲下來，只留下我一個人佇立原地，他們才會鬆口氣，大膽地朝我看來。

有人說：「還好我們有五個人，不然就……」

後半句淹沒在嘈雜裡，他們沒有說，我也不能多想。

老師指示我走向人最少的組別，他們臉上帶笑，身體卻微微往後挪，就像在說：「看，妳占了好大的空間喔。」

中午，大家拿著便當盒排隊，伸長脖子一探究竟，好奇今天的菜色。

儘管不必伸長脖子也能看得清楚，我仍試圖模仿前面的同學，他脖子伸得多長，我就努力伸得和他一樣長。

值日生掀開鐵板，營養午餐冒出裊裊熱氣。

「欸欸！今天吃什麼？」三十號踮起腳尖，在隊伍末端大聲發問。

值日生站在講臺上，露出微妙笑容，忽然下巴一抬，朝我這瞄了一眼。

突然間，他們低聲咯咯笑，這一刻好像所有人都懂了。

我站在隊伍裡，縮回脖子，惶惑地張望，不明白他們在笑什麼。然後，我模仿他們哈哈笑了幾聲，試圖讓自己不那麼突兀。

他們訝異地互看一眼，接著爆出一陣更嘹亮的笑聲。

我慌張地挪開視線，但無論將目光投向哪裡，落點都是帶刺的笑意。

爲什麼要笑？他們沒有說，所以我不能問。

輪到我時，值日生的笑聲悶在口罩裡，然而，他伸出來的手都在晃動，憋笑的樣子一目了然。

一勺滿滿的京醬肉絲被扔進我的碗裡，便當盒扣環晃動，「喀啷」一聲，發出輕脆聲響。

「怎麼給我這麼多？」

值日生看著我，忍笑的聲音像是哽咽，「妳不是喜歡吃嗎？」

「我哪有？」我困惑地回應。

大家又笑了。

也許不是所有人，但在我的記憶裡，所有人都在笑。

無聲的惡意流竄得最快，也最令人生懼。那是一種看不見的野獸，在腦海輕輕嚙咬，落下一地尖銳碎屑。

「所以，他們對妳做了什麼嗎？」

我搖頭說：「沒有，只是……」

「他們罵妳？叫妳綽號？」

我拽著裙襬，緊張得說不出話，只能一味搖頭。

「那有沒有可能，是妳誤會了？」

「可、可能是吧。謝謝老師。報告完畢。」

「導師評語：性格沉靜內斂，觀察力敏銳，想像世界豐富多彩。唯心思細膩敏感，人際交往容易受傷，建議多觀察自身及他人優點。」

即使我學會駝背、學會把自己彎進我的小世界，我仍無法躲開那些尖銳的碎屑。

國小四年級，我交到人生第一個朋友，是個轉學生。

他個性火爆，看起來難相處，實際上，他卻是個溫暖直率的人，我尤其欣賞他敢於做自己、天不怕地不怕的姿態。那是我永遠模仿不來的特質。

班上同學不待見他，私下給他取了很多難聽的綽號。

我對他說：「沒關係，這代表我們是特別的。」

「誰跟妳一樣啊？」丁仁風冷哼，「搞清楚，我沒被排擠，是我排擠大家，跟妳完全不一樣好嗎？」

「沒關係，至少我是特別的」，我常對自己這麼說。

長得高一點，老師會第一眼注意到我、長輩會認爲我早慧懂事、同學們擦黑板最上緣時，還是需要我……

可是我發現，身邊所有人都在急速抽高，連丁仁風也是。而我彷彿永遠停駐在原地。

我再也不特別了，連最壞的那種都不是。

我不再駝背，每天練習挺直背脊、保持坐姿端正，好讓自己看起來高一些。但我依然處在一個尷尬的、中庸的位置。

國小六年級，我在走廊遇上曾經的三十號。

才分班短短一年，她變得又高又漂亮，胸脯微微起伏，兩條腿又直又勻稱，所有人的目光都聚攏在她身上。

她就這麼被好友簇擁著，迎面朝我走來。

與我擦身而過的瞬間，飄過一陣好聞的香氣，她僅低頭看了我一眼，便平靜地走過，就像什麼都沒發生過。

難道，一切都是我自己想像出來的嗎？被害妄想？

所有人都往前走了，只有我還陷在想像的自憐裡，無法自拔。

「Rose，我覺得名字也是一種愛。」

我回過神，抬頭看著裴恩珉。

只見他仰望著夜空，側顏溫柔美好，走慢了時光。

「名字既是束縛，也是我們存在的證明。萬事萬物都有名字，正是因爲能夠被稱呼，我們才能感知到自己的存在、感知到世間的情感……然後形塑我們是個什麼樣的人。當我們的名字被人記住、被呼喚，就會感覺到愛。」

他轉過來望著我，朝我微笑，「雖然我不曉得妳討厭自己名字的原因，但我想，那代表妳比較想成爲Rose。所以，以後我就這麼叫妳吧。」

他的笑容，令我鼻尖陡然一酸。

其實，我也喜歡「羅藝詩」這個名字。這是多麼美的名字，承載著父母對我的期待和祝福。

可我卻成了這樣的人——矯情、小心眼、敏感、脆弱、自溺……

所以，我討厭的並不是名字，而是我自己啊。

那是我和裴恩珉說過最多話的一晚。

在學校裡，我們班級隔得太遠、交友圈差得太多，只要回到彼此的星球，我們的距離便是好幾光年。

因此我仍維持著那些壞習慣——算準時間，默默觀察他上下學，和他保持幾步之遙，觀察他從哪來又往哪去。

我也曾躲在人群裡，眼睜睜地看著他收下學妹、學姐的巧克力，放學後再躲到樓梯口，努力把討厭的巧克力塞進嘴裡。

我知道，我大可直接走上前，和他打聲招呼，正大光明坐在他身邊。可是我擔心，我是他捏在手裡的巧克力——明明討厭得要命，卻還要勉強下嚥。

所以我選擇等待，等待他每一次的回眸。

我想，像裴恩珉這樣的人，永遠不必擔心被誰討厭吧？不像我，就算聽懂了少女的語言，也依然沒學會討人喜歡。

當我被同學潑得一身溼，在盛夏走進圖書館時，我忍不住以「外面下雨了」爲藉口，撒了個拙劣的謊。

我也不知道爲什麼要撒這種可笑的謊，只是覺得，謊言，似乎是我唯一能坦然求助的方式。

而裴恩珉只是溫柔地，接住了我的謊。

高二下學期，他告訴我，他決定離開圖書館，好好準備升學考試。

他的語氣很輕巧，這對他來說大概不算什麼，告知我只是出於一種禮貌。

可對我來說，這卻像是末日將近——維繫我們彼此的祕密不復存在了，我們之間就要結束了。最悲哀的是，對他來說，我們甚至沒有開始過。

「今天是我在這的最後一天，妳能推薦我一本書嗎？」

我忍住淚水，隨意指向視野中最高、最厚、布滿最多灰塵的書。我其實連書名都沒記住。

一個月後的校慶，他抱著木吉他走上舞臺。

「這是我人生中第一首自作曲，第一次公開發表，好緊張啊。」

他笑的時候，眉眼微彎，聲音沾滿笑意，「這首歌，靈感來自一位朋友。謝謝她推薦書給我。」

他接著說：「其實，這本書實在太難了，我看不懂，也來不及看完……但我還是得到了很多靈感。寫歌的時候，就像在和某個人分享祕密一樣。」

他低下眉眼，手指再度撥動吉他弦，發出明亮樂聲。

我以爲對他來說，我們的故事從未開始，他卻用歌聲告訴我：他翻開了。

原來，我也可以是他生命裡的一頁。

於是，我開始埋頭苦讀，我想延續這段太淺的緣分。

我還不知道自己想成爲什麼人，可至少，我希望我是屬於他的Rose。

要打聽到裴恩珉想念的學校，是件再輕易不過的事，只需一點試探，總有人滔滔不絕地告訴我。

他的星球離我太遠，那麼我就再努力一點。每天只睡兩、三個小時，冬日清晨起床洗冷水澡、每天寫幾十份考卷、從高一的內容開始惡補、忽視弟和妹的哭鬧……

短短幾個月內，我的成績有了起色。

師長們說：「哎呀，羅藝詩原來是大器晚成。」

爸媽也開始對我有所期待，甚至開始幻想，也許我眞能考上頂尖學校。

得知我只考上T大，而且還是中文系，他們露出失望的神色，連姊都爲我可惜。

我撒了謊，說考試那天身體不舒服，發揮失常。他們這才鬆了口氣，眼裡的失望消退了一些，安慰著我。

他們的反應就像在說：「沒事，不是我們期望錯了，只是期望落空了。」

可誰也沒能承認，我永遠無法成爲他們想要的樣子。

儘管和裴恩珉上了同一所大學，我們仍是活在不同星球的人。

唯一一次碰面，是我抱著書，刻意經過理工大樓。沒想到，眞讓我遇見他。

我鼓起勇氣，主動和他打招呼。

看見我，他似乎很驚訝，我卻忍不住低下頭，因爲我怕看見他臉上的表情，不是高興，而是一種勉爲其難的應付。

「好久不見。」可他卻燦爛地笑著說：「眞幸運，竟然念同一所大學。」

我站得遠遠的，不敢靠近他。

幸運的明明是我，再多一點幸運，就是貪心了。

「妳這陣子都好嗎？」他問。

我呆呆點頭。

看見我手上的課本，他笑著說：「妳果然念了中文系啊？很適合妳。」

我一頓，而後斂眉微笑，「謝，謝謝你……」

「妳等等有課嗎？」

我茫然搖頭。

「臺北難得出太陽。在這發呆、晒太陽還滿舒服的。要不要來試試看？」

我把失控的心跳吞進肚子裡，坐到他身旁。

草地帶著一點涼，被陽光晒過的地方卻乾燥柔軟。

忽然，我面前多了一支手機。我一愣，低頭看向躺在草地上的裴恩珉。

他襯衫的鈕釦鬆了兩顆，領口微微敞開，從這個角度，我能看見他胸口有一顆小小的紅痣。

臉頰緩緩轉熱，我趕緊挪開目光，慌張地問：「怎、怎麼了？」

他舉著手機，輕輕搖晃，「突然想到，我好像沒有妳的聯絡方式。」

我回過神，愣愣地問：「你的意思是……」

「我很快就會出道，想盡量保留朋友的聯絡方式。」他笑著問：「我們不是朋友嗎？」

我們是朋友嗎？在感動以前，我先感到懷疑。然而，我還是接過他手機，快速地輸入手機號碼。

「妳還是比較喜歡Rose這個名字嗎？」看見我親自輸入的聯絡人姓名，他問。

我一頓，緩慢點頭。

「好的，Rose。」

他笑意溫煦，如陽光般灑落在我身上，暖洋洋的。

直到他走後，我才意識到，我並沒有裴恩珉的手機號碼。

他將我放在一個，他能輕易觸碰到我，我卻永遠觸碰不到他的位置。

後來，他眞的出道了。

我默默買下他每張專輯，默默參與他每一場演唱會。

起初，我曾參加過幾次簽售會。遞給裴恩珉專輯時，他總是溫柔地笑著，一如從前。

「妳來啦？」接著俐落地在封面上簽下——Dear Rose.

沒有更多，畢竟我們之間也沒有太多回憶可寫。我們僅是比陌生人，再熟悉那麼一點點。

出道第二年，裴恩珉迅速走紅。

他不再辦簽售會了，以他的聲量，直接辦演唱會更賺錢。於是，我離他愈來愈遠。

但沒關係，靜靜仰望他，就已經很美好了。

無數日夜，我在網路上到處蒐集他的照片，每天關注他的動態。

偶爾，我也會學著其他粉絲，到他常出沒的地方蹲點。公司、晨跑的公園，甚至是他的個人工作室。

說來像是藉口，但我不是爲了被他看見，也不是爲了窺探他的隱私。我只是想離他近一點，將他看得清楚一點。

漸漸地，眞心的笑、虛僞的笑、靦腆的笑、羞澀的笑、勉強的笑……他的每一種笑，我都了然於心。

直到他出道第四年的冬天，我發現，他的笑不一樣了——那是一種恍然的、心不在焉的笑。

某天，在工作室外，我終於見到他。他戴著口罩和帽子，遮得嚴嚴實實。

新冠疫情正嚴重，人人都戴著口罩，沒有近看的話，一般人恐怕很難認出他，但光是背影，我就能認出他。

只是，他挽著一個女人的手。

兩人互動親暱、有說有笑，一起走進矮樓，消失在我的視野裡。

我甚至聽見他喚她「Rose」。這麼巧，她也叫Rose。

進了工作室，接下來呢？空無的想像最可怕，既能將你推向光明，也能將你推向黑暗的深淵。

原來，裴恩珉已經找到他的玫瑰了……

在那之後過了一個月，我剛好回了趟老家。

晚上，我獨自沿著長長的天橋，走了十分鐘的路，抵達熟悉的校園。沒想到，我會在那裡遇見裴恩珉。

「你怎麼會在這？」我驚訝地問。

「哦……我爸媽難得從國外回來。睡不著，也沒事做，就來走走……妳呢？」

「我……就只是回家而已。」

他輕輕應了一聲，沒再接話，似乎已經無話可說。

我們沒有太多交談，隔著空蕩的馬路漫步。

路燈和月光落下，照在他的身上。他帽簷下的眼神依然柔軟青澀，看起來卻有點憔悴。

你和那個Rose，是不是發生什麼事了？

我想問，卻不敢問，也沒有資格問。對他來說，我是個被記住都太奢侈的人。

「妳還喜歡我嗎？」

忽然，他開口，我嚇了一大跳，停下腳步，驚愕地望著他。

他輕笑出聲，「抱歉，我不是那個意思。我的意思是……」

他似是意識到什麼，愣愣地陷入沉默。

夜太黑，路太空，月光太亮，我的心事被照得太清楚，無處可藏。

「哦……我當然還喜歡你啊。」我忍住眼淚，炫耀似地說：「我可是你最忠實的粉絲耶！每一張專輯我都買了，每場演唱會我都有去。你不相信的話，我可以現在給你看……」

「可以了，藝詩。」他輕聲打斷我。

他不再叫我「Rose」了，因爲這會讓他想起她嗎？

我幻想他朝我走來，給我一個吻，哪怕出於同情。但他只是鬆了口氣，聲音溫柔得近乎殘忍，「謝謝妳，一直陪伴我。」

裴恩珉再次接住我的謊，他用這句話，取代了「對不起」。

不，本來就沒什麼好道歉的，只是不喜歡我而已。

「但妳也知道……我是不能談戀愛的。」沉默良久後，他說。

他也撒了謊，他並非不能，而是不會和我戀愛。

「嗯，我知道。」我微笑著，以淚水接住他的謊。

演唱會上，粉絲的尖叫劃破空氣。

「裴恩珉，我愛你——」

裴恩珉站在遙遠的彼岸，聲音迴盪在偌大會場，「我也愛妳們。」

所有人興奮喊叫，一陣騷動彼此推擠，紅的、黃的、紫的……在他的笑容裡，盛開了一次又一次。

我沒有跟著激動，甚至生出一股悲哀，因爲我明白，那不是裴恩珉眞心的笑。而周遭這些萬紫千紅，終究是要凋零的，就像我一樣。

被問起理想型時，他語氣慎重，視線穿過螢幕投向某處。

「嗯……大概是像玫瑰一樣吧？雖然美，但又不是那麼溫柔可人。」他這麼說，眼神流露出一絲惆悵。

幾乎在這瞬間，我立刻意識到，啊，他們已經結束了。

眼前繁花驟然如海潮湧動，隨時要將我淹沒，我多想爬上前方女孩的頭頂，放聲吶喊：「我就是那朵屬於他的玫瑰！」

但我什麼聲音也沒發出來，這種悲慘的謊，我說不出口。

就算他們已經結束，我們也永遠不會開始。

裴恩珉，你知道嗎？

其實，玫瑰盛開時是有動靜的，只是你看不見也聽不見。

你是我永遠無法沉默的暗戀。

你曾說，名字是一種愛。

起初被冠上「梁月季」這個名字，只是一場誤會。那天我精神不濟，一聽見「Rose」便這麼應下，忘了你早有你的Rose。

但，當我知道你是真的忘了我，我卻忍不住慶幸。

「我們重新來過吧，裴恩珉。」

迎上你詫異的目光，我的內心格外平靜。

「梁小……我是說，Rose——」

「你想叫我『梁小姐』也沒關係。」

梁月季，是我渴望成爲的模樣。

就算忘了羅藝詩、就算將那些灰色的記憶全都捨棄……你也依然是那個燦爛的裴恩珉。

林婉瑜的〈十年〉裡曾寫道：這是一場無論如何都會結束的愛情，你是那種無論如何都應該跟你愛一場的人。

這也是我想對你說的。

然而我想，我眞是個醜惡的人。

有時我會想，如果我遭受的惡意再強烈一些、我的身世再坎坷一些，如果我沒有交到像丁仁風這樣的朋友、沒有喜歡上你這樣的好人……也許我可以壞得更直接、壞得更徹底、壞得更坦蕩。而不是躲入一個又一個的謊言裡，任自己在謊言裡腐朽。

「喂，妳要睡多久。點滴都快滴完了。」

一陣消毒水味竄入鼻腔，刺得我意識逐漸回籠。

緩慢睜開眼，燈光一瞬竄進眼底，我想抬手去擋，卻被人一把抓住。

「小心！」

我這才看見手背上扎著針。視線循著點滴軟管往上挪動，丁仁風的臉映入眼簾。

「你怎麼……」我的喉嚨又乾又啞，「這裡是……」

四周聲音又吵又亂，不斷有儀器發出的刺耳聲響，以及匆促徘徊的腳步聲，與時不時傳來的某種震動聲響。

嘈雜人聲低低地交織成一片，聽不分明，卻莫名令人心慌。

「急診室。妳昏倒了。哦，後來算是睡著吧。」丁仁風幽幽地說。

我掙扎著坐起身，感覺腦袋還有點昏，思緒糊成一團，「這是……怎麼回事？」

「妳還敢問我？」像被我這句話徹底觸怒，他指著我大罵：「羅藝詩！我告訴妳多少次，要好好照顧自己？妳總是把我的話當耳邊風！不是感冒而已嗎？妳到底怎麼把自己搞成這樣？低血壓、過度疲勞……妳想死拜託告訴我，我送妳一程！」

有人探頭朝我們用力「噓」了一聲。

「抱歉！」丁仁風怒氣沖沖地道完歉，轉頭狠瞪著我。

「你……你等我一下，我現在好亂……」我扶住額角，覺得全身輕得只剩一具空殼，紛亂思緒在裡頭蹦跳流竄。

「現在……幾點了？」

「凌晨一點半。」他拿起手機看了一眼。

原來，隱約聽見的震動聲，來自他的手機。

是不是……發生什麼事了？我記得昏倒前，裴恩珉他……不對，他在哪裡？我有來得及向他坦白嗎？

「丁——」

「我知道妳想問什麼，但什麼都別問。」丁仁風沉聲打斷。

我詫異地看向他。

「妳點滴沒了，我去找護理師。」

吊完剛才那包生理食鹽水，我們便被催著離開。

回程路上，我坐在副駕駛座，保持靜默。而一旁的丁仁風，則像往常那樣念東念西，就像什麼都沒發生過。

車窗外的燈光一閃一滅，我身上還穿著同一件洋裝，左手繫著那條銀色手鍊。

手機就握在手裡，但電量過低，早已自動關機，我無法確認任何消息。

當我抬起頭，透過後照鏡，赫然看見後座擺著一束花——裴恩珉送我的紅玫瑰。

花瓣依然鮮紅欲滴，可它不再如記憶中美好，花瓣枝葉全都散亂在一塊，花束包裝也變得皺巴巴的。

不過幾個小時，它已面目全非。這瞬間，我感到一陣心酸。

「所以說嘛，妳以爲看了醫生就會好啊？總是這樣……」

大概是注意到我的視線，丁仁風話聲一頓，車內因此陷入沉默。

我開口：「裴恩珉他……」

「我不是說了？什麼都別問。」

「但我有很重要的話……還沒告訴他。」我輕聲說。

聞言，丁仁風長嘆一口氣。下一秒，他把自己的手機扔給我。

「密碼〇二二〇。電話別接，訊息也別看，直接看新聞。」

我慢吞吞輸入密碼。與此同時，他手機不斷震動，湧入無數訊息和來電。「主管」兩個大字映入眼簾，還有一連串工作群組的訊息。

「眞的不用接嗎？」

「少廢話。」

我點開新聞頁面，不由得呼吸一滯。

〈裴恩珉夜會女友，經紀公司回應了！〉

〈粉絲情人節心碎，裴恩珉約會遭拍，認了有女友！〉

〈裴恩珉公開認愛，女友何方神聖？戀愛早有端倪？〉

「看到了吧？他現在可沒空聽妳說。」

不可以……這都是我害的……

「丁仁風，我騙了他……」

他握著方向盤，繃著臉，一聲不吭。

「我不能再拖下去了……我必須趕快告訴他、告訴公司——」

「所以呢？」

我一頓，驚愕地望著他。

「所以妳現在想怎樣？」丁仁風將車停到路邊，冷眼看我，「要我送妳去他身邊？還是想開門跳車，把自己摔得更白痴？」

「我……」

「妳不只騙了他，連我都騙，事到如今才想裝好人？」

我一怔，淚水滲出眼角，我立刻抬手去抹。我沒有資格哭，也沒資格向丁仁風道歉。

「你……都知道了。」

「我可沒失憶。從妳說在跟那傢伙交往，那時起，我就覺得可疑。但妳又說得像真的一樣，我只好自己調查。算了隨便，這些都不重要。」丁仁風抹了把臉，「如果我不知道呢？妳打算騙我騙到什麼時候？」

所以，丁仁風做的一切，真的都是爲了我。

爲什麼？爲什麼要爲我做到這種地步？我是如此、如此差勁的人，甚至還因爲那則新聞朝他發火。

眼前一片模糊，我緊咬住下唇，忍住湧上的淚意。

「妳想向他坦白？好啊，妳就等著誰來誇妳好棒棒，安慰妳知錯能改，善莫大焉。還是，妳心裡仍在期待，裴恩珉那傢伙會抱住妳說，『沒關係，我愛的是妳的靈魂，不是梁月季這個名字』。靠，少來了！噁心至極！這是妳一手造成的，妳的坦白或道歉，根本只是想讓自己舒坦一點！」

他深吸一口氣，冷聲道：「羅藝詩，妳眞的很自私。」

「羅藝詩，妳眞的很自私。」

丁仁風的話不斷迴盪在我腦海裡，橫衝直撞，沒給我一絲喘息的餘地。

是啊，我很自私。可這一次，我再也無法自欺欺人，再也無法躲進新的謊言裡。

「但至少，我得讓他知道。」我雙手緊緊攥著裙襬，手背上的針孔冒出血，「我沒有要他原諒我……我只是想讓他知道眞相。我不能……再擾亂他的記憶了。我是個差勁的人，就讓他恨我吧，這是我應得的。但是……他有權利知道一切。」

這是我親自造出來的世界，我已無力挽回，也無法再建得更好了。我只剩一條路——毀了它。

然後，把原本的世界歸還給他，讓他拼回眞正的記憶。

「只是想讓他知道眞相？」丁仁風笑出聲。

我也知道，沒有人會再相信我了，我也不值得誰的信任。

「我看妳是眞的燒成白痴，連腦子都不會動了。」

我一愣，抬頭望著丁仁風。

「妳覺得，我爲什麼會知道妳昏倒？又爲什麼會出現在這？」他咬牙問。

這瞬間，我忽然意識到，是裴恩珉把他找來的。這代表，他們早就認識，甚至知道彼此聯絡方式。

所以……裴恩珉也許……

「他早就知道眞相，只是不肯相信罷了。」

「當我不確定的時候，妳會告訴我，什麼是眞的、什麼是假的，對嗎？」

「我換了間健身房，離這比較遠。」

「也有人想替我撿回拼圖，大家都在幫我。但無論我怎麼拼就是拼不上……」

零星碎片迅速匯聚，在我腦海中構成一幀幀鮮明的記憶。我低下頭，渾身發抖，想忍住眼淚，卻無法控制。

「妳昏倒後，裴恩珉把妳送來醫院，但他不適合露面，只好聯絡我。現在爆出新聞，公司也急著要他給個交代，他只好先離開。」說到這，丁仁風聲音一頓。

「妳是眞的……什麼都不知道？」他語氣遲疑，「我的確是沒講得太詳細……但我以爲，他就算不相信我，至少會問妳幾句。」

「我只要相信妳就好。」

裴恩珉的聲音，在我腦海裡、在我心裡震盪繚繞。

「沒有。」我哽咽著說：「他什麼都沒問過。」

哪怕只是一點點試探，他也不曾有過。

眞相就擺在他面前，他卻選擇相信我。這令我更無地自容。

眼淚不停滴落，落在地墊上，浸染出一滴滴痕跡，我緊張地抹眼角，可是眼淚還是掉個不停。

「用衛生紙啦，白痴。」

丁仁風扔給我一盒面紙，我抽了幾張，努力把眼淚擦掉、擤掉鼻水。

「對不起，弄髒你的車……」

他一句話也沒說，就這麼默默地看著我收拾殘局。

「丁仁風，對不起……」我抽噎著說：「眞的對不起……」

「別道歉了。眞要說的話，我也有做錯的地方。」

「什麼？」

「失憶那則新聞，我的確利用了妳。」丁仁風說：「我當時想，調查眞相最快的方式，就是接近裴恩珉。爲了讓他願意見我，我就寫了那則新聞，藉此引起他的注意，答應和我見面。」

「這算什麼？」我顫抖道：「你明明是爲我好，是我……是我沒有發現……我還對你生氣。」

「煩死了！妳有完沒完——」他忽然搶回面紙盒，惡狠狠地凶我一頓。

「只有這種時候，我會慶幸我們是朋友。」他說。

我聞言一怔，含淚望著他。

昏暗車內，丁仁風的手機亮了又亮。他低頭看了一眼，無奈喟嘆，「我去接通電話，妳給我乖乖留在這。」

再回來時，丁仁風的表情更凝重了，「走吧。」

說完的下一秒，車門「喀啦」一聲被鎖上。他在導航裡輸入一串我沒見過的地址，重新發動引擎。

我努力克制淚水，視線一片朦朧，模糊眼前跳躍變幻的街景。

他始終沒說要去哪，也沒解釋剛才那句話是什麼意思，我也僅能保持沉默。

「羅藝詩，妳還記得嗎？」

良久的靜默後，他開口：「小學四年級，我搬到完全陌生的地方，轉學到新學校。既不想靠近任何人，也巴不得所有人離我遠遠的，但妳總是願意陪在我身邊。有次，我直接罵妳是豬，妳卻笑著對我說『謝謝你直接告訴我』，嚇得我愧疚一整個學期。」

不知道他爲什麼要突然說這個，可他話中的一點一滴，我都還記得。

「第二個學期，妳不小心弄死我的蠶寶寶，偷偷買了一條新的來換。妳以爲我沒發現，還稱讚我把牠養得白白嫩嫩。其實我氣死了，還要裝沒事！最後，新的那條死了，沒想到妳哭得比我還慘。」

丁仁風轉頭看了我一眼，這一眼，蘊含著我不曾見過的情緒。

「在我被排擠、交不到朋友的時候，是妳走到我旁邊對我說，『沒關係，這代表我們是特別的』。我那時有多感動，妳知道嗎？我甚至覺得，妳像電影裡的英雄，披著披風朝我而來。」

「丁仁風……」

「國三的時候，我偷偷抱佛腳。雖然怕丟臉不想讓妳知道，但還是想追上妳……發現自己沒辦法和妳上同一所高中後，我氣自己太晚才開始認眞讀書，也氣妳好像根本不在乎。」

這些話，丁仁風從來沒對我說過。

大考前，我曾對丁仁風說，我們的成績落差太大，可能沒辦法念同所學校，而他聽了總是木著一張臉，好像不當一回事。

放榜後，我難受了好幾天，無法想像沒有他陪伴的高中生活，他卻看起來一點也不在意。

我從來不知道，他也曾默默努力過、爲此傷心過。

「對不起。」

「啊？妳以爲我講這些，是要聽妳道歉嗎？妳講不膩，我都聽膩了。」丁仁風語氣不耐，「我想表達的是，這樣互相算帳有意義嗎？我們認識快二十年，帳早就算不清了。」

他接著說：「我每做一個決定，會擔心妳生氣或難過，也會怕妳失望，就是從沒擔心過，我們的關係會結束……相對的，妳要知道一件事。」

車速逐漸放緩，直到完全停下。

丁仁風凝望著我，嗓音沉緩，一點一點沒入漆黑暮色，「我永遠站在妳這邊，無論妳想做什麼。」

車門發出解鎖聲響。我茫然地望著他，「你……」

「快去吧。」他別過視線，「我就在這等妳。」

「什麼？去……」

「月季。」

聞聲，我渾身一僵。朝著聲音來源，我緩慢地轉過身。

眼神交會的瞬間，時間彷彿倒退，然後停滯。

「不，現在應該叫妳……羅藝詩？」

隔著一扇窗，裴恩珉沉沉地望著我，不復溫柔。

「丁先生，謝謝你。」他看向丁仁風。

「我才不屑你的道謝。」丁仁風的聲音從我身後傳來，帶著一點不情願，「裴恩珉，你知道我的立場。我知道她罪大惡極，但很抱歉，我只能給你半小時……你別忘了，我是個記者。」

裴恩珉表情平靜，「嗯，我知道。」

話音方落，他驀然伸出手，拉開車門。我瞪大眼睛，愣愣地望著他。

「看什麼，還不快去？」丁仁風低聲說。

在丁仁風的催促下，我僵硬地下了車。

裴恩珉並沒有等我，見我下車，便旋身走入夜色裡。我趕緊關上車門，想追上去，可當我看見他的背影，不禁感到恍然。

「快去啊。」丁仁風降下車窗，一臉鬱悶地朝我揮手。

「我……」我看向丁仁風，不知道該怎麼辦。

「我只給你們半小時，一超過，我就要報警了。」丁仁風瞪著我，「好好做個結束吧，這不就是妳要的嗎？」

我一頓，眼眶倏然發燙，「丁、丁仁風，謝謝你。」

「快去快回。」他的聲音變得很輕，帶著某種我未能捋清的情緒。

走。

車窗緩緩上升，暫時隔開我和丁仁風的世界。

我下定決心，轉過身，快步走向那個男人。

似是聽見我的腳步聲，裴恩珉回眸望了我一眼。不過半瞬，便又轉了回去，繼續往前走。

裴恩珉推開鐵柵門。

對自己的住處，他向來守口如瓶，不曾公開透露，總在工作室進行直播，因此從媒體到粉絲，從未有人聽聞他住在哪裡。

我跟著他踩過鋪滿碎石的小道，一步步走上階梯，走進他無人知曉的角落。

這房子很漂亮，像包棟民宿，嵌著暖黃燈光和露天植栽，但是我無心欣賞，僅能匆匆一瞥。

他打開家裡大門，示意我進去。我愣愣地望著他，「你、你先進去吧……」

裴恩珉沒開口，只是靜靜地盯著我，我只好硬著頭皮走進去。

擦肩而過之時，裴恩珉身上的酒氣沁入鼻尖，吐息間散發熱度。

「砰」的一聲，門被輕輕帶上，我的心彷彿隨之震盪。

「恩珉，我……」

他大步一邁，越過我，逕自坐到沙發上，姿態慵懶隨興。

「我剛從公司回來。」他說：「妳看見新聞了吧？」

我緩慢點頭，瞥見桌面上擺著好幾個酒瓶，有的已經空了。這些，都是裴恩珉喝的嗎？

我們就這麼靜默著，彷彿退回他失憶那時，隔著不遠不近的距離，在沉默裡彼此摸索。

忽然，他拿起酒瓶，仰頭一飲而盡。我心一緊，想出聲阻止，卻不曉得要拿什麼理由、什麼立場阻止。

「妳朋友已經告訴我了。」喉結輕輕滾動，他啞聲道：「我也差不多都想起來了。」

我一頓，攥緊裙襬，無力地垂下眼。

「我不太明白……」他輕吁出一口氣，聲音聽起來很疲憊，「妳明明知道，有一天我全部都會想起來，爲什麼要撒這種謊？」

我緊閉上眼，輕聲說：「對不起。」

儘管丁仁風說，我道歉只是想讓自己好過，我仍忍不住這麼做。因爲除了對不起，我不知道還能說什麼。

「我本來以爲，我想聽妳親口道歉……但我發現，我期待的並不是這個。」他淡淡地說：「我只想知道，爲什麼？」

「聽起來……都只是藉口而已。」我顫聲道。

裴恩珉驀地站起身，身影搖晃。

餘光裡，我能感受到他的視線緊緊盯著我，令我難以喘息。

「那好，讓我聽聽妳的藉口吧。」裴恩珉輕笑。

我一愣，緩慢地抬起眼，迎上他的目光。

那是我從未見過的眼神——迷茫的、悲傷的、脆弱的……我立刻挪開視線，不忍細看。

「是什麼原因，讓妳不惜傷害我、不惜在我最脆弱的時候欺騙我？」

淚水模糊了視線，我緊抿著唇，心口緊緊揪在一起，像一股擰在一起、再也解不開的死結。

「你眞的想知道嗎？」

他輕輕頷首，自嘲一笑，「想。我很想知道，我到底做了什麼，讓妳這麼、這麼恨我——」

「因爲我愛你。」

閃爍的淚光裡，裴恩珉的表情驀然一怔。

我哽咽著、顫抖著，不再克制眼淚，任它自眼角滑落。

「我從來沒直接告訴過你『我喜歡你』，因爲我不敢……」我哭著說：「謊言……是我保護自己的方式，也是我唯一能坦然說愛的方式。我知道你可能會質疑，這樣騙你就是合理的嗎？我的答案也是否定的，所以是我錯了。對不起，你就恨我吧。」

我低下頭，倉皇地摘掉腕上的手鍊，「我不會再喜歡你了，也不配當你的粉絲。我會退得遠遠的，徹底離開你的世界……」

我將手鍊遞到他面前，把他的世界歸還給他。

「對不起，裴恩珉……」

「羅藝詩。」他瞇眼輕喃：「妳是不是覺得，我永遠不會生氣，也不會受傷？」

我怔怔地望著他，不自覺攥緊手鍊。

「我是人，不是神。我的溫柔是有限度的。」

「我知道……我知道……」

「不，妳什麼都不知道！」

他一把抓住我的手腕，拉過我。我們距離近在咫尺，他直直望著我，身上的酒氣麻痺了我所有感官。

「我也以爲妳知道。我眞的以爲，妳能懂我在想什麼……但是，現在都變成了謊言！妳眞的了解過我嗎？」他抓著我的手腕，逼我與他對視，「現在，看著我的眼睛！看清楚，不要挪開視線！請妳看清楚，我會生氣、會受傷、會難受、會疲倦。我以爲妳懂……我眞的以爲……」

「當我說『沒事』時，只有妳會追問我是不是眞的沒事。」

「每當我看著妳的眼睛，我好像就能相信……也許我眞的是個不錯的人。」

「如果我傷害了妳、如果妳厭惡我，我好像就無法再相信……自己眞的是個好人。」

他說過的話，與此刻的聲音重疊在一起。

「我溫柔，是因爲我不想傷害任何人，也不希望任何人離開我。我以爲，這樣就是愛，這樣就能被愛。但到頭來，我只是在傷害所有人、傷害我自己。」

「妳不要討厭我，好不好？」

「裴恩珉，我……」

「妳不知道吧？工作室那幅畫，是我後來才撿回來的。失憶前，我已徹底厭倦這份工作。工作就像在演戲一樣，連寫歌都像在交作業，粉絲送我的禮物，我全都想扔掉。我就是這麼差勁的人，一次車禍就把這些通通忘掉。梁月季也是，分手時，她說我根本沒愛過她，只是等著被愛。我不懂她在說什麼，既然她愛上別的男人，那就這樣吧。我沒有挽留，也沒有發火，就放她走。」

「車禍那天，我只記得自己很累，很累很累，彷彿用盡這輩子所有力氣。我對閉上眼睛的瞬間，留下的記憶竟然是——太好了，就這樣吧。」

「我從來就不懂愛人，只是裝得會愛而已。」他紅著眼眶，悲傷地望著我。

「妳說妳愛我、妳說妳懂我……我失憶前多麼痛苦，妳看出來了嗎？畫上的刮痕，妳有注意過嗎？我以爲妳是眞的關心我、眞的明白我的痛苦，可是，妳眞的有好好看著我嗎？還是，妳看的只是妳想看的，用自己的方式來詮釋我？羅藝詩，對妳來說，我只是一個童話故事嗎？」

他的眼神看起來如此絕望，像海上漆黑的夜，沒有星辰也沒有月光。可是，這一刻我才終於明白，這才是眞正的裴恩珉。

他的意氣風發、他的狼狽疲倦，全是我的個人解讀和自我感動，對於眞正的他，我始終視而不見，耽溺在自己的想像裡，整整十年。

「到頭來，妳的喜歡也不過是謊言罷了。」他鬆開手，蒼涼而苦澀地說。

然後，我們再度陷入無盡的沉默。

「恩珉……對不起。」我抹掉眼淚。

我不知道我還能說什麼、還能以什麼立場站在這裡。我對裴恩珉的愛是眞的，但如今已經和謊言沒有兩樣。

於是，我離開屋子，沿著碎石小路走向鐵柵門，一步步走入夜色。

突然，我聽見身後傳來腳步聲。

眼淚不停地湧出，我摀住嘴，深怕自己哭出聲。這時，丁仁風的車映入眼簾。

注意到我，丁仁風探出頭朝我招手，但一看見我身後的人，臉色一沉。

「喂，妳還好嗎？」他朝我喊道。

我沒有回答，胡亂抹掉眼淚，笨拙地點頭。

其實，我一點都不好，但我不想讓他擔心。

丁仁風推開車門，朝我直奔而來。驀然，身後男人拉住我的手。

我微瞠雙眸，被拉著轉過身的瞬間，目光被漆黑暮色一瞬吞沒。

裴恩珉用力吻住我，攫走我所有呼吸和心跳。酒精氣味竄入鼻尖，我往後想退開，他卻扶住我後腦勺，加深這個吻。

他的唇瓣滾燙炙熱，寒冷冬夜裡，彷彿燃起一簇大火，燃盡我所有謊言……

「我還沒原諒妳。所以，謊言何時結束，是我說了算。」

說完，他輕咬我發腫的唇角，對我微笑，溫柔而殘忍。

第九章

大家好，我是裴恩珉。

首先，非常感謝大家一直以來的支持。

我從小就決定成爲一名創作歌手，也很幸運地在二十一歲完成這個夢想。

出道第五年，開始有人説是聽我的歌長大，令我哭笑不得。也遇到不少與我年紀相仿的粉絲，如今已走入人生下一個階段，讓我既感動，又感激。

我何其有幸，能與你們共享青春裡的哀愁與歡樂？

在這條有點孤獨，卻又如此繁華的路上，我迷茫過、受傷過，也曾一度遺失初衷。

今年年初，我因意外失去某些記憶，卻也拾回某些珍貴的事物。

當我在舞臺上歌唱時，你們的聲音總能穿透耳機，抵達內心，給予我無盡力量。即使相距遙遠、難以觸及彼此，你們的目光也總是穿破迷霧，讓我感受到溫暖。

你們是如此珍貴，陪著我一步步走到現在，就像我的家人。因此，我覺得有必要向大家分享這個消息。

是的，我正在戀愛。

這件事本應由我親自轉達，但未能及時告訴大家，在此向各位鄭重致歉。

我的另一半並非圈內人，但十分理解我的工作，鼓勵我、陪我度過難關，希望大家能以溫柔的眼光守候我們。

我知道，這件事可能會讓大家感到訝異或困惑，但我的私事，不會影響到我對工作的熱情，和對大家的承諾。我依然會全力以赴，繼續努力創作，爲你們帶來美好的歌曲，並以最好的狀態面對工作和生活。

感謝你們一直以來的陪伴。

無論發生什麼事，你們永遠是我最珍視的存在。

裴恩珉

看見官方社群上這封親筆信時，我人已躺在床上第十個小時。

睡了將近半天，將手機重新接上電源，再一次地認證，這兩天發生的一切並不是夢。

這篇貼文是一小時前發的，果然又再度躍上新聞版面。

他公開戀愛的消息占滿所有頁面，我的手機也湧入各種通知，我卻不敢點開來看。

我伸手輕碰自己的唇，內心不由得泛起酸楚。恰巧在這個時候，有電話打進來，是政厚哥。

一樣的咖啡廳，一樣的冰美式和熱拿鐵，政厚哥的表情相較以往卻放鬆了不少。

「總算到這一天啦，梁小姐。」他開口就是這句話。

我一怔，沒想到政厚哥還認爲我是梁月季……

「爲了這一天，我做了很多準備。先發些情歌，讓他上節目談相關話題……如今看來，粉絲的反彈沒有太大，祝福的聲音比想像中多。」

政厚哥另外點了一份布朗尼，呼嚕呼嚕地送入口中，嘴角沾著一點糖霜。

「對了，都沒和妳討論，眞是不好意思。」

政厚哥的語氣並沒有幾分眞心。我也明白，我是這整則消息裡，最不重要的存在。

「我才要道歉。」

那些新聞並沒有拍到我的臉，雖有幾張側面照，但圍巾遮擋看不清長相。倒是沒戴口罩的裴恩珉，被拍得一清二楚。

政厚哥大掌一揮，似乎不甚在意。

「爲什麼？」

「什麼爲什麼？」他疑惑。

「之前，你說過不能影響他工作，否則就不會再站在我們這邊，也曾警告過我……」

但他現在的態度，並不像是要我離開。

「都知道要被爆了，我還能怎樣？」他兩手一攤，表情無奈，「被拍到，只能趕快承認戀情止血。現在止血成功了，難不成我還要再次捅出血嗎？」

「但是……」

「立場是會改變的。」政厚哥說：「若戀愛影響到他，我之前的確是打算讓妳離開。但現在才剛承認戀情，妳離開不就慘了？現在我的立場是，你們最好給我長長久久、白頭到老，別給我鬧什麼劈腿的花邊新聞。專情人設走得更長久，最好趁續約前再發幾首像〈夏日印象〉那種暢銷情歌……」

盯著拿鐵冒出的熱氣，我輕聲說：「抱歉，恐怕要讓你失望了。」

「嗯？」

「我和他，已經結束了。」我的聲音微微發顫。

「哈？」他的語氣變得緊張、急促，「你們不是談得好好的？我還沒看過他那麼肉麻的樣子……怎麼又要分手？」

「不是『又』。」我抿住唇又鬆開，「我……我一直都騙了你們。」

「妳到底在說什麼？」政厚哥傾向我，眉頭緊擰。

「他車禍時……你爲什麼會聯絡上我呢？」

「因爲我知道他女友叫『Rose』啊，點開聯絡人，就只有這麼一個Rose，不就是妳嗎？」他一臉困惑地回。

「政厚哥……這世上叫Rose的女生，多得數不清。」我露出苦笑，有點無力地說：「我不是梁月季。我沒有和裴恩珉交往過，我們只是普通的朋……不，連朋友都稱不上。這一切……都是我將錯就錯的謊言。」

我明明有很多機會澄清誤會，卻什麼都沒解釋，放任謊言如雪球般愈滾愈大……我沒有藉口，一切都是我的錯。

政厚哥一臉嚴肅地看著我，眼神狐疑，好像試圖釐清我話語中的意思。

「恩珉已經知道了，也全都想起來了。」我垂下眼，「所以……我們結束了。」

「我還沒原諒妳。所以，謊言何時結束，是我說了算。」

裴恩珉會那麼說，只是喝醉罷了。畢竟，我想破頭也想不到，他有任何理由，要和一個欺騙他的人繼續走下去。

「妳是在耍我嗎？」政厚哥憤怒地瞪著我，雙手緊握成拳。

我將頭垂得很低，只能輕聲道歉。

「所以呢？他女友另有其人？」

的一群瘋子……」

「他失憶以前……就和梁月季分手了。這是眞的。」

這應該也是政厚哥找不到梁月季電話號碼的主因——裴恩珉全都刪除了。

政厚哥默了半晌，而後荒唐地笑出來，身子往後一仰，「活久了什麼都能見到，他媽

他一陣喃喃自語，忽然湊近我，咬牙切齒，「聽著，我才不管妳是眞的還假的，也懶得管你們到底在演哪齣。我只在乎我的工作，懂不懂？不要只會嘴上道歉，事情都變成這樣了，若妳還有一點良心，就給我好好演到底。要分手就給我好聚好散，少給我鬧出風波。否則，我一定會讓妳身敗名裂。」

政厚哥是說眞的。

幾天後，他以ＪＥ娛樂的名義，寄了一封律師函給我，附上一份保密協議書。

信函裡羅列我的行爲對公司與旗下藝人可能造成的損失，並要求我在兩週內以書面承諾：我和裴恩珉的關係，明面上必須維持至少一年，不可擅自結束，否則就要採取法律行動。

「妳身分還沒被曝光前，妳私底下要和他分手、和誰戀愛都無所謂。但如果身分被曝光了，後果自負。」政厚哥在電話裡說。

我沉默半晌，只擠出一句，「恩珉……他知道嗎？」

「當然。」他淡然道：「他沒說什麼。」

「我知道了。」

難道，裴恩珉的話是認眞的？他沒有想要讓一切結束？

但我也很清楚，律師函姑且只是一種警告，不代表什麼。

事情發生後，已過了快一週，這段時間，我和他毫無交集，彷彿又活回不同的星球，相隔整座銀河。

直播上、專訪裡，他的表現無懈可擊，編織一個又一個謊言。

「公開戀情後感覺怎麼樣呢？女方有沒有說什麼？」

「很忐忑，但也很高興能和大家分享這個消息。」他接過麥克風，溫柔地說：「我會更努力回報大家的愛。最近我也持續寫歌，希望能趕快和大家分享。」

「對了，聽說您父母今天回國，是為了見女友嗎？」

這個問題讓我一愣，裴恩珉看起來也有點訝異。他笑著說：「你們都是怎麼得知的？我爸媽是凌晨的班機沒錯。」他迴避了另一個話題。

「哦，是嗎？對了，那你情人節那天做了些什麼呢？」記者窮追不捨。

「就像平凡的情侶一樣，逛逛街、看看電影。」裴恩珉靦腆一笑，「不好意思，今天活動的主角不是我。大家若對F＆H的新品有問題，都很歡迎提問。」

「對你來說，女方是個什麼樣的人？和理想型有落差嗎？」

「哎呀，眞的是最後一個問題囉！」

他的目光穿過鏡頭、穿透螢幕，彷彿正凝望著我。可我們之間，卻相隔著萬千謊言。

「嗯，和我的理想型差不多。像玫瑰一樣，雖然美，但又不是那麼溫柔可人，帶著尖銳的刺。不過，怕碰觸刺的人，摘不到新鮮的玫瑰，對吧？」

他的微笑裡，流露出一股隱微的悲傷。

我逼自己關掉影片，拿了鑰匙，連手機都沒帶便出了門。

我在街上繞了好幾圈，累了就用走的，有力氣了便再跑一會兒。直到天空已出現夕霞，我才慢吞吞地折返。

「妳跑去哪了？」

丁仁風蹲坐在我租屋處門口，一看見我，便立刻起身質問。

「嗯……散心。」我不自覺挪開目光，掏出鑰匙開門。

「為什麼不接電話？」

「我沒帶手機。你找我有什麼事嗎？」我盡力維持聲音如常，卻仍透著一絲彆扭。希望丁仁風沒有發現。

「妳還敢問我？上週才進急診的人，現在到處亂跑？」

這陣子，丁仁風早晚都各打一通電話給我，這句話，我已經在電話裡聽了很多次。

「醫生不是叫我要多運動？」

「出門總要帶手機吧？」

丁仁風跟在我身後走進屋內。我小心翼翼地轉頭，撞上他擔憂的眼神。

「真要運動的話，走路很沒效率耶。我可以教妳啊，幫妳辦個健身房會員怎麼樣？」

「才不要，多花錢啊。」我移開視線。

這是我在那晚過後第一次見到丁仁風，實在不知道該拿什麼表情見他。

「妳——」

他開了口，卻忽然停住話聲。我疑惑地抬眼，他正環顧我空蕩蕩的牆面。

氣氛一瞬陷入寂靜。

「妳……是認真的啊。」他似乎鬆了口氣。

這令我內心更五味雜陳。我輕聲說：「丁仁風……謝謝你，但這件事，我暫時不想多談。我想自己靜一靜。」

「妳一靜就只會胡思亂想。」

他將一個大購物袋抬到桌上，逐一翻出裡頭的東西——米、蔥、調味料、醬油膏、一整盒雞蛋，還有一堆肉片。

「妳還沒吃飯吧？借個電鍋。」

「丁仁風……」

我蹙眉想阻止，可他像沒聽見一樣，自顧自地穿梭在我小小的租屋處，一下切菜，一下翻冰箱。

「給我二十分鐘，妳去坐著休息。快去——」

「不用這麼麻煩，你餓的話，我幫你叫外送……」

「煩死了。」他不耐煩地打斷，「今天好歹是妳生日，吃什麼外送啊？」

我微微一愣。是啊……差點忘了，今天是我的生日。

「不是我不信純友誼，但我覺得阿風滿有那個意思的……妳覺得呢？」

坐在沙發上，看著丁仁風忙進忙出，我不由得想起姊的話。

和丁仁風形影不離那麼多年，又是彼此唯一的朋友，那並非我第一次被問起和丁仁風的關係。

但我始終覺得，我們是不可能的。不，應該說，我從沒想過，彼此會有一丁點戀愛的可能。

這樣的我，有什麼好被人喜歡的呢？

那天，裴恩珉突如其來的吻，我瞥見丁仁風的樣子——渾身發抖，右手緊攥成拳，手臂肌肉賁張。

我一度以爲他要衝上去掄裴恩珉一拳，但他什麼也沒做，僅是僵在原地，惶然地看著我們。

我們之間，彷彿被一堵無形的牆阻隔，隱忍、憤怒、傷心。

「只有這種時候，我會慶幸我們是朋友。」

「我永遠站在妳這邊，無論妳想做什麼。」

那眼神，使我對丁仁風，只有難以自抑的愧疚。

「幹麼那樣看我？」丁仁風問：「我親自下廚，妳太感動了？」

「是啊。」

他一愣，「妳是不是又不舒服了？」

我搖搖頭，別開臉，轉移話題，「你上次曠職的事，後來沒事嗎？」

「曠職就曠職啊！我從實習到現在，這麼多年都沒請過病假，連疫情那陣子都沒請過假耶！我可是個不可多得的好奴才。」丁仁風嘟囔道：「我說，我半夜開始上吐下瀉，離不開馬桶。就曠這麼一次，他們能拿我怎樣？頂多把我趕回政治線。」

「對不起。」

「妳眞的怪怪的。」

我正想開口解釋，他的手機忽然響起。

丁仁風一手拿著菜刀，隨意掃了螢幕一眼。一看清來電顯示，他便立刻接起電話。

「喂？是、是。哦，有啊……她就在我旁邊……」他訝異地瞥向我，「這樣啊？好，我馬上把電話給她——」

他搗著手機，低聲說：「看吧，就叫妳要帶手機。阿姨說，打妳電話都沒接，她才打給我。」

我借走丁仁風的手機，到外面接電話。

媽問我是不是發生什麼事，我解釋道：「沒啦，出門忘記帶手機，才剛回到租屋處。丁仁風剛好來幫我過生日。」

媽鬆了口氣，和我聊起昨天的事。

「昨天妹慶祝生日，收到妳的禮物很高興耶！本來以爲妳會回來一起慶生，也準備了妳的禮物，聽到妳沒要回家還很失望。蛋糕剩一大堆耶！爲什麼不回家？問羅藝樺也什麼都說不知道。她都要嫁人了，整天腦袋空空……」

「媽，我工作忙，妳也知道的。」

「偶爾請假也不行嗎？連假日都不能回家……這麼忙，妳身體遲早會壞掉！」

聽見媽這麼說，我鼻尖莫名一酸。靠在樓梯扶手上，我輕輕闔上雙眼，忽然覺得好累。

「媽……」

「妳怎麼了？妳在哭嗎？」媽語氣慌張。

我對著空氣搖頭，抽抽鼻子。

「如果……」我猶豫著說：「如果，我讓你們失望了，你們會怎麼樣？」

「妳幹麼？妳要做傻事喔？我警告妳別亂來喔！」

我苦笑，「我沒有。」我做的傻事，已經夠多了。

「我不知道妳爲什麼要問這個，但是吼，說眞的，妳們這些臭小孩，讓我們失望得還不夠多喔？」媽無奈地說：「妳看！我把大女兒生得多漂亮，現在身材變那樣。二女兒爭氣地當老師，結果天天不回家，把家當民宿，愛來不來。妳那兩個弟弟妹妹又整天渾渾噩噩，念書也不知道在念什麼，不曉得要讓我操心到幾歲……」

我蹲下身，摀住手機，忍不住低頭啜泣。

「媽很愛念你們、很愛生氣，但什麼時候把你們趕出去過了？」媽溫聲說。

「嗯……我知道。」我微笑。

長大懂事後，我們都很清楚，她這人一煩躁就愛念，但念念就過了。

「再生氣、再失望，妳也還是我女兒啊！小時候，我不都跟你們說，做錯事要先回來講，我們再看怎麼處理嘛。」

媽媽說：「所以回家吧！別忘了今天還是母難日。」

原來，媽也記得我的生日。

一起過生日，就眞的只是一起過生日而已。母親生下孩子的痛，從未因此減輕半分。

我再三向她保證沒事，也答應會回家，才結束這通電話。

我整理好情緒、抹掉眼淚、深吸一口氣，準備回到屋內。

掏出鑰匙要開門，才發現門虛掩著。推開門走進屋內，丁仁颩正窩在沙發上，面前擺著三菜一湯，熱騰騰地冒著煙霧，香氣繚繞。

「謝謝你的手機。」我將手機遞給他，故作自然地說：「看起來很不錯耶，謝謝你。你可以先吃啦，我去洗個手……」

「羅藝詩。」

「嗯？」

我這才注意到，他拿著我的手機，一臉陰沉。

「所以，妳打算回家了？」

他都聽見了嗎？我莫名感到尷尬，輕輕應了一聲，「應該會回去休息一陣子。」

也是時候向父母好好坦白了，就像姊說的，我不能瞞他們一輩子。

「那正好，就趁此歸零吧。」

「什麼？」

「好好跟父母坦白妳的職業。妳的工作在家也能做，根本不需要來臺北。」他抬頭看了我一眼，「那些專輯、海報和周邊，我替妳上網賣掉。有需要的話，我可以免費幫妳搬家。」

我心臟倏然一緊，乾笑幾聲，「你在說什麼……」

「看妳那麼痛苦，不如忘掉裴恩珉，讓一切歸零吧。」

我微微一愣，而後苦笑，「我……就是那麼打算的啊。但搬家就不必了吧？我比較喜歡自己——」

「說謊。」

「丁仁風……」

「妳根本不是這麼打算的。他也是。」

「是因爲他說的那句話？」我皺眉道：「他只是喝醉了……」

「那妳呢？妳那時也醉了嗎？」他平靜地問。

我一頓。

「妳爲什麼留著手鍊和圍巾？打算留個念想嗎？」

他指著我的電腦桌，朝我步步逼近，「他明知道妳是冒牌貨，還公開戀情、演得那麼逼眞，而且他還知道這裡的地址。妳敢說，妳沒任何一點期待，期待他來找妳、期待他有一點喜歡上妳？」

「你，你爲什麼要這樣……」我往後退了幾步。

「因爲妳看起來很痛苦。」

「我騙了他，我痛苦是應該的……」

「我是說，妳喜歡他的這些年來，我從不覺得妳是快樂的。」

我渾身一怔，愣然地看著丁仁風，「你爲什麼要這麼說？你不懂……」不懂他對我來說有多重要。

但說出口的瞬間，我就知道自己說錯話了。

「哦？對啊，我不懂！」丁仁風的眼神既受傷又憤怒，「那又怎樣？我說過，我從不擔心我們的關係會結束，反正我們只是朋友。」

驀然，他將我的手機塞進我手裡，力道強硬，「現在，把他的聯絡方式全刪掉。」

「什麼？」我微瞠雙眸。

「妳說，想讓他知道眞相，他已經知道了。妳想要一個結束，也已經結束了。現在，對妳自己好一點，刪掉他、讓他徹底離開妳的世界吧！」

我握著手機，眼前一片模糊，渾身都在發抖，「你……爲什麼要這樣逼我？」

「這是爲妳好。我一直都是這麼做的。」

「我做不到……丁仁風，我做不到……」

已經不會實現的期待，留下來又怎麼樣呢？

「嗯……我知道妳做不到。」他輕笑出聲，有些疲憊，「所以，我替妳做了。」

我呼吸一滯，不敢置信地望著他。

「妳就儘管討厭我吧。反正，妳已經發現我的心意了，不是嗎？」

僵持良久，他將手機塞回我手裡。

「抱歉，我本來沒打算把氣氛弄成這樣。」他低聲說：「生日快樂。」

扔下這幾句話，丁仁風頭也不回地離開。我立刻追出門外，想叫住他。

但，叫住他以後呢？我又能說些什麼？因此，我僅是站在原地，看著他高大的背影，隱沒在樓梯之間。

過了許久，我才慢慢走回屋內，坐下來看那一桌飯菜。菜餚不再冒著熱氣，我的眼眶反倒隱然發燙。

他對我的心意，是從什麼時候開始的？國小、國中、我們未能同校的高中和大學，還是哪些我忽略的回憶？

無論我撿起哪一段記憶，丁仁風總是肆意妄為。有時，我甚至搞不懂他在想什麼。

高一剛開學那陣子，我心裡總是很忐忑，深怕自己無法適應高中生活。畢竟過去的經驗告訴我，我並不是個討喜的人。

但身邊沒有丁仁風，我只能學著獨立。於是，我嘗試找人攀談，從坐在附近的女同學開始。

大家看起來都很客氣、很好相處，我也和她們玩些少女遊戲——勾手一起去廁所、加入同樣的社團、假日一起去逛街，買同樣的文具和衣服。

雖然我偶爾還是會有格格不入的感覺，也知道她們並沒有多喜歡我，但這樣就夠了，真心堪用就好。

後來，我喜歡上裴恩珉，逐漸減少與她們相聚的時間。我們表面上沒有任何變化，可我卻總在她們來回的眼神裡、瑣碎的私語裡，聽見微弱的破裂聲響。

其實，我不怎麼在意，想著關係斷掉就斷掉吧。

「妳真的沒事嗎？」聽完我的抱怨，來我家打電動的丁仁風這麼問。

「沒事啊。」我窩在沙發上，翻閱著我借來的《哈利波特》。

一個月後，我們學校舉辦校慶，丁仁風也來了，我高興地迎接他，忽略以爲我們是情侶的目光。

但校慶結束以後，我的校園生活忽然變了調。

那些女孩看我的眼神，突然變得很冷漠，言談之間，不耐煩的口氣愈來愈明顯。她們會在我接近時掉頭就走，搭配幾個毫無掩飾的白眼。

後來，我聽見她們向同學抱怨我的事：已經忍耐我很久了。我是個學人精，什麼東西都要學，有男友了，還要學那個誰誰誰暗戀裴恩珉。

眞幼稚。我對此不甚在意，只是很好奇，她們的態度爲什麼突然轉變。

後來我才得知，校慶那天，丁仁風特地支開我，找上我那群朋友，凶惡地要她們好好和我相處。她們被凶得莫名其妙，認定我私下曾和「男友」說她們壞話。

當我問起丁仁風有沒有這件事，他平靜地說：「有啊，我只是警告她們一下。」

「你知道她們很生氣嗎？因爲這樣，她們現在很討厭我。我解釋過了，但根本沒用。」

「這代表她們早就討厭妳了，我只是原因之一。維持和樂融融的假象有意義嗎？這種不健康的關係，斷掉最好。」

「所以我還要感謝你囉？」我生氣地問。

「隨便妳，反正我是爲妳好。」

就像他說的，「這是爲妳好。我一直都是這麼做的」，他一直以自己的方式付出奉獻，而我總是慢很多拍，才理解他的做法。

或許丁仁風的心意始終很明顯，但他對我的好，總在理解與被理解的時間夾縫裡，逐漸漫漶模糊，變得難以辨認。

例如現在，當我點開手機，非得要親眼見到才會想起，其實，丁仁風從來不曾眞正傷害過我。

歸零的，只有「梁月季」和裴恩珉的對話紀錄。

可裴恩珉的名字還在，像一線束之高閣的希望。他被放置在一個，我沒那麼輕易，卻仍有機會觸碰到的位置。

最新文章 MAR.03 10:40

大家好，我是Rose。

幾週沒有發文，單純是因為我的生活發生了一些事。謝謝你們的關心。

瀏覽這三年多的發文，沒有明確主題，還非常瑣碎隨意，儘管如此，你們仍願意停下來閱讀，在重要時刻給予支持鼓勵，十分感謝。

我知道有些人是抱持看幻想文的心態追蹤我的文章，有些人則相信是真的，想認識裴恩珉的另一面。然而這些事，是真是假已經不重要。

你們要說是幻想也對。我所記錄的裴恩珉，就只是我的幻想。正如你們對裴恩珉，總有屬於自己的想像——他才華洋溢、完美無缺、溫柔靦腆卻又游刃有餘……好像就連缺點都是可愛的。

不過我們都知道，他和我們一樣都只是凡人。有缺點，會生氣難過，也會受傷；會擔心被討厭，也渴望被人喜愛。

諷刺的是，當我們這麼想時，他的脆弱和不堪，同樣只是我們想像出來的。

我只是幸運和他同校過而已，怎麼能說多了解他呢？所以，我將停止這些想像。

午夜後，本站將關閉，留言也不再回覆。謝謝大家這三年多來的支持。

發完貼文後，我將手機放到一旁，繼續整理衣服，放進行李箱。

幾週前，我就決定要回家，但一想到要向爸媽坦白，我的內心便有幾分猶豫，不知不覺就拖到今天。

收好衣服，我扶著桌沿緩慢起身，想檢查有沒有什麼遺漏的。

轉頭時，外頭街景恰巧鑲著光流竄入眼。一切都被照得太清楚、太分明。

上週開始，除了平時的嘈雜車流，偶爾會傳來施工的聲音。因爲持續時間不長，我沒怎麼在意。直到昨天，看板上貼上了海報，宣告施工的尾聲——裴恩珉代言的汽車廣告。

裴恩珉坐在駕駛座上，手握方向盤，朝鏡頭溫柔微笑。

「妳還喜歡我嗎？」

他的嗓音驀然竄入腦海，我倉皇地拉起窗簾，將他的目光阻隔在外。

我憑什麼想起這個？那句話是問梁月季的，不是羅藝詩。

我趕緊收拾行李，幾乎像逃跑似地離開租屋處，搭上返家的火車。

我以爲這麼做就能離他愈來愈遠，但我忘了，裴恩珉已經無所不在。

回家的途中，他的聲音在途經的商家裡、路過的影音廣告裡。別人的手機裡播放著他的MV，偶然經過的公車上印著他的臉。哪怕我已收起所有專輯和海報，他仍徘徊在我周遭。

每一次看見他，酸楚總被起伏的心跳，一次次推上浪尖，在心中洶湧發脹。

我不自覺摩娑手腕，鍊子的觸感如海水般冰涼，脖間的圍巾則溫熱柔軟，平復我內心的騷動。

「妳爲什麼留著手鍊和圍巾？打算留個念想嗎？」

想起丁仁風的話，我心中一哽。

拿出手機，我敲下訊息，告訴他我今天要回家。

丁仁風很快已讀，但遲遲沒有回覆。過了十幾分鐘，他才傳了一張「路上小心」的貼圖。

我們的交流，在他坦白的那天戛然而止，他不再早晚打電話給我，也不再突然出現在我的住處。

對於我傳過去的訊息，他總以幾張貼圖敷衍，提議要聊聊，他也當作沒看見。要是主動撥電話過去，不曉得是眞的在忙，還是刻意拒接，過了幾個小時，他才會傳來一句「幹麼」。

我似乎一夕失去了很多東西，彷彿這二十幾年來的人生，全是我的幻想……

因此，即使我和裴恩珉的故事只是一場夢，我仍想留下一點憑據，告訴自己：我曾做過那樣的美夢。

若連這一點憑據都失去，我可能會就此崩潰。

回到家時，家裡沒有人在。

我提前在家庭群組說要回家的事，他們提醒過我，不會有人在家，爸媽都在工作，弟弟妹妹這時間也還在上學。

離晚餐還有一段時間，我整理起行李，自己弄點東西吃，稍微打掃了家裡，便回房稍作休息。

一走進房間，就看見妹的桌上擺著我送的耳機，我不由得微笑。

我窩在床上，抱著熊玩偶，輕輕揉弄它的耳朵。

腦袋愈是放空，愈容易令我想起裴恩珉。

那天夜涼如水，我沒有化妝，衣服也沒換，穿著拖鞋就這麼跑向他。那是我最不加掩飾的一面，也是去往他身邊最快的一次。

同時，那是裴恩珉向我示弱的一刻。

要是當時我沒有故作聰明，而是好好正視他的痛苦就好了。要是那時我捨棄謊言，將眞相說出口就好了。也許，我現在就不會這麼難受了。

可是，我有什麼資格這麼說？事情會變成這樣，全是我自己造成的。

帶上手機和鑰匙，我出門走走跑跑，不知不覺來到熟悉的高中校園。

上課時間，校園一片寧靜，我低頭經過校門，順著冷風慢慢走向圖書館。

深吸一口氣，我推開圖書館大門，彷彿推開回憶的大門。霎那間，熟悉的書本氣味、細微的翻頁聲響、沉著而暖和的空氣，全數湧上。

陽光自窗櫺灑落，一切看起來如此靜謐而美好。

這裡的藏書變化不大，我走向中央走道的書架，一眼望見幾本以前曾借過的書。

我不禁莞爾，隨手拿了一本泛黃生斑的《哈利波特》——我在這間圖書館第一本讀完的書。

「妳喜歡看書？」

我一愣，下意識抬頭張望，但周遭什麼人也沒有，僅有落地窗裡倒映出的自己。

我搖搖頭，甩出腦中的念想，拿起書走向窗邊座位，低頭翻看。

不曉得看了多久，我的手機便忽然震動起，響動在寂靜的圖書館裡格外響亮。

「妳最近有和恩珉見面嗎？」

我瞄了一眼，這則新訊息來自一個意外的人，是政厚哥。我不由得放下手中書本，蹙起眉頭，快速敲下回覆：「沒有。」

「如果他有去找妳，麻煩跟我說一聲。」

「你找不到他嗎？」

一定有什麼原因，否則政厚哥怎麼可能跑來問我？然而，政厚哥沒有再回覆。

直到現在，我才發現手機裡還躺了許多通知，都是來自我的個人網站。

對於我要關站的公告，留言大多和我猜想得差不多，有疑惑、有遺憾挽留，也有人趁機抨擊。甚至有人問我，是否因裴恩珉戀愛的消息，而做出這個決定，我內心頓時五味雜陳。

❐最新留言

「The truth. It is a beautiful and terrible thing, and should therefore be treated with great caution.」

（真相。這是一件美麗卻也十分可怕的事，因此我們在面對它的時候，必須特別謹慎。）

這些留言裡，其中一則格外醒目，引起我的注意。直覺告訴我，這並不是垃圾訊息。正想貼到網路上搜尋，弟卻剛好打來，我立刻傳訊息給他。

「怎麼了？我現在在市圖，不方便接電話。」

「喔。那妳什麼時候回來？要等妳吃飯嗎？」弟秒回。

我瞥了眼窗外，才發現已經黃昏。隱約能聽見學生喧鬧的嘻笑自外頭傳來，看來已經是放學時間了。

「我現在回去，大概再十五分鐘。」

「喔。」弟又傳了句，「妳到天橋的時候告訴我！有東西要妳幫忙買。」

我低頭收拾東西，歸還《哈利波特》，匆匆離開圖書館。

一推開玻璃門，青春氣息撲面而來。學生們三三兩兩走在一起，說些沒營養的玩笑，咯咯地笑得很歡快，散發出一股暖烘烘的熱氣。

我就穿梭在那熱氣裡，即使試圖避開，仍不免陷入其中，成了逆流而上的異類。

當他們笑鬧著經過我，我的腦海不禁浮現十年前的裴恩珉——高䠷，襯衫永遠燙得筆挺，即使大家穿著同款校服，他散發的氣息卻特別乾淨溫潤，總能在人群裡一眼望見他。

爲什麼又想起他？我低頭加快腳步，努力擠出人潮，走上天橋。

爬了好幾階，我才忽然想起弟交代的事。我聯絡他交代位置，但他只是回了個「OK」，遲遲沒接下話。等了好久都沒收到回覆，我便想著先回家再說。

奇怪的是，明明天色已經黑了，但家裡看起來有點昏暗，好像根本沒有開燈。而且，平時即使隔著一扇鐵門，也能聽見熱鬧喧嘩的聲音，現在卻一片靜悄悄的。難道還沒人回來嗎？

我掏出鑰匙，開門進屋。

「一、二、三——生日快樂！」

什麼都還來不及看清，我就被迸出的歡呼聲嚇了一跳。

黑暗裡，妹端著蛋糕走出來，上頭插著一根蠟燭，燭影搖晃閃爍。

媽跟在旁邊，雙手懸在空中，不斷緊張地喊「小心、小心」，好像很怕妹把蛋糕翻倒。

弟竄到我身旁，一臉興奮地問：「欸，妳應該沒猜到吼！」

「什麼？你們爲、爲什麼……」

「幫妳補過生日嘛。」

看向聲音來源，姊正拿著手機拍我們。

「姊，妳也回來了？」我驚訝地問。

「對呀。對了，蛋糕是爸去拿的喔！」

我這才注意到窩在沙發上的爸。他回頭對我笑了一下，又繼續看電視。

「先把門關上吧，風都跑進來了！然後快點唱歌許願！」妹催促。

我愣愣地望著他們，始終沒有反應，最後還是姊跑來替我關門。

全家人圍著我唱起生日祝歌，沙啞的、高亢的、嘹亮的、低沉的、音準亂飄的……各種聲音交織在一起。

電視發出的聲響混雜其中，隱約間，我彷彿聽見了那個人的歌聲，純淨而溫柔。

「羅藝詩，生日快樂！」

我的眼淚一湧而上，所有人都愣住了，面面相覷。

「有這麼感動喔……」

「二姊，妳還沒許願耶！別急著哭啦……」

我想擠出笑容，可是眼淚卻掉得更厲害。

我雙手合十，望著搖曳的燭光，許下願望，「第一個願望，希望我愛的人能永遠平安快樂。第二個願望，希望我能更懂得如何愛人，帶給他們快樂。最後一個願望……」

在心中說完第三個心願，我輕輕闔上雙眼，一口氣吹熄蠟燭，大家隨之歡呼。

當我睜開眼，燈光也恰好亮起，大家臉上洋溢著笑容，我也被感染得揚起唇角。

淚水再度悄聲滑落，我的最後一個願望是，我希望自己也能學會快樂。

先冰起蛋糕，我們像往常一樣坐下來吃晚飯。媽說時間趕，來不及準備什麼，但還是從廚房裡，變出一道又一道菜。

他們說，這次慶生是妹計畫的，我放下碗筷，攬了一下她。

「藝琴，謝謝妳。」

她一邊搓手臂一邊逃到姊旁邊，嚇了一跳似地說：「妳、妳喜歡就好！」

「幸好效果滿好的。你們剛有看到二姊哭的樣子嗎？」弟的語氣太欠揍，我忍不住瞪了他一眼。

「不過，沒想到爸媽也同意這麼做，還幫忙拿蛋糕。」

的確，我們家平時雖然會慶祝生日，但罕有什麼驚喜，更不曾替誰補過生日。今天這樣熱熱鬧鬧的慶生，還是第一次。

「媽、爸，謝謝你們。」我微笑著說。

「哎……」媽拿著湯匙揮了兩下，難爲情地嘟囔：「還不是妳上次的電話，聽起來心情很不好……小琴想替妳熱鬧熱鬧，就隨她去啦。」

這句話令我眼眶再度發燙。我假裝打呵欠，低頭挖了一口飯。

「遇到什麼事了？」一直保持安靜的爸爸，這時忽然開口。

「沒、沒事……」白飯的滋味，忽然變得有點鹹。

「我看妳的行李，不像只打算回來一、兩天。」

媽蹙眉，抓住爸的胳膊，搖著頭說：「別這時候問啦，還在吃飯……」

氣氛變得有點沉重，只見姊面不改色地繼續喝湯，弟和妹面面相覷了下，也乖乖安靜下來。

我垂下眼，苦澀一笑。才剛許過願，馬上就讓他們擔心……

「先吃飯吧。」我輕聲說：「吃完後，我會告訴你們的。」

「還有冰箱的蛋糕喔。」妹小聲提醒。

不知道是誰忍不住笑出聲，氣氛這才重新活絡起來。我卻有點緊張，坐立難安。

驀然，碗裡多了一塊肉，我抬頭一看，姊正微笑望著我，像某種安撫。

一切收拾好後，妹從冰箱拿出蛋糕，空氣裡瀰漫著香甜的氣味。

大家端著一小盤蛋糕，靜靜咀嚼，等待我發話。我沉吟一陣，做了一次深呼吸，才終於鼓起勇氣開口。

我的謊言，就這麼融化在鮮奶油裡，隨著蛋糕一嚥而盡。

聽完我的坦白，大家沉默許久。

「爲什麼要騙我們？」媽的眉頭皺得很緊。

「對不起。」我咬住唇，不敢直視他們的目光，「那個，我在做接案的工作。其實我的案量滿穩定的，也有好好存錢，沒什麼額外花費，生活還勉強過得去，你們不用擔心……」

「我們是在問妳，爲什麼？」爸打斷我的話。

我一怔。

「聽到妳生活不成問題，我和妳媽當然放心很多。但我們在乎的是原因。」他的語氣平靜，卻令人生畏。

「我本來以爲，我想聽妳親口道歉……但我發現，我期待的並不是這個。我只想知道，爲什麼？」

「藝詩，妳知道嗎？眞正愛妳的人，比起眞相，更在意妳爲什麼要說謊。」

爲什麼要說謊？以前我刻意不去想這件事，因爲我已做出那樣的決定，探究原因只會淪爲強詞奪理，讓自己更難堪……

然而，揭開眞相後總有人這麼問，好像就算是牽強的藉口，他們也願意傾聽。

「是什麼原因，讓妳不惜傷害我、不惜在我最脆弱的時候欺騙我？」

「羅藝詩，對妳來說，我只是一個童話故事嗎？」

「妹，水都灑出來了！」姊的聲音忽然響起。

我驀然回神，才發現我正站在廚房，一手提著煮水壺，另一手拿著馬克杯，水已經滿溢而出。

我慌張地放下水壺，找來抹布擦地板。

「妳還在想晚上那件事？」姊輕聲問。

我蹲在地上，微微一頓，緩慢點頭。

爸問完那句話後，家中陷入沉默。最後是媽說要去公園跳舞，才暫時結束這個話題。而她回來後就馬上洗澡進房，什麼話都沒對我說。爸則像往常那樣坐在電視前，安安靜靜的，看不出情緒。

「媽看起來有點錯愕，但不像完全無法接受。妳讓她冷靜幾天，會沒事的。」

「我知道……」正是知道會被原諒，所以我遲遲沒能說出眞相。

「姊，已經十一點了，妳今天睡家裡？」

「嗯，和阿宏說過了。」姊倒了杯水，靠在門邊慢慢啜飲，「因爲我親愛的妹妹需要我呀——」

「爲什麼……妳不對我生氣？」我囁嚅問。

「嗯？我幹麼要生氣？其實媽也沒對妳生氣啊，她只是需要時間消化而已……倒是爸的反應讓我滿意外的，我本來以爲，他什麼都不會說。」

我垂下眼，將溼答答的抹布捏在手裡，走向流理臺，用力一擰。

「事到如今還問這種話，是不是很過分？」我自嘲一笑，「就像刺了對方一刀，還問對方怎麼會痛……」

「不過，對方只在乎妳爲什麼要刺他？」她接話。

我一愣，抬眼看向姊。她笑了一下，「爸那句話，我覺得很有道理。」

我擰緊毛巾，冰冷的水沿著指縫流竄而出，我的手指被凍得又僵又痛。

「妹，我覺得啊，謊言這種東西……只會傷害到愛妳的人，因爲那代表，妳連自己最真實的渴望都不敢面對。」

我微瞠雙眸。

「我以為妳是真的關心我、真的明白我的痛苦……可是，妳真的有好好看著我嗎？還是，妳看的只是妳想看的，用自己的方式來詮釋我？」

我撒謊，是因為渴望去愛、渴望被愛，卻又不敢坦然說愛。沒了謊言，我彷彿就不知道該怎麼去愛。

裴恩珉說他不懂愛人，也不懂被愛，但其實……我才是真正不懂愛的人。

我總愛得那麼自以為是，以謊言包裝真心，阻隔觸碰他人內心的機會，用想像填補一切，也阻隔了別人觸碰我內心的可能。

「謊言，其實就像豎起一道高牆，讓愛妳的人只能在外面徘徊，永遠無法走進妳的世界。這比什麼都難受啊。」姊沉聲道，聲音有幾分惆悵。

「姊……」我放下抹布，轉身擁住她，「對不起。」

「沒事啦。每個人都是這樣的。」她拍拍我的背。

我鬆開懷抱，注意到她的眼眶微紅，笑容有點苦澀。我小心翼翼地問：「妳和姊夫……發生什麼事了嗎？」

「是有點事。但只是小事啦，沒事沒事。」她笑得很牽強。

「妳……需要聊聊的話，我都在。」我握住她的手。

「好啦，知道啦。」

和姊道過晚安，回到房間時，妹已經呼呼大睡。房裡一片黑，只留了一盞檯燈。

我悄聲走進房間，發現桌上有一個小小的禮物盒，旁邊擺著一張卡片，來自妹妹。

給二姊：
遲來的生日快樂！謝謝妳送我的炫炮耳機。
要常常回家啦！不然晚上自己睡覺很可怕啦！

我小心翼翼拆開禮物，是小熊造型的眼罩。
我轉頭一看，發現躺在床上的妹，也戴著貓咪造型的眼罩，和她送給我的是類似款式。
心裡一陣暖流淌過，指尖似乎不再那麼涼了。
我將眼罩拆開掛在脖間，窩回床上。
睡前再看一下手機，我點開個人網站，畫面恰巧停在那則令人疑惑的留言。
我長按複製，貼到搜尋引擎，搜尋結果一瞬跳出——《哈利波特》經典臺詞。
我一詫，下意識坐起身，熊玩偶被我的大動作不小心弄掉，發出微微聲響。

第十章

「眞相，」鄧不利多嘆了一口氣，「這是一件美麗卻也十分可怕的事，因此我們在面對它的時候，必須特別謹愼。不過，除非我有非常好的理由，不管你問什麼，我都會回答。但萬一不能告訴你的話，也請你原諒我。因爲我是不會說謊的。」

《哈利波特：神祕的魔法石》

平日下午，圖書館只有幾個阿伯在看報紙，還有幾個阿姨帶熱茶進來，一邊喝茶一邊看書，頗爲愜意。

我坐在窗邊，面對著筆電，裡頭文件還停留在草稿畫面上。

回家這一個月以來，我幾乎每天都到圖書館報到，苦思姊的婚禮文宣。我設了個獎勵制度：完成每日預定進度，就能看五頁《哈利波特》。

這麼多天，我終於快讀完第一集，也確信那則留言眞的出自《哈利波特》。是巧合嗎？那個匿名留言的人知道這段話，剛好和我一樣喜歡《哈利波特》。

看了眼時間，已經接近晚餐時間，我趕緊把書放回書車，收拾東西回家。

到家後，我立刻鑽進廚房，被撲面而來的熱氣燻得熱烘烘的。媽背對著我在炒菜，抽油煙機發出轟隆隆的聲響。

房。

媽看到也只是眼皮一掀，沒再說什麼。若是以前，她一定已經破口大罵，把我趕出廚

我動作一頓，笑了笑，轉而去拿其他東西來洗。

「誰說我要炒高麗菜！妳洗高麗菜幹麼？」

我尷尬一笑，默默拿起桌上半顆高麗菜，一片一片剝開清洗。

媽渾身一抖，瞥了我一眼，冷冷地問：「這麼大聲要嚇死誰？」

「媽！」

應得。

讓她被大家笑話到死嗎？但是在我面前，她隻字未提，這令我更難受，卻也知道是我罪有

我曾聽見她對弟妹抱怨，說她跟多少人炫耀二女兒當老師，如今這都是假的，是打算

自從我坦白以後，媽對我的態度總是淡淡的，連念都很少念了。

她電腦螢幕的瞬間凝滯。

妹正戴著我送的耳機看影片，看得津津有味。我本來只是想拿件衣服，目光卻在掃過

晚餐時間結束，我回到房間。進房前，我敲了敲門。

「二姊，怎麼了？」注意到我的動靜，羅藝琴挪開一邊耳機，好奇地問我。

我立刻移開視線，「我⋯⋯都不知道妳追星。」

「追星？」她困惑，而後恍然大悟，「哦，妳說這個？」

螢幕上，裴恩珉正在直播。背景有點陌生，並不是在工作室。

「沒有啦，我沒特別追他。只是剛好YouTube跳通知，我就點進去看看。」她調整了

一下螢幕，想把畫面秀給我看。

「妳看，有粉絲點歌，他隨口一唱就好好聽，好強喔！」

「嗯，是呀……」我低頭應道：「我、我只是來拿衣服的。我先走了。」

轉身握住門把的瞬間，羅藝琴的聲音從身後傳來，「對了！差點忘記，妳是不是很喜歡他？」

我倏然一頓。

「我記得以前有聽妳提過，裴恩珉和妳同校。不只高中，大學也是。」

「是、是啊……」我轉頭朝她笑了笑。

「妳還有買裴恩珉的專輯，不是嗎？」

經她這麼一說，我才想起，有次我塡錯地址，訂的專輯不小心寄到家裡，那時候就是她替我收件的。

「是買過……」我的聲音變得很輕，「但都收起來了。」

「哦？妳不喜歡他了？」

背對著羅藝琴，我緊閉上眼，輕輕吁出一口氣，「我……沒有資格喜歡他了。」

「什麼意思？因爲他談戀愛喔？」

我轉頭看向羅藝琴，她正漫不經心地晃著椅子，盯著螢幕上的裴恩珉，若有所思地說：「說到這個，眞不曉得他女友是什麼樣的人……」

「大概是個很差勁的人吧。」

「怎麼說？難道妳認識？」羅藝琴驚訝地看向我。

「因爲……」

我重新望向螢幕。

裴恩珉似乎正在哼唱什麼，我聽不見聲音，僅能看著一陣陣留言洶湧而來，彷彿隨時要將他淹沒。

「他看起來，一點都不快樂。」

「啊？有嗎？他不是在笑嗎……二姊？」

我強迫自己轉過身，離開房間，徹底離開他的世界。

我們已經結束了，這段時間，他也不曾再聯絡我。

只要媒體沒拍到我的臉、沒挖出我的身分，我和裴恩珉，就是比陌生人還遙遠的關係。

我本來是這麼想的，直到深夜睡夢中的一陣鈴聲，打壞了我所有的設想。

我以為是鬧鈴，深怕吵醒旁邊的羅藝琴，迷迷糊糊摘掉眼罩，慌忙地滑動幾下螢幕，鈴聲戛然而止。

我鬆了口氣，放下手機，重新閉上眼睛。黑暗裡，隱約聽見了熟悉的嗓音——蒼茫的、寂寥的，彷彿海浪的回聲。

「月季……」哽咽著，他輕喃。

我立刻清醒，抓起手機起身往外走。

到了陽臺，我將手機靠在耳畔，電話還沒切斷，那頭傳來他低低的呼吸聲。

初春涼風吹來，帶著一點冷意。抬頭看向夜空，才發現今日天空掛著一輪皎潔明月。

「你……喝酒了？」開口的瞬間，我才意識到自己應該掛斷電話。但已經來不及了。

「嗯……喝了一點。」他的聲音沙啞，慵懶中透著一絲迷濛。

「月季……」他反覆呢喃，似乎醉得不輕。

「今天，我又做那個惡夢了。」

「我反覆做著一個夢。我夢到家裡發生火災。媽媽衝進火場，帶著爸爸一起逃走，我被困在原地，不斷求救哭喊，他們卻像聽不見一樣，頭也不回地離開。」

我胸口湧上一陣酸楚，「你不是說，長大後就不做那個夢了嗎？」

他笑了笑，「我是騙妳的啊，妳聽不出來嗎？」他聲音裡的苦澀漸濃。

眞的聽不出來嗎？我也想問自己。

「月季，我想見妳。」他突然說。

我喉嚨一緊，「我……」

「我能去找妳嗎？」他低聲問：「或者……妳來找我。」

「裴恩珉，我不是月季。」

「嗯？那妳是誰？」

我能想像他在電話那頭，蹙起眉頭的模樣。

我看向手腕上的銀鍊，「我叫……羅藝詩。」

「藝詩。」他覆誦，甚至輕笑起來，「是啊，妳叫羅藝詩。」

「妳的名字很漂亮，就像詩一樣。」

我倚在欄杆上，淚水模糊了視線。

我該掛斷電話了，但我握住手機，遲遲按不下「結束通話」。

「妳眞的不來找我嗎？」他追問：「我想起來以後，妳就要離開我了嗎？」

我的眼淚，與他溫柔清冷的嗓音一併滴落。

「我沒有……裴恩珉，我沒走。可是，我已經不能去找你了。」

我懷疑自己正在做夢，做一場有他的美夢。明天醒來，他便不會記得自己打給我，也不會記得自己曾這麼問。但沒關係，只要我記得就夠了，只要曾經有過這個瞬間，就足夠了。

「妳在哭嗎？」他茫然地問。

「沒、沒有。」

「那麼，妳快樂嗎？」

我一怔，輕輕地說：「好像……不怎麼快樂。」

回到家後，那些眼淚和喧鬧，彷彿被留在那座繁華的城市，餘下的殘影，化成模糊難辨的光暈。

生活並非完美無缺，有許多等待我填補的空洞，可是……

「好像，也沒有不快樂。」我輕喃。

「即使沒有我？」他問：「妳和丁仁風在一起了嗎？我說過，我們沒有這麼輕易結束。」

我愣住，心中一緊，忍不住伸手輕碰腕間的手鍊，「我們沒有在一起……你醉了，恩珉。」

「我沒有。」

「別喝太多。你人在家吧？先躺下……」

「可是，我不快樂。我不知道該怎麼辦。」

爲什麼不快樂？我想問，卻問不出口，似乎也沒有資格過問。

「藝詩，我不快樂。」他委屈地說：「我說，我有點難過。妳沒有聽見嗎？」

「爲什麼？」我啞聲問。

「我覺得，好冷。」他靜默了許久，緩聲道：「明明春天已經來了，我卻有種……獨自被留在冬天的感覺。我以爲，只要我把記憶找回來，我就能不再難受，可是……」

「你不是一個人。」我默默流下淚，「你擁有很多人的愛。」

「可是我身邊，就只有我自己。」他的聲音顫抖著，「有時，我甚至會懷念失憶的日子。至少那時候……有妳陪著我，而我只要相信妳就好。」

「但，那都是謊言。」我流淚道。

「即使是謊言。」他說：「活在美好的幻想裡，就不那麼寂寞了。」

他的聲音，字字句句砸在我心上。涼風彷彿被他揉成片片碎屑，拂來時又刺又痛。我閉上眼睛，任淚水從眼角滑落。

「恩珉，你爸媽不是回來了嗎？我看到新聞了。」我努力抽離情緒，維持鎮定，然後擠出笑意，「比起我，你更——」

「羅藝詩，我們還沒結束。」他悶聲打斷，「妳不能因爲我想起來了，就頭也不回地離開，好像什麼事也沒有。」

「我對你有所虧欠，我知道。可是我不明白，你爲什麼……」爲什麼要緊緊抓住我呢？

「有所虧欠？」他重複我的話，而後苦笑，「那妳是不是覺得，只要還完妳欠我的，就什麼事都沒有了？」

比起質問，這更像某種哀求。我的心口溢起酸澀。

「我沒有這麼想……」

「沒關係，既然是這樣，那就讓妳還吧。」

「什麼？」我怔聲問。

他陷入沉默，通話還在持續，我的手指懸在螢幕上，深吸一口氣。

沒關係，等他夢醒後，這一切都會消失。他清醒以後，不可能還想抓住我這個騙子。

我傷了他這麼深，我不該……

驀然，手機再度冒出他的聲音。

「妳來找我，好不好。」他又問了一次。

這次，我聽見背景有車聲呼嘯而過，救護警笛聲由遠及近。

我愣了愣，「裴恩珉……你現在人在哪裡？」

「嗯？我在醫院……外面。」他的聲音含糊，透出一絲孩子氣。

我瞪大眼睛，立刻直起身，「你爲什麼在醫院？不舒服嗎？身邊有沒有其他——」

「我爸今天住院。」

我張了張嘴，發不出聲音。

「妳不是對我有所虧欠嗎？那麼，妳來找我吧。」

「可是……我不行。恩珉，你醒來一定會後悔的。」我聲音微顫，「我現在也不在臺北，我不可能……」

「我知道妳不在臺北，我也是。」

我微微一怔，他不在臺北？

「還有，後不後悔是我說了算，不是妳。所以……」

明明我才是虧欠的那方，現在，他卻在向我乞求，彷彿這就是他唯一的願望。

「妳來找我，好不好。我想見妳。」

我拿起手機，胡亂套了雙鞋便離開家裡。

在深夜裡，我一路奔跑，不斷地跑。街市燈光映入眼簾，計程車匆匆經過，我伸手攔車，不停揮舞雙手，直到計程車停下爲止。

「請、請送我到市立醫院。」上車後，我氣喘吁吁地說。

司機關切地看了我一眼，但我無暇理會。點開手機，通話早已被切斷，我回撥，但遲遲無人接聽。

我深吸一口氣，抹掉眼淚，打給政厚哥，電話響了很久才被接起。

「媽的……誰啊？這種時間打來，最好是有很緊急的事。」政厚哥接起電話時，聲音怒意騰騰。

「我是羅藝詩。請問，你現在在他身邊嗎？」我強作平靜。

「他？誰啊？」他深吸一口氣，「我說梁小姐——不，羅小姐，現在才凌晨四點！妳打電話給我，到底是想——」

突然，他話聲一停，像忽然清醒過來，壓低聲音問：「他在妳那？」

「他剛才打給我，說他現在在醫院，應該是老家這邊的。」

政厚哥沒有說話，只是發出不耐煩的呻吟，低語咒罵了些什麼。

「他這傢伙，這陣子要我別管他的私人安排，行程一結束就不見蹤影，不好好待在家，就是跑回老家？去醫院又是怎麼回事？」他似乎覺得荒唐，笑出聲來，「這有什麼好瞞著我的啊？神經病。」

「還有……他喝醉了。」

「什麼?現在?在外面?」政厚哥倒抽一口氣,「媽的……他真的要氣死我!靠——」

我聽見按鍵的聲音,還有等待接聽時「嘟嘟嘟」的聲響,我猜,他是拿另一支手機撥電話。

遲遲無人接聽,他急得又飆了好幾句粗口,「這臭小子!我現在開車過去,至少也要兩、三個小時,到時都天亮了。他這醉鬼要害死我……遲來的叛逆期啊?快談續約就給我搞這齣!全都是一群他媽的神經病——」

「政厚哥。」我抿抿唇,試圖讓自己鎮定下來,「我大概知道他在哪,我正在去找他的路上,我覺得我必須先知會你一聲。」

他靜默了半晌,像在猶豫該不該和我這個騙子「合作」。

「算了,我還能怎樣?我現在只能相信妳!」

我垂下眼,一時不知道該怎麼回答。

「找到他第一件事,先想辦法把他帶離那裡,不要讓他露面。如果有人認出他,妳要想辦法留下聯絡方式,由我這邊來處理……對了,妳就假裝是經紀人,知道嗎?還有,恩珉這傢伙喝醉就像個耍脾氣的小孩,雖然不至於鬧事,但妳絕對、絕對要阻止他出醜,知道嗎?」

「我知道了。」

「麻煩妳了!」

我知道,他這句話只是脫口而出,比起懇求,諷刺意味還更明顯一些。但我仍輕聲回答:「不麻煩。」

聞言，政厚哥只是輕笑兩聲，而後掛斷電話。

當我抵達市立醫院時，天空已經矇矇亮。

我請司機帶我在醫院外多繞了一圈，我努力瞇起眼睛，透過一面小小的車窗，尋找裴恩珉的身影。

就在我胡思亂想的時候，熟悉的身影映入眼簾。我趕緊叫住司機：「我在這下車就好。謝謝！」

這瞬間，我想起兩個畫面——

裴恩珉穿著校服，走在校園裡。他混在人群中，我卻一眼看見笑得燦爛的他。

然後是，我們的散步約會。他穿上老氣的POLO外套，說這樣就沒人認得出他。我心想，「才不會呢，我就能在人群中一眼認出你呀」。

我解開安全帶，打開車門，關上，朝著他一路奔跑。就像他車禍的那個冬夜，我穿過無數記者、擠過無數人，抵達有他在的地方。

「裴恩珉！」我大喊。

坐在臺階上的裴恩珉微微一動，緩慢地抬起頭。

眼淚湧上我的眼眶，我看不見他的表情。我放緩腳步，一步步朝他走近，直到，站定到他面前。

日光灑下，天空幾乎要亮了。

「妳……」他聲音沙啞，茫然地問：「怎麼會在這？」

他周遭堆滿了空酒罐，東倒西歪。我的眼淚流下來，嘩啦嘩啦，浸潤他的眼神。

「啊……」他低頭摀住臉，「是我叫妳來的……」

我一怔，緊咬住下唇，他一定後悔了。

「你已經醒了？」我抬手抹掉眼淚，擠出笑容，「那、那我就先走了。對不起……我不該來的。」

說完，我轉身想走，手腕卻忽然被人抓住。我渾身一頓，緩慢地、驚詫地回頭，只見他垂著眼簾，抓著我的手。

「不要走。」他低聲輕喃：「既然都來了……就不要走了。」

天空完全亮了，鳥鳴啁啾，人群開始變得熱絡。

我和裴恩珉坐在醫院的地下美食街，大清早的，這裡人並不多。

我替他買了幾瓶常溫礦泉水。他一語不發地接過，戴上鴨舌帽，仰頭猛灌水。

他的臉色看起來非常不好，下巴冒出青碴，顯得憔悴，而且渾身酒氣。

「我已經告訴政厚哥了，他正在過來的路上。」

他半伏在桌上，沉沉地望著遠處。半晌，他開口：「妳只有這種話要對我說嗎？」

我低垂眼簾，雙手交疊，輕輕地「嗯」了一聲。

「我只是喝醉，不是失憶。」他淡淡地說。

我不發一語，盯著自己的指尖。

現在的裴恩珉對我來說既遙遠又陌生，我完全無法預測他想說什麼。

我只知道，我最好什麼也別說，連哭也不可以。我是擾亂他記憶、傷害他的人，我怎麼有臉坐在這？

我們倆陷入沉默，忽然，他輕聲嘆了口氣。

餘光裡，我瞥見他將臉轉向我，嘴一張一闔，像想說些什麼。

我小心地抬眼，注意到他看向我手腕的視線，趕緊把手藏到桌下。

再次抬頭時，他又拾回那種溫柔而虛假的表情，「抱歉，半夜突然打電話給妳。我今晚眞的喝多了。」

連語氣都變得禮貌疏離，不再強勢。

他終於放棄了嗎？我的胸口像被一顆大石堵住，喘不過氣。

「不、不會。」我勉強擠出笑容，試著迎合他的戲碼，假裝什麼都沒發生過。我接著說：「不過，你畢竟是公眾人物，還是要謹慎一些，不要被拍到了。」

「這種事，我已經不太在意了。」他扶著額角，直直地望著我，聲音不帶溫度。

我握著手腕，直視他的眼睛，卻不知道該怎麼回覆。

他曾經那麼力求完美，現在卻說不太在意。那他現在還在意什麼呢？

「我……」我猶豫了很久，最後開口：「我能替你做些什麼嗎？」

他愣了一下，然後輕笑出聲，像是聽見什麼笑話，「妳眞的當作來贖罪的，是嗎？」

他問得無奈而迫切，似乎想聽見不同的答案。可是，我什麼答案都給不起。

我移開視線，低頭看著腕間的手鍊，「對不起……」

他換了個姿勢，側身對著我。

「羅藝詩。」

我嚇了一跳，倉皇抬頭看他。恍惚之間，又回到了那個溼答答的夏季。

「我爸前陣子在國外不舒服，查出肝裡面長了一顆東西，對方建議他，趕快回國做進一步檢查。」

我微瞠雙眸，愣然地望著他。

「結果還是拖了很久，最近才回臺灣。醫生說，最好要切除，再做病理化驗。明天就要動手術了。」

「怎……怎麼這麼突然？」

「不突然。」他沉吟一陣，「只是他們什麼都沒告訴我。」

「他們……也許是怕你擔心。」

裴恩珉瞥了我一眼，表情有些複雜。

「每次我聯絡他們，問他們身體好不好，他們都說沒事。剛回國時還說，只是想回來休息一下。要不是我剛好回老家，發現他們不在，不然我到現在可能都還不知道，我父母要住院動手術。這麼重要的事，爲什麼要瞞著我？更何況，有些肝腫瘤長大的速度很快，都已經發現了，怎麼還拖到現在。」

我垂下眼，陷入沉默。

而後，我想起他說的夢——父母相偕離開，丟下他獨自一人哭喊求救。

「爲什麼……你要告訴我這些事？」

「爲什麼呢？」他苦笑，「大概是，我也沒人可說了吧。」

「恩珉，你還有很多……」

「妳又要說，我擁有很多人的愛？」

我緊閉住唇，沒有回答。

「可是我身邊，就只有我自己。」

「有時，我甚至會懷念失憶的日子。至少那時候……有妳陪著我，而我只要相信妳就好。」

「羅藝詩，我現在誰也不信，只信得過妳。」

怎麼可能？我都騙了他，怎麼會……我迷茫地看向他。

「妳有愧於我，所以我才能抓得住妳。」他朝我微微傾身，「在我喊停以前，妳都不會離開我，對嗎？」

他的聲音，一字一句穿透我的腦海。望著他此刻憔悴的模樣，我陷入茫然。光熄滅了，裴恩珉褪去光暈，不再是我認知裡的模樣。

而我的謊言，帶著我抵達好幾光年以外的星球，於是我看見星球眞正的模樣——悲傷、孩子氣、任性、溫柔、憤怒、憔悴、冷漠、柔軟、強硬……

它正在哭泣、在呼救，任憑矛盾横生，比起發光，它更渴望被探索、被破壞、被重生。

驀然，他起身越過桌面，伸手箝住我的肩膀。我呼吸一滯。

陰影落下，酒精的味道襲來，我渾身一僵，想起那天的吻，忍不住緊閉雙眼。

過了許久，我感覺到一股溫暖，他輕擁了我一下，很快鬆開。

我惶然地睜開眼睛，只見他凝望著我，眼神惆悵。

「抱歉，我現在腦袋很亂。」他輕喃，慢慢直起身，雙手垂在兩側，「我只是希望妳能陪我。一下下也好。」

狼來了，但牠什麼也沒做，只是對放羊的孩子說：「再陪我久一點吧，我還不想那麼快吃掉你。」

放羊的孩子問：「那你爲什麼要來？」

狼說：「是你叫我來的啊。」

當你呼喚我，我就有理由作亂，成全你的悲劇。你的謊言，就是我的繩索。現在，我們是共犯了。

「好。」我聽見自己這麼說。

裴恩珉微微一笑，又回到從前那樣，溫和純粹。

下一秒，他突然拉住我的手。

「再多陪我一下吧。然後，借用一下妳的本領。」

「什麼？」

我完全沒想到事情會變成這樣。

我坐在病房裡，裴恩珉坐在我旁邊。

政厚哥已經趕到了，他立在門口，一臉漠然地看著我們。

「妳就是恩珉的女朋友吧？終於見到妳了。」裴恩珉的母親微笑道。

「阿姨……您好。」

我瞄了一眼裴恩珉，他雙手環胸，不發一語，我只好硬著頭皮繼續說：「叔叔，您好。您正需要休息，我來打擾……還空著手，實在很不好意思。」

裴恩珉的父親躺在病床上，臉上露出淡淡的笑意。

這一刻我突然想起，我曾經見過裴恩珉的父親。

那是高中的事。我在樂器行外徘徊。隔著玻璃和一架巨大的鋼琴，遠遠地，我看見了一個與裴恩珉相似的身影。突然間，他朝我看來，我立刻躲起來。

「怎麼會？能見到妳，我很高興。在國外看到恩珉交女朋友的新聞，我嚇了一跳，也鬆了口氣。還以為恩珉這輩子都要奉獻給音樂了呢。」裴恩珉的父親笑著說。

我勉強笑了笑，腦袋卻一片混沌。

我的視線在兩人之間徘徊，從他們臉上，我看見裴恩珉的眉眼和唇形。夫妻倆氣質柔和，帶著一點清冷，和裴恩珉平時的樣子如出一轍。

「是啊，我們眞的很想見見妳。沒想到會在這種場合，是我們更不好意思。」裴恩珉的母親忽然握住我的手，「我們還不知道怎麼稱呼妳呢。」

「我……」我彎起唇角，笑容僵硬。

空氣遲滯，呼吸急促，消毒水的氣味瀰漫鼻腔。病房裡氣氛沉悶，好像所有人都在等我說話。

「我、我叫……」我攥緊腕間的手鍊，「叫我Rose就好。」

裴恩珉和我坐得很近，胳膊與我的肩膀相觸，我感受到他微微一頓。

「Rose啊，很適合妳的英文名字呢。」

「她是我的高中同學。」裴恩珉開口。

聽見這句話，我鼻尖驀然一酸。

「高中同學？」裴恩珉的父親笑著說：「認識這麼久啦？眞不錯。這麼說來，妳好像有點面熟，我們以前見過嗎？」

我下意識搖頭否認。

「這樣啊……沒關係，無論怎麼樣，能走到一起就是件好事。」

我攥緊手心，盡量擠出得體的笑容。

「好了，爸，你等等就要手術了，先休息一下吧。經紀人在門口等我，我先過去看看。」裴恩珉起身時，順帶抓住我的手，「還有，她是凌晨過來的，應該很累了，我先送她回去。」

我客套地向兩人道別，卻被裴恩珉的母親喊住。

「恩珉，既然你還要和經紀人說話，那Rose就先待在這，陪我們聊一會兒吧。」

裴恩珉看了我一眼，像在徵求同意。夾在三人之間，我只能答應。

裴恩珉點了點頭，就先離開了。

我看向門口，不禁有點擔心。政厚哥一定很生氣……

「Rose，辛苦妳了。」

我回過神，轉頭看向裴恩珉的母親。

「恩珉這陣子，應該給妳添了不少麻煩吧？昨晚也是，說是要回家休息，現在又是一副酒氣沖天的樣子……大概是躲在哪偷偷喝酒了。」

我乾笑兩聲，輕聲反駁，心裡卻忍不住想，原來她什麼都知道。

「都怪我們，沒早點告訴他這件事。他好像很難受。」

我望向裴恩珉的父親，他臉色蒼白，表情卻格外平靜。我又看向他母親，她蹙著眉頭，眼神仍然溫潤。

是因爲面對我這個陌生人嗎？還是，他們平時對裴恩珉也是這個樣子呢？

這瞬間，我想起失憶那天的裴恩珉——如同一幀相片，看不出情緒，精緻而疏離。

「不好意思，我有件事想請教……」

「嗯？妳說。」

「兩位……爲什麼之前要瞞著恩珉呢？」

兩人互看了一眼，露出苦笑。

「他現在是鼎鼎大名的明星，背負著這麼多責任，還是工作重要呀。我長的這東西，是良性還是惡性都還不知道，不需要徒增他的困擾。」他父親感慨地說：「他就好好地爲熱愛的事業奮鬥就好。」

「不過，你畢竟是公眾人物，還是要謹愼一些，不要被拍到了。」

「這種事，我已經不太在意了。」

我深吸一口氣，攥緊衣襬，想說的話就快衝破那一層猶豫。

「沒想到，還是影響到他的工作了。」裴恩珉的母親說，輕嘆一口氣。

「其實這種事，我們兩老互相扶持就好，都到這年紀了，眞的不需要……」

「阿姨。」

我終究忍不住開口，兩人疑惑地望著我。

「現在比起工作，更重要的是叔叔的身體。恩珉他，很想關心你們，也想被你們需要……在身爲一個明星以前，他先是你們的孩子。」

我鼓起勇氣，抬起臉來，「叔叔和阿姨……就不能再信任他一點嗎？就不能讓他撒撒嬌嗎？」

當我想起裴恩珉，他在我腦海裡的模樣，不再瀟灑恣意。彷彿露出坑疤的星球，宣告被人踏足的渴望。

他害怕孤獨，拚命地想抓住所有可能，才會連謊言都食髓知味。

「我以爲妳是眞的關心我、眞的明白我的痛苦……可是，妳眞的有好好看著我嗎？」

「還是，妳看的只是妳想看的，用自己的方式來詮釋我？羅藝詩，對妳來說，我只是一個童話故事嗎？」

這瞬間我意識到，我對恩珉造成的傷害，並不是來自謊言本身。我的胸口泛起痛楚。我站起身，低下視線，「對不起，說了這麼多莽撞的話。今天不是個好時機，我還是改日再來拜訪吧。」我繼續說：「叔叔，希望你今天的手術順利。抱歉打擾了。」

一口氣說完，我匆匆離開病房，不敢看裴恩珉父母的表情。

他們沒有喊住我，我在一片寂靜裡，沿著走廊快步走。

驀然，我迎面撞進某人懷裡，酒精氣息刺進鼻腔，我渾身一僵。

一抬起頭，我望進裴恩珉的雙眼。他低頭看向我，面露訝異，而後瞥了病房一眼。

「恩珉，你——」

我瞠大雙眸，抓住他的手，他立刻掙脫，伸手掛上口罩，遮擋自己的臉。

「你的臉怎麼了？」我緊蹙起眉。

裴恩珉挪開視線，沒有回答。

我看向他身後，只見政厚哥走出來，一臉沉鬱。

「難道……他打你了？」

我追逐裴恩珉的眼睛，急著想確認答案，他卻只是低頭不語。

在這短暫的間隙，走廊上響起有人呼喚他父親的聲音。

裴恩珉朝我彎了一下眼睛，似乎是想擠出笑意，但那笑容太倉促、太狼狽，反倒顯得難堪。

「大概是我爸要去動手術了，我先過去。抱歉。」

「等等，恩珉……」我想跟上去，卻被政厚哥叫住：「羅小姐，妳該離開了。」

我腳步一頓。

「謝謝妳今天的協助，但記者已經知道裴恩珉父親生病的消息，如果妳繼續待在這，只會鬧出更多事端。既然危機已經解除，我們今天的合作就先到此爲止。」

我轉過身，不敢置信地望向他，「你怎麼可以這樣對他？他是你的藝人，你……」

「羅小姐，我不需要妳來教我怎麼做。」他朝我大步走來。

這時，我注意到他手上拿著一袋冰塊，裹著醫院的毛巾。我嘴唇發顫，好半晌才擠出聲音，「政厚哥——」

「羅小姐，我已經忍妳很久了。」他瞟了我一眼，格外冷漠，「妳現在，到底是以什麼立場質問我？」

他的話猶如雷擊，一瞬讓我清醒過來。

我微瞠雙眸。我連我自己的名字都喊不出口，又有什麼資格爲裴恩珉著想、大言不慚地爲他代言？

政厚哥越過我，消失在視野裡。

滴答答，滴答答，他手中的冰袋，在走廊上綴下一串水珠。猶如毛毛細雨，澆淋在我的心頭，攪亂鏡中倒影。

我和裴恩珉之間的距離，又再度模糊，失眞。

我看不清自己的樣子。

第十一章

坐車回家的路上，我看著窗外飛掠的景色。

驀然，樹影落下，車窗倒映出我的臉——灰濛濛的一團，像糾結在一團的灰色毛線。

我不自覺避開視線，卻看見手腕上的銀色手鍊，在光照下映出光，一瞬炫目。上頭的「L」輕輕晃動，猶如將墜的誓言。

我慢慢閉上眼睛，輕輕吁出一口氣。這時，手機鈴聲驟然響起，一連串的通知聲湧至耳畔。

我掏出手機，來電人是媽，不停發訊息的是羅藝琴。

我茫然地接起電話，媽聲音急促地問我跑去哪了。

「我……就是出來一趟。」我有些恍惚。

「妳想嚇死誰？一大早起來，小琴就說妳不見了！而且包包外套都沒拿——」媽媽的聲音聽起來很焦急。

她這陣子以來的所有冷漠平靜，似乎在這一刻全數崩解，露出真正的底色。

我有很多話能回，例如，「我已經二十七歲了」、「我正在回家路上啊」、「妳怎麼這麼緊張」……

但當我聽見她的聲音，只能擠出一句，「媽，我沒事」。

「妳老實說，妳是不是又發生什麼事了？我上次就說過了，媽很愛念你們、很愛生氣，但再生氣、再失望，妳也還是我女兒，妳……哎呀！」

媽媽長嘆一聲，我鼻尖一酸。

下了車，手機通話還在持續。

我快步走向家門口，按下電鈴，電話那端同時響起鈴聲。

「是妳回來了嗎？」媽媽茫然地問。

我忍不住笑了，應了一聲。

「嗯，是我，我忘記帶鑰匙了。其實我只是……去見個朋友而已。」

電話被掛斷，隔著一扇門，我聽見媽媽朝某處大吼：「沒事了！她只是出去一下而已！」

過了半晌，大門被打開，媽媽從門後露出半張臉，表情有些困窘，像真心被識破後的心虛。

我當作沒察覺，心虛地低下頭，裝作很怕挨罵的樣子。

「真是的……半夜跑出去，還不帶鑰匙，妳不怕我們都出門，把妳關在家門外？」她嘴上責怪，我心裡卻又酸又暖。

突然，她「哎唷」一聲，「妳就穿這樣跑出門啊？這打扮像話嗎？」媽媽敞開門，示意我快點進屋。

進了家門，她仍不停上下打量我，眼神追著我從玄關到客廳，嘴上念個不停：「妳看，鼻尖也都紅了！要出門也不穿件外套！雖然是春天了，但風還是很涼……還有，妳看妳，眼睛腫成這樣！妳該不會整晚沒睡吧？」

我揉揉鼻子，終於忍不住低笑出聲。

「還笑！」媽媽伸手敲了一下我的額頭，「過來，我弄點熱的給妳喝。」

「咦，等等！」我拉住她的衣襬，「媽，妳不是要上班？這樣來得及嗎？」

她瞪了我一眼，「我看妳眞的是太好命，連今天十五都不知道？我上午請假啦，要弄拜拜的東西，忙得要命。」

原來，今天是農曆十五，難怪昨晚的月亮那麼圓。

「好了，別大驚小怪的，快過來！我很忙，還得弄早餐給那幾隻豬吃！」

媽媽這麼一說，我才發現屋內還有其他聲音——浴室水龍頭水流嘩啦啦、衣櫃抽屜開開關關、父親黏膩的悶咳……整間屋子喧鬧不休，好像到這一刻才徹底活起來。

媽媽弄了一杯薑茶給我，我坐在廚房的凳子上，看她忙進忙出。

「媽，我幫妳，妳等我一下。」我想趕快把茶喝光，但每口都被燙得舌頭發麻。

「別鬧了，妳別亂就是幫忙了！一口一口慢慢喝！」

這一刻，我想起弟和妹還沒出生的時候。

那時，我最喜歡黏著媽媽，她在廚房忙，我硬要跟著進來。她怕我搗亂，就拿零食糖果給我，叫我乖乖坐在椅子上看她煮飯。於是，我就一邊吃著點心，一邊看媽媽變出一道道料理。

有時，我也會喊要幫忙，媽媽每次都說同樣的話——妳別亂就是幫忙。

想到這裡，我不由得低頭微笑。

「對了，妳那個朋友發生什麼事了，非得要大半夜去見他？」

「嗯……也沒有。他喝醉了，我怕他危險。」我猶豫地說。

媽媽回頭瞥了我一眼，突然問：「談戀愛啦？」

我一怔，望向媽媽。

「妳從過年那時就怪怪的，一副心事重重的樣子，而且沒待幾天就跑回臺北。沒過多久，又突然打電話回來……戀愛就戀愛，妳都多大了，有什麼好隱瞞的？怕我叫妳帶人回來啊？」

我咬住下唇，默默搖頭，雙眸被熱騰騰的薑茶燻得有些氤氳。

「還是……失戀了？」她語帶遲疑。

我不曉得該怎麼回答，陷入沉默。

「我就知道！妳這孩子……」她喟嘆一聲，「難怪會把自己搞成這樣。」

媽媽背過身，轉開瓦斯爐，瓦斯氣味頓時瀰漫廚房。

「媽，妳別擔心，我回家休息後，心情就好很多了。」

「妳從小就是這樣，什麼都不跟我們說。」

「小時候……」我露出苦笑，「你們比較忙嘛。」

媽媽的背影一頓。

鍋子裡的水發出嘶嘶聲響，她盯著緩慢湧動的水面，忽然開口：「我是很凶嗎？」

我一愣，不懂她怎麼這麼問。

媽媽身形有點臃腫，長年彎著腰，背變得十分寬厚，擋住她所有表情。我突然就想起國小時的自己——駝著背，想把一切藏起來。

我爲什麼都沒有把心情告訴父母呢？也許我害怕，他們也像老師那樣，認爲我想太多，也許我也怕，他們會對我失望……

「妳不凶。」我捧著薑茶，落寞地說。

「那工作的事，爲什麼要騙媽媽？」

水煮沸了，「啵啵啵」地冒著泡，彷彿隨時要奔湧而出，媽媽的背影卻無動於衷。

「我……怕你們失望。」

「那妳覺得，媽媽對妳的期望是什麼？」

我一頓，「我……不知道。」

其實，是我從來沒有開口問過。

他們對我的期望，全是我自己想像出來的……我何曾給過他們了解我的機會，又何曾了解過他們？

「就算當了四次媽媽，我也不知道該怎麼當個好媽媽。你們出生以前，我都想得很美好，但你們一亂起來，我就忍不住生氣。媽媽眞的不是人當的，我告訴妳，妳以後眞的別生……不行不行，還是要生一個，不然老了誰來顧？」她嘆了口氣。

「我知道錯了，媽媽。」

「妳是老二，我知道妳受很多委屈，但媽媽也很爲難，每天都覺得好累、好挫敗……是因爲這樣，妳才要騙媽媽嗎？」

我含著淚，用力搖頭，「媽，我知道……我都知道。對不起。」

「其實我和妳爸的心願很簡單啊，就是妳們快快樂樂、平平安安長大。長大後沒忘記我們這兩個老的就好了……」她關掉爐火，轉過身。

看見我，她眉頭皺得更深，「哭什麼哭！我最討厭看你們哭。還有，妳眼睛腫成這樣怎麼見人？出門頂著這張臉能看嗎？」

我趕緊擦掉眼淚，朝她擠出笑容，「沒事啦，又沒人會看我。」

媽媽一邊碎念，一邊走向冰箱，拿了兩顆蛋遞給我，「我看韓劇都這樣冰敷，好像可以消眼睛腫，妳趕快敷一下。」

我破涕爲笑，「那是消瘀青吧？」

「是、是喔？」媽媽撓撓臉，下一秒又理直氣壯地說：「妳看妳這黑眼圈，跟瘀青也沒什麼差別啦！」

我大笑起來，媽媽也忍不住笑了。

「啊——竟然已經七點四十了！幹，我剛看錯時間，我要遲到了啦——」弟匆匆忙忙地衝進廚房，一邊扣襯衫鈕釦，一邊急得跳腳。

媽媽掃了他一眼，立刻抄起鍋鏟。見狀，弟往後退了幾步。

「羅藝書！你剛講什麼？你再給我說一遍！」

「我我我、我沒有，是妳聽錯了。我說，乾！早上起來皮膚很乾啦！啊啊——」羅藝書轉身就逃，媽的叱責和他求饒的聲愈來愈遠。

我笑著啜了口薑茶，滋味又辣又暖。

「二姊，妳還好嗎？」羅藝琴忽然探頭出來小聲地問我。

「妳在啊？」我訝異地問。

「呃，爸也在呀。」她伸手一拉，爸爸重心不穩，從門後露出臉。

「早餐還要多久？」他一臉平靜地問。

「啊，我來弄吧。」我趕緊起身，放下馬克杯，「吃吐司好不好？比較快，再煎幾顆蛋……」

「吐司我來弄吧！二姊，妳來煎蛋，我煎的蛋都會破掉。」羅藝琴走進廚房，笑盈盈地看著我。

我點點頭，讓給她一個位置。

她站在我身邊，我才發現，她已經長得好高了，就快到我的肩膀。

「讓妳擔心了，抱歉。」我輕聲說。

她將果醬抹到吐司上，聞言一頓，而後微笑，「媽這樣應該是原諒妳了吧？」

「應該吧。」我瞄了一眼廚房門口。

「下次如果我惹媽媽生氣，我也離家出走好了。」

「別鬧了。」我皺眉道：「半夜出門很危險的！」

「那到時妳陪我去吧，二姊。」

我失笑，「我陪妳的話，還能算離家出走嗎？」

「反正一定只是做做樣子而已啊。」羅藝琴說得很認真：「家就在這，再怎麼樣都會回來的嘛。」她說得理所當然，聽起來甚至有點天真。

「嗯……妳說得也是。」我不禁莞爾。

離家後還想著回家，表示她是在愛裡長大的孩子。

早晨的騷亂結束後，我和爸媽一起祭拜祖先。此刻，供桌上擺了糖果、水果和餅乾。爸爸持香低頭冥思，媽媽站在一旁低語祈願，我聽見她提到姊的婚事，提到弟妹的課業，還有我的身體。

嗅著線香的氣息，我也默默向祖先許下願望，希望他們能保佑我所愛之人快樂。這也是我生日許過的願望，沒有改變。

我隱約想起什麼。

「好啦，香給爸爸。」媽媽催促，拉回我的注意力。

「哦，好。」我將線香交給爸爸，看著他默然將線香插入香爐，然後雙手合十。我跟著照做，動作有點笨拙。

「接下來要忙去忙吧，我跟妳爸也要準備上班了。」

「好。」

下樓時，我聽見他們在討論，要找一天好好教我怎麼準備祭祀。

回到房間，我拿起手機，一眼看見網路新聞的通知──「裴恩珉」三個大字。我立刻點進去。

JE娛樂旗下藝人裴恩珉，父親近日身體欠佳，爲了兼顧行程與照顧家人，這幾週來回往返、努力消化行程，身心受到莫大煎熬。考量到醫生建議及藝人狀態，裴恩珉近日行程將做出調整。

我腦海浮現他憔悴的模樣，胸口一緊。

在今天以前，連政厚哥都不曉得裴恩珉結束行程後的行蹤，甚至還要來問我這個「陌生人」。這表示，從他父母回國開始，裴恩珉就一直獨自往返臺北和老家。他有時間休息嗎？爲什麼這麼傻？他根本沒有顧慮自己。

「車禍那天，我只記得自己很累，很累很累，彷彿用盡這輩子所有力氣。我對閉上眼睛的瞬間，留下的記憶竟然是──太好了，就這樣吧。」

現在的他，是不是又回到車禍那一天的心情？

我愈想愈難受，緊咬住下唇，抱緊熊玩偶，深呼吸了幾次，才勉強能繼續往下看。

底下還有一則新聞連結，標題嚴肅了點，但和上一則相關。

我點進去，同樣是今天早上發布的。

〈失憶、戀愛傳聞接連來，裴恩珉合約屆滿，續約動向成焦點！〉

知名藝人裴恩珉與JE娛樂合作長達五年，憑藉完美形象獲封「零負評男神」、「完美偶像」等稱號。其專屬合約，將於今年年底到期，至今仍未有續約消息，引發關注。據圈內知情人士透露，已有多家娛樂公司向裴恩珉拋出橄欖枝，亦傳出他有可能自立門戶。近期，裴恩珉頻頻登上話題版面，先是因車禍失憶，隨後又爆出戀愛消息。儘管他大方認愛、態度坦然，仍未能完全平息部分粉絲的震驚與失落。如今又傳出臨時調整行程，引發外界揣測，是否因續約問題與JE娛樂出現嫌隙，使公司採取打壓行動。

沒想到這件事會引來這些揣測。虛實參雜、半真半假，裴恩珉他一個人要應付這麼多事……

我想起今天清晨的擁抱，短暫的幾秒，穿過清晨，直抵此刻。

「我只是希望妳能陪我。一下下也好。」

他在向我求救。他渴望有人陪伴。

意識到這點的瞬間，我心裡竄起了一絲罪惡的慶幸，但那一縷隱微的慶幸，馬上被灰影吞沒。

「還是，妳心裡仍在期待，裴恩珉那傢伙會抱住妳說，『沒關係，我愛的是妳的靈魂，不是梁月季這個名字』。靠，少來了！噁心至極！這是妳一手造成的，妳的坦白或道歉，根本只是想讓自己舒坦一點！」

丁仁風說過的話，一刀一刀地鑿，在我眼前揚起灰濛的碎屑。

「羅藝詩，妳眞的很自私。」

我是不是，又再度被困在謊言的牢裡，自詡自己是與眾不同的？

我低頭看向腕間的手鍊，苦笑著告訴自己：是啊，別傻了。恩珉會找上我，是因爲現在只有我。

放羊的孩子總該知道，接下來只剩兩條路——被吃，或還沒被吃，沒有反過來討食的權利。

我也是。裴恩珉需要陪伴，但那個人不一定非得是我。

下午，我一如既往去了趟圖書館，繼續完成姊的婚禮文宣。思考了一下設計後，我讀了點《哈利波特》，恰好看完第一集。翻到最後一頁，發現折口裡夾了一張紙。

我稍微抖了抖書，抖不出紙張，只好抬起書本偏頭去看，是一張便利貼，大概是之前借閱的人忘了拆下來的。

我不以爲意地闔上書本，卻在這一秒瞄到便利貼的藍色線條，總覺得……有種熟悉的感覺。

腦海飄來一層薄霧，灰懨懨的，有什麼呼之欲出。

我再次翻到折口，拆下那張便利貼。目光觸及圖文的瞬間，褪色的記憶猛然鮮明，我渾身一怔。

藍色原子筆畫下一個簡單的蛋糕，上面寫著「生日快樂」。

我認出字跡，這是裴恩珉十七歲那年，我沒能送出的祝福。

我心臟跳得好快，手心出了汗，呼吸變得急促。無數記憶碎片全部混在一起，與心跳撲通撲通地共振，於腦袋嗡嗡作響，感官被放大無數倍。

我站在人群以外，遠遠看著他，心口像冒出泡泡，啵啵作響。

他穿著制服站在人群裡，臉和制服沾了刮鬍泡，笑得很燦爛，像得到了世上最珍貴的禮物。

「眞的很謝謝你們。」

農曆三月十五號，是裴恩珉的二十七歲生日。

他說，他害怕被眞的忘記。

他父母疏離的眼神、政厚哥冷漠的表情、夜色裡，他獨自坐在階梯上，緩慢抬頭露出溼漉漉的眼眸……

當我回過神，我已經拿起手機按下通話。

裴恩珉的名字跳入眼底，我下意識想掛斷，但又停住。就在這猶豫的間隙裡，電話被接起，我慌亂地將鏡頭轉向桌面。

手機畫面一片模糊，慘白燈光，像在醫院。

靜極了，圖書館杳無人聲，醫院也一片沉寂，只剩我們彼此的呼吸，在空氣裡摩擦生熱。

我從裴恩珉的呼吸裡聽見詫異、聽見困惑、聽見一點遲疑。

我緊抿住唇，忍住眼淚。

啵啵啵，啵啵啵，心口沸騰了，泡沫汩汩冒出。

我打破沉默，將鏡頭照向那張便利貼，「生日快樂。」

然後，我掛斷電話。眼淚掉在便利貼上，在紙條上捽出一朵朵花。

即使他需要的不一定是我，我也不願想像他落寞的神情。

我想讓他知道，「我會一直一直記得你」。

手機好像要燒起來了，這個空間彷彿有什麼要爆炸，我迅速地將手機丟進包包，胡亂收拾東西，急著離開。

推開門的瞬間，我瞥見一張海報。

三十週年校慶暨熱音社大成，歡迎你來！

身穿熟悉制服的少男少女站在操場上，藍天白雲下，電吉他、貝斯、電子鼓、鍵盤，還有個像是主唱的男孩站在中央，朝鏡頭微笑。那少年意氣風發，笑容燦爛。

「小姐，妳是A中畢業的學生嗎？」驀然，有道女聲竄出，聲音很輕。

我愣了一下，循著聲音來源看去，是櫃檯的服務人員。

她推開小門朝我走來，笑吟吟地和我一起看向那張海報。

我遲遲沒回答她的問題，可她似乎當作是默認了，自顧自地說：「最近常看妳過來，我猜妳是附近的住戶。」她說：「妳看起來對這張海報很感興趣，眼神好像還有點懷念，我才這樣猜想。」

我心裡很亂，但還是擠出客氣的笑，「您也是A中畢業的嗎？」

「我不是啦。」她笑著搖頭，指向海報中央的那個男孩，「這個是我兒子。」

「原來如此。」我重新看向海報，輕聲問：「是主唱吧？」

「好像是吧。他從小就愛唱歌。」

「那一定唱得很好。」我若有所思地說：「看起來很陽光，學校一定有很多人喜歡他。」就像裴恩珉一樣。

她難爲情地笑了，搖著手說：「哎呀，這我就不知道了，愛耍帥倒是眞的！」

「這是您貼的嗎？」

「是啊。老實告訴妳，其實圖書館是不能貼傳單的，但我費了點力氣說服館長，讓我貼一個禮拜，替我兒子宣傳。」

「眞的嗎？」我驚訝地問，轉頭看向她，「那他一定很高興。」

「希望如此。」她盯著海報上兒子的臉，笑意漸深，「他說，這是他高中最後一個活動，發表完就要『退休』……我突然好感慨，他這麼快就要高三了，也即將要成年了。」

「那您會去看表演嗎？」

「嗯，就去看看他這兩年到底玩出什麼花樣。」她嘴上這麼說，眼裡卻寫滿期待和驕傲，「我們做父母的，難得有機會能看小孩『退休』啊。」

我忍不住微笑，她也望向我，笑咪咪的。

「對了，校慶是下禮拜六，如果有空的話，也歡迎妳來看看。」

我有點意外，沒想到會忽然被邀請。

「抱歉，有點唐突吧?這麼厚臉皮的事，我也是第一次做……」她的表情看起來有點緊張，「我本來一直很反對他玩社團，覺得他花太多時間在社團了。不過，這是他高中最後一次表演，花了很多心思在準備，這陣子忙得都不見人影。我想，就讓他留下美好的回憶，表演完再好好收心。」

「您眞是個好媽媽……」

我開始想像，如果這種事發生在我身上，會是什麼樣子？

可是，我想像不出來，總覺得在媽媽第一次反對時，我就會立刻放棄了。

我這輩子堅持過最久的事，好像就只有「討厭」和「喜歡」——討厭自己；喜歡裴恩珉。

「哪裡哪裡，妳說得太誇張了。」

「不，您眞的很了不起。明明一開始反對，現在卻願意主動替兒子宣傳。」我發自內心地說。

她低眉微笑，很不好意思的樣子。忽然間，她問：「妳知不知道裴恩珉？」

我心頭一跳，一時沒接上話，默默攥緊包包肩帶。

「聽說裴恩珉也是A中畢業的。我兒子很崇拜他，挖遍他所有專訪，蒐集他每張專輯，連演唱會也都去了。」

她露出慈愛的笑容，「本來以爲他只是追星，後來他才告訴我們，他很羨慕裴恩珉有那麼支持他的家人，能夠自由自在享受舞臺……直到這時我才終於知道，他渴望的是什麼。他喜歡表演、喜歡玩社團，很希望我們能支持他。這之後，我就不再反對。身爲母親，能替他做的不多，也就只是這樣了。」她口吻有些感慨。

「所以啊，如果妳有空的話，誠摯邀請妳來喔。」

「我……如果有時間，會去看看的。」

「眞的嗎？太好了！」

大概是發覺聲音太大，她趕緊掩住自己的嘴，湊到我身邊小聲地說：「眞的很謝謝妳，還聽我說這些有的沒的……」

連聲道謝後，她便回櫃檯去忙了。

我看向海報。原來，有人是這樣看待裴恩珉的。不是愛上他的完美，也不僅單純痴迷他的歌聲，而是喜歡他恣意的來路。

離開圖書館時，我遇上放學人潮。

自從高中畢業以後，我就不曾回母校。

每一次經過學校，我總是低頭快速走過，因爲，當所有人都因青春而發光綻放時，我卻是一團模糊難辨的灰影。這令我感到無地自容。

但此刻回想起來，卻覺得那已經是我最用力發光的一段歲月。

因爲，我喜歡上了裴恩珉。

但，我喜歡裴恩珉什麼呢？我內心忽然升起疑惑。

停下腳步，我的視線穿過校門，直直望入校園。

手機於此刻震動，我鼓起勇氣，拿出來看了一眼。

「謝謝妳記得我的生日。眞的。」

再次震動。

「眞的。」

虛實橫亙在我們之間，連眞心話都必須被反覆強調。

他需要陪伴，但我們之間能擁有的，就只剩感謝與歉疚。

我和裴恩珉，現在究竟算什麼？而我，又希望能變成什麼樣子呢？

我有資格想這種事嗎？

若要在「我」和「你」之間填入詞彙，「喜歡」、「愛」、「需要」、「配不上」、「欺騙」、「對不起」、「仍然喜歡」……

無論填入什麼，這句話的主詞一直都是「我」，可不知不覺間，我卻把自己弄丟了。

我輕輕摩娑手鍊，心中下了個決定。

翌日一早，我坐上開往臺北的火車。

昨晚我並沒有睡好，腦海像幻燈片一樣，反覆播映那些畫面。

「謝謝妳記得我的生日。」

現在，我也依然想著這句話。

我傳了訊息給丁仁風，告訴他，謝謝他之前記得我的生日。

他很快回覆，傳了個問號過來。我不知道怎麼解釋，索性避開這個話題，提醒他明早十點半見。

「妳明天幾點的火車？」他問。

「我已經在火車上了，有點事要先回臺北處理。」

他回了個貼圖給我，像他以往敷衍的樣子。我不禁莞爾。

笑容漸褪，我摩娑著腕間的手鍊，一邊查看手機裡的網頁資訊。

Queen Of Flower花藝設計

Hi!我是月季Rose，從出生命名的那刻，彷彿就與花命定相遇。

個人工作室開創五年，每朵花都由我親力親爲（你打電話來，也會是我接喔）！

小小的花藝空間，獻上滿滿的愛情、友情、親情、恩情。

我鼓起勇氣，聯絡了她。

第十二章

我出生那年，電影《鐵達尼號》正好上映。

電影女主角Rose慧黠、美麗而優雅，她的愛情故事，成爲雋永人心的經典。

根據網路資料表示，在電影熱映期間出生的女孩，多被取名爲「Rose」。

「這位不是裴大明星的正牌女友？」梁月季朝我挑起眉毛，低頭啜了一口咖啡，「我可是特別挪時間出來見妳的喔，梁小姐。」

「我……不姓梁。」

「嗯？」

「羅藝詩，是我的名字。」

「哦……所以呢？」

我伸出左手，輕輕解開腕間的手鍊。梁月季表情一頓，傾身盯住我的手腕，「這個怎麼在妳這？」

「我是來……物歸原主的。」

我遞過手鍊，她接過端詳了會，又抬頭瞥了我一眼。

沉默許久，她輕笑出聲，「是我想的那樣嗎？還是我電視劇看太多啊？」

我不發一語，盯著桌面。燈光投射下來，桌面倒映出梁月季的模樣，豔麗動人。

她手指輕敲桌面，饒富興味地問：「妳就不怕我告訴媒體？」

「我覺得，一個在交往期間不曾這麼做的人，現在也不會這樣做。」我說：「就算妳做了，那也是我活該。只是我希望，妳能稍微顧慮恩珉……」

她聞言皺起眉，似乎對這答案不是很滿意。半晌，她開口：「知道我為什麼答應見妳嗎？」

我一頓，抬眼看她，慢慢搖頭。

「因為妳做到了我做不到的事。我實在很好奇，妳究竟有什麼本事，又想對我說什麼？」她笑意嫣然地望著我。

「做不到的事？」

「公開戀愛啊。」她說：「雖然你們是被爆料，但其實他也可以否認吧？一定是他自己想承認的。」

我垂下眼，「我不覺得這是因為我……」

驀然，梁月季拿起那條手鍊，繞在指尖輕輕搖晃，「這條手鍊，是我分手那天丟在他車上的。」

她說：「我和他在一場商業派對上認識，那時他還沒紅，我才剛創業。我親自去現場視察賓客對花藝的反應，看他帥就去搭訕他，後來就發展成這樣了。交往快兩年吧？我嫌他太無聊，剛好又有不少人在追我，我就選擇更輕鬆的囉。」

她紅唇一揚，看了我一眼，笑得很明媚。

「和那些男人戀愛簡單多了，不用東躲西藏，也不用當地下情人，還很好哄。我承認，我沒什麼良心，但也看不慣裴那副無辜的模樣，總有種會被天打雷劈的感覺，就提了分手。結果裴早就知道我做了什麼，真可怕，怎麼有人被劈腿還這麼冷靜？」

她接著說：「他沒有挽留，也不對我生氣，看起來一點都不難過，像個精緻的模型。

我最討厭他那種樣子了，不，我是看不起他。」

「梁月季也是，分手時，她說我根本沒愛過她，只是等著被愛。我不懂她在說什麼，既然她愛上別的男人，那就這樣吧。我沒有挽留，也沒有發火，就放她走。」

「他只是不懂怎麼表達自己的感受。」

他一定難受過，否則不會爲梁月季寫下那些歌詞，也不會刪除所有痕跡，卻獨留她的手鍊……

裴恩珉只是將感情隱藏起來了，就像他向所有人隱瞞梁月季的存在，獨自承受一切喜怒哀樂，直到自己忘卻爲止。

或許，他一直都是這樣走過來的。

「妳不必替他說話，也少對我說教。妳以爲這種事我不懂嗎？」她將手鍊隨手一扔，敲在桌面上，發出清脆聲響。

「對不起。」

「妳跟他一樣無聊。」她用吸管翻攪著杯裡的飲料，一臉煩悶地說：「你們這種人就是這樣，只會自憐自哀，好像全世界都得繞著你們轉。」

我一愣，「什麼？」

「哦，我主要是說他啦！」她聳聳肩，「他想要愛，我給他了啊！得到了又要嫌不夠愛。但他自己呢？他做了什麼？一天到晚說不能傷害誰誰誰。好無聊喔，自己想要幸福的話，就勢必會傷害到人。如果沒有傷害人的勇氣，就少在那邊討拍當聖人。我就看不起他這種態度。」

「梁小姐……」

「我還沒說完。」她掃來一眼，「所以我才答應和妳見面，因爲他願意爲了妳冒險，甚至不惜傷害別人。這很有趣。」

我愣愣地望著她。梁月季說得雲淡風輕，表情也十分平靜，彷彿被我冒用身分，只是不值一提的小事。她是眞的不在意嗎？爲什麼？

「我倒是不太懂，妳找我要做什麼？物歸原主，意思是，要我把他追回來嗎？難道妳接下來要說『其實他還愛著妳』這種話？」

「不是，我只是覺得應該這麼做。」我平靜道。

梁月季聲音忽然一沉，「老實跟妳說吧。之前聯絡他、去工作室找他，我的確是有那麼一絲期待。如果他忘了和我分手的事，說不定我們能重新開始，說不定這段感情的結果會不一樣。」

我微瞠雙眸。雖然立場不同，但我也曾是這麼想的。

「那麼，是什麼讓妳改變想法？」

「妳啊。」她指著我的臉，「我說過，我不想插足別人的感情，好麻煩。」

「但妳現在已經知道，我是假的……」

「既然妳現在來找我，就代表他知道了吧？」

「……知道。」

「他的反應是什麼？一樣無所謂嗎？」

我抿住唇，鬆開後輕聲開口：「我覺得……他有點難過。」

「最起碼我沒看過他難過的樣子。」她笑了笑，「妳看，他都知道眞相了，也從沒來找過我啊。和我分手，就算他心裡眞的難受過，也都跟著那場車禍歸於塵土了。」

她繼續說：「總歸來說，我並不適合裴。我只喜歡他慘兮兮的樣子，但他如果不愛我，又何必要被我弄得慘兮兮？總會有人比我更在意他快不快樂，我們對彼此都已經無關痛癢，就不用這樣互相折磨了。」

離開梁月季的工作室前，我親眼看見她將手鍊扔進垃圾桶裡。

「這是它本來該去的地方。」她雙手抱胸，漫不經心地解釋。

「無論如何……謝謝妳願意見我。」

「妳說，妳叫羅藝詩？」

我微微頷首。

「難怪有點耳熟，我現在才想起來，我最近有個客戶名字跟妳很像。」

「妳說，的應該是我姊姊。」

「還眞的啊？這麼巧？」

我苦笑，「梁小姐……我們之間的巧合，比妳想像的還要多。」

「別用這種語氣。當完情敵，接下來是要跟我當朋友嗎？」她蹙起娥眉，「巧合就只是巧合，不要賦予太多意義。我和妳既不會是敵人，也不可能是朋友。」

「我知道。」

是啊，我們的故事不應強加深意，在比喻與象徵裡迷失自我……

「不過，一想到有人頂著自己的名字招搖撞騙，還是不太舒服。」她望著我，獻上最後的忠告，「妳有自己的名字，好好當羅藝詩吧。」

梁月季，是百分之九十八平庸的我，永遠無法成爲的百分之二。我曾苦苦渴望成爲她，不惜捨棄姓名，困在名爲渴望的鏡裡，與虛象纏鬥……

就像《哈利波特》裡的意若思鏡，它能讓人們看見心裡最深沉、最迫切的欲望，鄧不利多卻說，這是一面危險的鏡子。

「這個鏡子既不能教給我們知識，也無法讓我們看到眞相。人們在它面前虛度光陰，被他們所看到的景象迷得神魂顚倒，或是逼得發狂，因爲他們不曉得自己看到的究竟是事實，還是永遠不可能實現的妄想。」

「謝謝妳。」我朝她微笑。

轉身離開的瞬間，我彷彿終於和鏡子裡的人影道別。

這天，我在臺北租屋處睡了一晚。

久久沒回來，一切靜得可怕，翻來覆去好久都睡不著，後悔沒把羅藝琴送的眼罩帶來。

漆黑夜裡，手機忽然亮了一下，「我爸的化驗結果出來了，還算樂觀。」

太好了。我坐起身正想回覆，新訊息又冒了出來。

「謝謝妳。」

我蹙起眉，心裡湧上複雜的情緒。不久後，手機再度亮起。

「找個時間談談吧。關於我們的事。」

「我」和「裴恩珉」之間有個空缺，我卻不知道能塡入什麼。我覺得，我早就沒有塡寫的資格。

躺到天亮，我才起床弄東西吃。

「我到了，出來。」

早上十點半，我準時收到丁仁風的訊息。

我拎著包包出門時，他正倚著車靜靜看著我。

「好久不見。」

我回臺北的另一個原因，是我和丁仁風要一起去試禮服。

我們都是第一次當伴娘伴郎，沒想到禁忌那麼多，顏色和鞋子款式皆有限制，因此我們便直接預約了禮服租借服務。

當然，我和丁仁風的溝通全透過訊息，因爲他至今仍不肯接我電話。這導致上車後，我們說的話，根本不超過十句。比起十幾年的老友，我們更像剛認識不久的網友。

「妳事情都處理好了？」

「嗯。」我應聲，低頭摸著空蕩蕩的手腕，支支吾吾地說：「你最近……都還好吧？」

「嗯哼，老樣子。」

「我姊跟姊夫前陣子已經試好幾套了，我們等等挑個保守的顏色……」

「嗯，我知道。」

「抱歉啊，其實你不用特地來接我的。」

「比起抱歉，我比較想聽到其他說法。」

「嗯……謝謝。」

「不客氣。我家過去順路，接妳只是順便。」

話題結束。

明明以前能順口說出來的話，此刻都變得不再坦然。

我垂著眼簾，看著車外景色不斷飛掠變換。在無盡的沉默裡，我的眼皮愈來愈重，意識像被太陽晒過，變得又暖又沉……

不曉得過了多久，我驀然睜開眼，才發現自己竟然睡著了。

我打了個呵欠，「現在到哪了？」

丁仁風瞄了眼導航，「下個路口就到了。」

「這麼快？」

「沒很遠啊。最近又沒睡好？」他語氣輕鬆了些。

「算是吧。」

「又在想那傢伙的事？」

我一愣，正想著氣氛終於好了些，他又把話聊死了。

「其實……我這陣子過得不錯。」我低頭盯著指尖，「回老家後，每天去圖書館寫寫東西、看看書，有種提早過退休生活的感覺。」

「妳在轉移話題？」

「才不是。」我皺眉道：「我正要說了。」

「好好好，妳說吧。」他的語氣實在有點欠揍。

「我們前天……見過面。」

「哈？妳又想幹麼？」丁仁風瞬間變得嚴肅。

「沒有，他只是喝醉了，不小心打給我……又剛好遇上他父親的事，呃，你應該也知道……總之，我就去見了他一面。」我猶豫道：「我想說……謝謝你，沒有眞的把他的聯絡方式刪除或封鎖。」

丁仁風一頓，輕輕掃了我一眼。

「呵，他忙得要死了還見妳，眞是患難見眞情。妳應該也見到他爸媽了吧？」他語調很刻意，「他爸爸檢查結果怎麼樣啊？」

「他父親的狀況，你應該比我更清楚吧。新聞都出了。」

剛才出門前，我正好看見網路新聞，提到裴恩珉父親的檢查結果。雖然情況樂觀，仍需要時間休養，因此裴恩珉依然會減少活動，陪伴父親。

「還有，我們只是……聊聊天而已。」

「什麼叫『只是』？不止深夜談心，還直接見父母耶！難道不是要復合？還是你們打算直奔結婚？」

「丁仁風，你能不能好好說話……沒有這種事。」

「沒有要復合，那妳要和我在一起嗎？」

我呼吸一滯，瞪大眼睛看著他。

他盯著前方車況，側臉看起來很平靜。剛才那句話，他說得輕巧，彷彿只是一句尋常玩笑。

「你幹麼……」

丁仁風忽然大笑，我搞不懂他在笑什麼，只能愣愣地看著他。

整臺車都是他渾厚有力的笑聲，他笑了很久才終於停下，眼角閃著淚光，「看妳吃癟還眞有趣，哈哈哈……」

「你到底在笑什麼？」

「誰說我喜歡妳就要跟妳在一起？」他憋笑未果，馬上又噗哧一笑，「照照鏡子吧，羅藝詩！」

我們馬上就照到鏡子了，這還是我第一次看丁仁風穿西裝。

他走出試衣間，對著鏡面左看右看。店員在他周遭繞來繞去，不停稱讚他身材好。他鼓起的肱二頭肌，彷彿隨時要把襯衫撐破，有種彆扭的感覺，像被網子困住的棕熊，我怎麼看怎麼怪。

他大概也覺得不舒服，問有沒有再寬鬆一點的，店員笑著說：「接下來就要訂製了。」

「訂製？那我們還用租的幹麼？」他「哼」了一聲，看向我，「妳覺得呢？好像也還可以吧？反正只穿一天而已。」

「是滿好看的，但好像有點勉強，除非你婚禮前，有辦法把肌肉縮小？」我認眞地說。

「哈？妳要我減肌肉？妳知道增肌減脂有多難嗎？我花好多時間才練起來耶！」他氣呼呼地戳著手臂，「這都是錢、都是時間！懂不懂啊？」

「你要我說實話嗎？」

「廢話。」

「老實說，眞的不太適合。你現在看起來就像《美女與野獸》裡的那隻野獸。」

「哦？所以妳自比爲美女？妳去穿看看啊，我看妳有多美！」

我無奈地進了試衣間。

前陣子，我們家已全家出動陪姊試婚紗。家宴規模沒有太大，她只選了幾套簡約的白紗。因此，我挑的全是簡單款式，並刻意避開白色。

換上禮服後，我瞄了幾眼，這一身乍看之下和洋裝差不多，只是質料和設計都更高級華麗。

店員替我稍微整理了頭髮，並替我搭配好鞋子，煞有介事地給了我一束捧花，我茫然地接下。

一走出試衣間，就看到丁仁風坐在一旁等我。

讓他等太久了，我覺得有點抱歉，正要開口，他的眼神卻令我一頓。

丁仁風凝望著我，慢慢彎起唇角，眼眸在燈光下流轉光亮。

這時，店員暫時離開，替我們準備另外幾套。偌大空間裡，頓時只剩下我和丁仁風。

「還……還可以嗎？」我低下頭，忐忑地問。

四面都是鏡子，到處都能看見我的樣子，我不禁有點緊張。

丁仁風什麼話也沒說，只是默默走到我身旁，與我並肩而立。

「照照鏡子吧，羅藝詩。」

「你想嗆我就直說，幹麼又叫我照鏡子——」

他從身後伸出手，扳正我的腦袋，逼我直視鏡子裡的自己。

「喂……」

「放心啦，我不會讓妳受傷。快看。」

我一怔，看著鏡面裡倒映出的自己。

我沒有化妝，眼下還有淡淡的黑眼圈，可這裡的燈光卻像有魔法一樣，將我灰撲撲的臉，照得清晰、立體……

「You're pure, elegant, stunning.」

這瞬間，我想起裴恩珉送給我的句子，竟然莫名想哭。

「妳長成什麼樣子，還需要問我嗎？」丁仁風說。

「丁仁風，我……」

「不是因爲喜歡妳才這麼說的。」

他微微彎身，對鏡中的我笑得很陽光。

「妳小時候總是駝背，不知道從什麼時候開始，就站得又直又挺。妳不說話的時候還滿有氣質，我喜歡上妳之前就這麼覺得了。我總是不能理解，妳爲什麼要對自己那麼沒自信？」

「因爲我……很平庸。」

離開那面「意若思鏡」，我終於正視自己眞實的模樣。我不再渴望成爲粱月季，找回了主詞，卻還沒學會怎麼喜歡羅藝詩。

「平庸有不好嗎？就算長得不怎樣，這也還是妳的臉啊。平庸就不能快樂嗎？」

淚水在眼眶打轉，我又變得狼狽。

「可是……我是個醜惡的人。」我曾犯下的錯，不會因爲幡然悔悟就消失。

「醜惡的人，就沒有資格獲得幸福嗎？」他問。

「我……」

「我知道妳想說什麼。」他說：「但我在車上說的是認眞的。」

我一愣，不禁蹙起眉頭。

「別露出這種爲難的表情，我又要笑了。」他無奈地說：「我說的是最後一句啦。」

「誰說我喜歡妳就要跟妳在一起？」

「我的個性向來有話直說，眞想和妳談戀愛，早就告白了，才不會等到這種時候。要是妳剛答應我，我還會覺得是在撿漏，開心不起來。」他「呿」了一聲，很嫌棄的樣子。

我看見鏡子裡的自己紅了眼眶。他是說眞的嗎？我已經分不清他的玩笑和眞心。

像能聽見我的心聲，他開口：「我是說眞的。妳不覺得嗎？我和妳一點都不適合當情人。」

他解釋，「一旦戀愛，就會整天患得患失，得顧及妳那些迂迴的小心思。如果只當朋友，搶妳泡麵、搶妳可樂，我都不用怕妳生氣，想做就去做，率性地對妳好。」他扶著我的肩膀，掌心很暖和。

「還是這樣就好了。當妳的監護人，替妳走在最前面披荊斬棘，不必顧慮妳是否傷心難過。」

店員恰好敲門進來，丁仁風直起身，從口袋裡掏出手機，走向她。

「妳能幫我們拍張照嗎？隨便拍一下就好。我們想給新郎新娘看一下。」

對方答應了，拿起手機對準我們。拍了兩張後，將手機還給他。

丁仁風把照片拿給我看。照片裡的我忙著忍住眼淚，表情看起來有點可笑，而他卻笑得很燦爛。

「只要這樣就好。」他用只有彼此能聽見的聲音說：「就讓我的心意停留在這吧。」

試完禮服後，丁仁風開車送我。

我們之間的氣氛終於恢復如常，這令我鬆了口氣。

不是你就是他，這樣的選擇我做不出來，畢竟，感情從不是二選一的終極命題。

也許我們的關係，已回不到從前那樣純粹，但我寧可相信丁仁風說的，無論遇到什麼事，我們的感情永遠不會改變。

「我還有工作要忙，就不跟妳一起回去了。」

「嗯，我知道。」

「說起來，這應該是我們婚禮前最後一次見面了。請妳這段時間調整一下作息好嗎？黑眼圈都快掉到下巴了。」

「我作息現在很正常啦。」

他笑了笑，好像還想說些什麼，可說到一半，連接著導航的手機卻突然響起。

丁仁風看了眼，嘆了口氣，戴起一邊耳機。

「嗯……有。怎麼了？我今天休假耶。」通話的對象大概是同事，他隨口應了幾句，語氣不悅。

忽然間，他一頓，驚詫地問：「你說什麼？」

我疑惑地瞥了他一眼，恰好撞上他投過來的視線。

「好，我馬上處理。」他收回視線，掛斷電話，把車靠到路邊。

他伸手到後座拿了筆電，擱在腿上開始工作。

「怎麼了嗎？」

他看都沒看我一眼，視線黏在電腦螢幕上。他說：「這裡離火車站不遠，妳就自己過去吧。」

「什麼？」我愣聲問：「發生什麼事了？」

他直起身往外看了一眼，像在思考。半晌後，他才說：「就……工作上的事。」

「丁仁風，到底發生什麼事了？你還好嗎？」我總覺得他在逃避我的視線。

他眼睫微動，緩慢地轉過來，看著我的臉，緩緩地開口：「一個壞消息、一個好消息，想先聽哪個？」

「你別再玩了，我很擔心你。」我緊蹙起眉。

「那就壞消息吧。裴恩珉女友的身分被爆出來了。」

我瞪大眼睛。

「好消息是，放心吧，不是妳。」他又回頭盯著螢幕，匆匆地說：「有更適合的人選出現了。」

「你……什麼意思？」我既震驚又困惑，腦袋一片混亂。

他深吸一口氣，像在隱忍什麼情緒，「妳自己上網看吧，出新聞了。」

我摸索著掏出手機，查看網路新聞。

〈裴恩珉女友竟是她！非圈外人、知名女演員！〉

是林采。

新聞裡附上一張相片，裴恩珉和林采步出餐廳、互動親暱。

新聞裡繪聲繪影地描述兩人幾週前的行蹤——傍晚各自離開公司後，到餐廳吃飯，再一同離開餐廳，直奔林采的住處共度良宵。

裴恩珉先前上節目的片段，以及他公開戀愛後的親筆信和訪談，全被條列出來一一比對。

我不敢置信，點開社群軟體確認，粉絲已鬧得不可開交。

一部分的人指責他撒謊，另一部分的人，質疑消息的眞實性，還有一部分的人認爲兩人很相配，挖出節目上兩人的「親密互動」，想像出一段夢幻戀情。上次的節目獲得很大的迴響，不少觀眾認爲兩人的互動很有火花。

還有網友猜測，這是ＪＥ娛樂的威脅手段。因爲這是好幾週前的照片了，現在才發出來，大概是裴恩珉不想續約，刻意在施壓。

「妳看很久耶，看完了沒？不怕趕不上火車？」

要不是丁仁風出聲叫我，我恐怕會翻完整個留言區。

「我……」我抬頭看他，但一觸及他的表情，便停住了。

丁仁風的表情看起來不太好，我不確定他爲什麼露出這種表情，但隱約覺得和我有關。

「有什麼要問的？」

「……沒有。」我垂下眼簾。

「目前兩方公司都沒有要否認的打算。」

我都說了沒有，他卻逕自說下去：「林采的公司向來不會多做回應。緋聞對象是裴恩珉，對他們來說不是壞事。至於ＪＥ娛樂……靜靜放任話題發酵，就算被當眞也無所謂，反正林采這個詮釋謊言的人選還不錯。簡單來說，他們找到比妳更適合的人了。」

他漫不經心地說：「眞是個好消息啊。」

聽見丁仁風的話，我的心裡漫起一股酸澀，也因他的反應而緊張困惑，思緒全部打結緊揪在一起。

「妳覺得呢？」

「那……很好。」我努力擠出回應。

「好什麼好！對於這件事，妳有什麼感覺？」

「我的感覺是最不重要的。」我撫著空蕩蕩的左手腕，「如果這樣對他比較好，那就好。」

「就算裴恩珉和林采是真的？」

我心臟漏了一拍，雖然理智上知道可能性不大，但……

我喃喃：「如果是真的，我會祝福他。」

「說謊。」他斬釘截鐵。

我愣愣地抬眼，丁仁風神情凝重，忽然間，我明白他在難受什麼。

他一定是，看見了我的表情。

我伸手輕觸自己的臉，好想把臉摘下來。明明沒有資格在意，也沒有資格傷心，我又憑什麼露出難過的表情？還傷害了丁仁風……

「就算我難過……又能如何？」我喉嚨發緊，「這代表我和他，真的要結束了。」

丁仁風沒有回答，只是闔上筆電。

「我後悔了。只差一段路而已，我還是送妳到車站吧。」

車子重新發動，我把臉轉向窗外，不敢再看他。

到火車站後，我向他道謝，解開安全帶下車。

驀然，他朝我笑了一下，剛才落寞的神情彷彿從未出現過。

「羅藝詩，妳還是很喜歡他啊。」他突然說。

我頓時不知所措，無法想像自己的表情。

「如果是這樣，那就喜歡吧。」他聳聳肩，口吻輕鬆。

「可、可是……」

「『永遠站在妳這邊』，這句話依然算數。而且，裴恩珉那傢伙已經過我這關了。」

我愣愣地看著丁仁風。

似乎看出我的迷惑，丁仁風釋然一笑，「比起他做了什麼，妳對他的想法更重要。之前我說，妳喜歡他時看起來不快樂，那只是我的氣話。」說到這裡，他別開視線，「其實我比誰都清楚，他是妳的支柱，一直都是。妳喜歡他的時候，看起來很耀眼，我知道那不是假的。」

這些話令我鼻尖泛起酸楚。

「妳想怎麼做，就怎麼做吧。」丁仁風輕聲說。

「丁仁風，我沒有資格想。」

「在我這，這就是最重要的資格。」他認真地望向我，「放羊的孩子總會長大，我相信，他騙完人以後，還是會有人希望他獲得幸福……呃，可能是森林的熊或什麼吧？誰知道。」

我內心酸脹，又有點溫暖。

「其實，這些話我一直想說，覺得應該要當面告訴妳，又不知道怎麼開口……剛好藉這機會說清楚了。以後不會再拒接妳的電話了，抱歉啦。」他笑了笑，「我先回去忙了。至於那傢伙的事……妳自己好好想清楚吧。」

「等等！丁仁風！」在他發動引擎前，我喊住他。

「幹麼？」他搖下車窗看我。

看著他故作自然的模樣，「對不起」三個字卡在喉間，始終說不出口。

他並不想聽我說這句話，我知道。糾結許久，我深吸一口氣，「你還記得之前說過，希望我快樂一點嗎？」

「記得。」

「今年過生日的時候，我許過願，希望我愛的人都能快樂。」

「所以？」

「所以，我希望你能永遠快樂，眞心的。」

就算需要一點時間，就算偶爾不快樂，也沒關係。我希望丁仁風的快樂能比我多，能比不快樂還要多很多、很多。

他怔怔地看著我，而後笑了出來，「哈哈……噁心死了。」

車窗重新升起，他發動引擎，車子揚長而去。

「丁仁風，對不起。」凝望他離去的方向，我低聲說。

丁仁風離開後，我搭上區間車，站在車廂裡搖搖晃晃。

不曉得過了幾站，手機震動，丁仁風傳了照片給我。不是我們的合照，大概是丁仁風剛才偷拍的。

我很少拍照，也很少被拍。這是我難得用這種視角看自己。

照片裡的我穿著洋裝，凝神望著鏡中的自己。

比起好看或不好看、厭惡或作嘔，第一時間湧上心頭的情緒，是困惑。

陽光穿過窗照進車內，蒸起汗水的熱氣，有人在吃東西，空氣裡飄盪著醬油的氣味，胃被掏空，嗅覺被喚醒，這些日子以來，虛浮的光影重新落了地，我的視野不再雲霧朦朧。

我從來，就不是什麼灰濛濛的生物。

「妳喜歡他的時候，看起來很耀眼，我知道那不是假的。」

丁仁風說的話驟然響起，與乘客的耳語參雜在一起——八卦熱鬧的口吻，裴恩珉的名字落入耳底。

我從照片裡回過神，點開社群軟體。

果然，裴恩珉發了一篇長文，正式回應這些日子以來的風風雨雨。

大家好，我是裴恩珉。

因個人私事再次占用新聞版面，對此深感抱歉。

首先，家父身體欠安，回國是爲了治療。我和家人聚少離多，這件事對我來說，是莫大的打擊，因此決定暫時將重心放在陪伴父母上。

所幸，近期化驗結果已經出來，誠如報導所言，家父的情況尚稱樂觀。在醫護團隊的專業照護下，治療進展順利，未來我們也會全力配合。祈願大家所愛之人都能健康平安、順遂喜樂。

沒想到，這件事會引發大家對我與ＪＥ娛樂合作狀況的臆測。在此鄭重聲明，我與ＪＥ娛樂的合作穩定。過去五年，公司對我的栽培與支持有目共睹。

關於續約，目前尚未進入討論階段，未來若有確切消息，一定會向大家正式說明。請大家勿過度揣測。

此外，針對今日媒體報導的新聞，我也在此說明，我與演員林采，是爲了商談後續合作，才在餐廳見面，身邊皆有工作人員陪同。由於在飯席上喝了點酒，結束後由我的經紀人駕車，送林采返家後，我們再離開。我並未拜訪她的住處，也不曾與她單獨相處。

林采是一位熱情眞摯、做事認眞的前輩，我十分敬重她的專業態度。她的用心因我的私事而遭到誤解和不實的聯想，在此向她表示歉意。也希望大家能夠尊重我們的隱私。

至於我的感情狀況，正如先前所說，我的伴侶並非演藝圈人士，她有自己的生活與世界，我不希望不實傳聞影響她的心情。

我曾說過，作爲公眾人物，有時不一定能說眞心話。無論是我的父母、合作夥伴或另一半，他們都非常理解我的工作，然而，他們不該因爲這份理解而受到委屈，因此我決定寫下這則貼文。

最後，我想說的是，對於音樂，我是認眞的。如果可以，我想一輩子唱歌給大家聽。

對於這段感情，我也是認眞的，沒有半分謊言。

我願被想像和解讀。但若想了解我、眞正走進我的世界，想像將會是最遠的一條路。

謝謝大家。

裴恩珉

「對於這段感情，我也是認眞的，沒有半分謊言。」

「若想了解我、眞正走進我的世界，想像將會是最遠的一條路。」

反覆看著這幾行字，我的腦袋一片空白。

然後，我想起他的訊息——他說，關於我們。

第十三章

我的花爲俘虜
那期待已久的雙目
手指拒絕採摘
細心至極
如果它們可以輕聲細語
從早晨到荒野
沒有其他的差事
這也是我唯一的祈禱

艾蜜莉・狄金生

黑暗裡，我聽見棉被布料互相摩娑的聲音，窸窸窣窣的。

我轉過身，恰好看見羅藝琴摘掉眼罩，露出一雙亮晶晶的眼睛。

「妳睡不著？」

她被我的聲音嚇了一跳，對上我的眼，「對啊……哎呀！早知道下午不要喝那杯紅茶了……」她坐起身撓亂頭髮，「二姊也睡不著嗎？」

看她這副模樣，我不禁莞爾，「嗯。想不想吃宵夜？」

「半夜吃東西，明天臉會很腫耶！」她噘起嘴，「妳想弄什麼吃？」

「泡麵加半熟蛋，怎麼樣？」

「犯規！」她一把掀開被子，一溜煙跑去開燈。

「二姊，我突然想到，家裡只剩一包泡麵，我們只能分著吃了。」

「沒關係，一人一半。」

「那我們要小聲一點，別讓羅藝書發現！」

熱騰騰的泡麵上桌，羅藝琴早已準備好兩副餐具，笑嘻嘻地看著我。

「快吃吧。」我將碗推給她，「小心燙。」

「妳呢？怎麼沒分成兩碗？」

「妳先吃，吃不下再給我。」

「唉唷……對我這麼好呀？我不會客氣喔！」

「好好好，別客氣。」

她夾起一大撮麵條，用力吹了幾口氣，送入口中後仍被燙得唉唉叫，我忍不住發笑。

「對了，後天就是大姊的婚禮了，有點緊張耶。」

「該緊張的是我吧？」我笑著問。

「二姊，妳覺得……大姊結婚後，我們家會有什麼改變嗎？」她的表情若有所思。

「妳就是想這些才睡不著啊？」

「才不是，就說了是因爲紅茶！而且妳還沒回答我的問題。」

「我覺得……當然會有變化囉，因爲會多一個人來疼妳和藝書啊。」

「二姊，妳變得好官腔。」

「我是說眞的。」我抽了張衛生紙，替她擦拭桌面，「不過，妳很擔心改變嗎？」

「也不是擔心。畢竟，改變不總是壞的嘛。」她小心翼翼地喝了口湯，「這麼說來，二姊，妳知道媽媽肚子裡有我的時候，有什麼感覺呀？」

我一愣，「什麼？」

「媽生羅藝書的時候，我才一、兩歲，根本沒印象。那妳呢？知道有我的存在時，妳和大姊都大了，那個時候妳們會擔心爸媽的愛被分走嗎？」

「怎麼這麼問？」我蹙起眉，「發生什麼事了嗎？」

她搖搖頭，「沒有啦，只是單純好奇。最近和同學聊到手足，他們聽到我有兩個年紀差很多的姊姊，都說很羨慕，還說妳們一定很疼我。」

我忍不住莞爾，伸手摸摸她的頭，「說不擔心、不忌妒是假的，但這都是後來的事了。仔細回想，最一開始聽到這件事時，我和妳大姊都覺得很驚喜、很開心。我沒想過會有妹妹弟弟，也曾排斥過，但還是覺得，你們能成爲我的家人，眞是太好了。」

妹妹盯著碗裡的麵，露出笑顏，小聲說道：「其實，我也曾忌妒過妳們喔。」

「眞的？爲什麼？」我有點意外。

「我有時會很忌妒，妳們能擁有爸媽更長的陪伴。爸媽總有一天會離開我們嘛……我太晚出生了，和爸媽相處的時光，相較於妳們眞的好短喔。」

我一頓，眼眶倏然發燙。

「大姊結婚這件事也是。妳們是我很喜歡、很棒的姊姊……但兩個都不住家裡。現在大姊要結婚了，能和妳們相處的時間，就又更短了。」

「藝琴……」

「我想這些事，是不是很奇怪啊？」她尷尬地笑了笑，繼續埋頭吃麵。

「怎麼會奇怪？」我抹掉眼角的淚，朝她一笑，「我很喜歡妳這個樣子，坦然地說出內心話。」

「妳別誇我啦，好害羞喔。」

她的臉幾乎快低到麵裡去了，突然覺得，她這個樣子和媽媽好像。

驀然，她又抬頭偷覷了我一眼。

「對了二姊，妳有沒有男朋友啊？」

「怎麼突然問到我這了？」我再度失笑，「我們小妹想談戀愛了？」

「不是啦，我對學校那些臭猴子才沒興趣，每個都跟羅藝書一樣屁。就是，就是……好奇嘛。」

她的表情有點心虛，一看就是隱瞞了什麼。那……我撒謊的時候，看起來也是這個樣子嗎？

「那天我和媽媽在廚房說的話，妳都聽到了？」我溫聲問。

羅藝琴臉色一僵，接著露出視死如歸的表情，怯怯地說：「對啦，但我不是故意偷聽的喔……」

「那妳應該也聽到了，我失戀了。」我順著媽媽的說法。

「呃，對不起……」

「不用道歉，我只是好奇，妳想問什麼。」

「我很好奇，他是個什麼樣的人。眞的只是好奇。」

「嗯……」我垂下眼簾，很多形容詞閃過腦中——帥氣的、溫柔的、可愛的、才華洋溢的、悲傷的、意氣風發的、生氣盎然的……

也想起了很多比喻——像神祇，也像陽光、空氣和水。

「他是個像二十四小時、像三百六十五天、像四季一樣的人。」最後，我這麼說。

「什麼意思？」羅藝琴問。

「是日子的一部分，要過了，才能知道是什麼樣子。」

而想像，是離他最遠的一條路。

我和羅藝琴聊天聊了一整夜，還陪她玩了幾局遊戲。直到天全亮了，一聽見媽起床的聲響，我們趕緊回房裝睡。

羅藝琴果然是年輕人，熬了一整夜，看起來還是神采奕奕的。才剛吃完早餐，她又想買飲料，硬要我陪她去超商。

出了門，我們一起走在晨光裡，沿著街巷，穿過路口，走上天橋。

「二姊，這是妳以前上學的路吧？」

「嗯。」

「我之後也想考A中，但不知道考不考得上……」

我本想鼓勵她幾句，但進了超商以後，聲音便被一陣嘈雜的人聲淹沒。

「今天不是禮拜六嗎？怎麼這麼多人？」羅藝琴困惑地問。

今日路上異常熱鬧，從剛才就看到許多來來去去的年輕男女，手上拿著杯裝汽水或紙盒。

我搖搖頭，「我也不曉得。」

一說完，我立刻想起今天是什麼日子。

站在超商裡，隔著玻璃窗看著外頭人來人往，我不由得出神，想起那遙不可及的時光——白衫少年站在舞臺上，而我坐在臺下仰望一切。

然後，我想起圖書館的那位大姐，她邀請我去看她兒子的演出。

「藝琴，現在幾點了？」

「我看看……剛過十點。怎麼了？」

「今天是A中校慶──」我回過頭，像在問她，也像在問自己：「妳想去看看嗎？」

「好啊。」

我一時分不清，這是她還是我的回答。

鼓起勇氣好像就只是一瞬間的事。

這是我睽違十年再度穿過校門，當我意識到時，我和羅藝琴已經混在校園的人潮中了。

周遭鬧哄哄的，青春的氣味和喧鬧在空氣中鼓動。彩帶紛亂散落在地，迎面走過的人群，臉上因興奮而透著紅潤。

「姊！妳有想去看看哪位老師嗎？」羅藝琴幾乎是用喊的。

我搖頭，拉住她的手說：「我要去看表演，妳要和我一起去嗎？還是分頭行動？」我努力放大音量。

「我剛看到我朋友發限動，他們剛好也在這，我想去找他們。」她晃了晃手機。

「好，那……欸！藝琴──」

還沒聽我說完，羅藝琴就跑走了。我心頭一緊，緊張呼喊，但她恍若未聞。

我想起以前我和姊總要分工合作，一個看顧羅藝琴，一個看著羅藝書，深怕他們走丟。目送羅藝琴混入人潮的背影，我這才意識到，她早就不是怕走丟的年紀了。

忽然，廣播器響起悠揚旋律，那是處室廣播的前奏。

「社團表演即將開始，歡迎各位師長、校外嘉賓，移駕到一樓演藝廣場觀賞表演。」

我轉頭，望向對面既陌生又熟悉的大樓。萬頭攢動，黑壓壓地奔湧，像一條洶湧的河，隔開十年的距離。

彼岸隱約傳來樂器試音的聲音，還有人聲透過麥克風迴盪。聽見歌聲，我的心臟砰砰地跳，與震動同步。我邁開腳步，掙扎著在潮水裡游動，跨越歲月。

演藝廣場入口處立了一張巨大海報，是給校友的簽名板，上頭列出各個畢業年段，每個欄位都已簽上許多名字。

我的視線停駐在我畢業的年分，盯著看了很久。有些名字很熟悉，有些潦草到難以辨認，有些姓名則從未聽過。

驀然，有個穿著服務背心的女孩塞給我一枝筆，甚至已經拔好筆蓋。

「妳是這裡的校友嗎?是的話請妳也簽個名吧，學姐!」

事出突然，我聞著奇異筆刺鼻的氣味，一時恍惚，呆呆地答應。

舉起筆，我在空白處寫下姓名——羅藝詩。

空間還很大，女孩一臉期待地問我要不要再留點什麼。我猶豫半晌，只畫了一個笑臉。

「小姐!小姐!小姐——」

蓋緊筆蓋，我聽見有人大聲呼喊，聲音越來越近。

我將筆交還給女孩，一轉頭，恰好對上圖書館大姐興奮的面容。

「哎!我果然沒認錯!」她擠開人群，朝我小跑過來。

「小姐，妳真的來了!謝謝妳、謝謝妳!」

我笑得有點心虛。要不是被羅藝琴拉出門，我恐怕早就忘了。

「來來來，我老公他們已經在裡面了。他們占了一個很棒的位置喔，妳也一起來吧！」

我來不及拒絕，圖書館大姐便熱情地拉著我，擠進看表演的群眾裡。

我和大姐的家人打了招呼。他們一家幾乎全體出動，爺爺、奶奶、姑姑和表弟表妹全都來了，笑語歡騰。

人潮眾多，這感受跟困在演唱會裡很類似，像一條池子裡的魚，隨著湍流被推來擠去。

兩位主持人都是學生，熱情地介紹待會的表演，家長和觀眾們很賣力地吶喊尖叫。

幾場熱舞表演結束後，主持人串場，兩人一言一語像在說相聲。與此同時，後面有人正在搬運樂器。

站在我旁邊的大姐興奮地拿起手機——她兒子出來了。

主持人退開，大聲宣布熱音社表演開始，一陣如雷掌聲，氣氛被堆疊到最高潮。

好多人在鼓譟吶喊，喊著誰的姓名和綽號，這時，中央的男孩露出難爲情的笑。

「大家是在叫他嗎？」我扯開嗓子問。

「喔！是啊！是我兒子的綽號！」大姐露出驚喜的表情，舉著手機往旁邊拍了一圈，「沒想到這小子這麼受歡迎……」她臉上的神情，感動中帶著某種驕傲。

鼓聲震動，其他人還在調整樂器，男孩則穿著制服白衫，手握麥克風，溫聲和大家打招呼，分享等等要唱的曲目。

這座舞臺，是我曾無數次想抵達的彼端，又遠，又近。

「這是我人生第一首自作曲，第一次公開發表，好緊張啊。」

「這首歌，靈感來自一位朋友。謝謝她推薦書給我。」

那時的裴恩珉站在學校搭建的舞臺上，整個人都在發光。

至今我還是想不起來，我究竟推薦了什麼書。

表演開始了，電吉他聲音微顫，悠揚迴盪，貝斯低沉厚實，男孩歌聲注入靈魂。

他的眼神青澀，卻匯聚無數美好，那是閃耀到令人畏懼的流光。

就像那天，少年溫潤的歌聲伴隨著吉他，熱鬧沸騰的校園一瞬靜下來，洶湧波濤化作柔軟清涼的溪流，繞著心口蔓延。

「寫歌的時候，就像在和某個人分享祕密一樣。」

這個男孩長得和裴恩珉一點也不像，然而看著這座舞臺、這雙眼神，我卻忍不住想起那個人。

他低下眉眼，手指撥動吉他弦，拂去我身上經年的塵埃。

如果時光能倒流就好了，如果裴恩珉能永遠是這個表情就好了。

就算離得很遠很遠，就算我的祝福永遠傳不到彼岸，都沒有關係。我只要沿途走回十六歲的夏天，從他身上分得一縷光芒……

我舉起手機，對著舞臺上的男孩拍了張照，想留住這個瞬間。

剛好在這時，羅藝琴傳來訊息，說她已經找到朋友，在校門口附近，問我在哪裡。還有一條來自媽媽的訊息，問我們去哪了。

我簡短回覆媽媽，然後向圖書館大姐一家致歉道別，匆匆離開。

我一路擠向門口，歌聲仍在我身後迴盪。

就在我走出表演場地的瞬間，下一首歌前奏響起。我心頭一顫，不禁停下腳步回望舞台上的學生們。

這首歌是裴恩珉的出道曲，我們曾一起聽過的〈Endless Moments〉。

渺小但美麗的每一瞬間
逐格逐幀逐日逐漸　走在我們之間
花海開遍　簇擁妳經過的從前

男孩的聲音透過麥克風娓娓唱來，似乎帶著我回到和裴恩珉分離的那一夜。

皎潔的月光、緊握的雙手、我們倒映在櫥窗裡的身影、那名街頭歌手、謊言和誓言……還有，裴恩珉朝我徐徐走來的模樣。

月季，他聲聲呼喚，可我唇瓣微動，有股衝動想說：「不是的，我不是梁月季，我叫——」

「羅藝詩。」

我微瞠雙眸，心跳漏了一拍。

我不敢回頭，理智一瞬漫散，好像非得抓住什麼才能冷靜下來。

在紛亂的視野裡，我的目光定在某處。我看見入口處的簽名海報上，多出了一個姓名，落在我畫的笑臉旁邊。

不是平時瀟灑俐落的簽名，而是一筆一畫清晰方正、謹慎小心寫下的字，不帶有任何商業意味。

我深吸一口氣，轉過頭，裴恩珉抬起帽簷，露出輕淺微笑。

「真的是妳。」他低聲說：「我剛才一眼就看見妳了。」

如果　最後一次永遠　這是
我們的End
我們的Endless Moments

原來，我也是能被他看見的——我的名字，連同我這個人。

今天真是奇怪的一天。

我走進了十年不曾踏足的校園，看了場學生的表演，現在竟然還和裴恩珉一起坐在籃球場旁。

昨晚幾乎沒睡，意識輕飄飄的，根本沒空尷尬或退縮，彷彿睜著眼睛做夢，而夢裡什麼事都有可能發生。

「你……怎麼會來。」

「我爸今早出院回家。經過學校時，聽說今天是校慶，我就過來了。」裴恩珉接著問：「妳呢，自己過來的嗎？」

「和我妹一起。」

他露出驚訝的神情，似是在用眼神說「原來妳有妹妹啊」。

周遭人潮不斷，我們蹲坐在地上，看著眾人交疊相映的腿。

「你來人這麼多的地方，沒關係嗎？」

沒等到回答，我側頭看了他一眼，只見他拉低帽簷，好像在笑。

「妳好像，總是很擔心我被看見。」

「難道不該擔心嗎？」果然是夢吧，我連反問都能這麼理直氣壯。

「嗯，因為我是偶像。」

他輕輕一句話，便讓我沉默下來。過了良久，我猶豫著說：「也不是『總是』這樣。」

遠處忽然迸出一陣歡呼，淹沒我的聲音。

「嗯？」他湊近我，「妳剛說什麼？」

屬於裴恩珉的氣味沁入鼻尖，和校園裡的熱氣參雜在一起，將我的思緒蒸騰得更加模糊。理智知道該躲，身體卻動彈不得，我心臟一緊，立刻挪開視線。

「比起擔心你被認出來，我只是不想造成你的困擾。」唇有點乾，我輕抿了一下，「還有……也不想被別人打擾。」

我總想著，時間過得再慢點就好了，永遠不要結束更好，包括此刻。

他沒回應，我偷覷了他一眼，看不出他在想什麼。

「你爸身體還好嗎？」我鼓起勇氣問。

「嗯，就持續追蹤治療。」

「那你的臉……」

他一頓，輕觸臉頰，低聲說：「沒事，政厚哥……以前不會這樣，我也沒想過他會這麼做，所以來不及躲。我以前很聽公司的話，這陣子大概讓他氣壞了。他後來也有和我道歉。」

「道歉也不能彌補什麼」，我想這麼說，但馬上意識到，我是最沒資格說這種話的人。

「如果還有下次，我不會放任他這麼做的。」裴恩珉接著說。

聽見這句話，我默默鬆了口氣。

「也因爲這件事，我認眞考慮要開個人公司。在公司的羽翼下，難免有點綁手綁腳，我也不想再給他們添麻煩。不過，只是在想而已，還沒和公司談過。」

輕易把這種事告訴我，眞的沒關係嗎？然而，我瞥了眼裴恩珉，他面色平靜，好像覺得這是件沒什麼大不了的事。

「那天在醫院，妳和我爸媽聊了些什麼？」他忽然問。

「他們……沒告訴你嗎？」我想起說過的話，一陣羞愧感襲來。

「我想問妳。」

「一些沒禮貌的話。」我垂下眼簾。

「是爲了我？」

我攥緊手心，聲音變得很低，「抱歉……」

他問起道歉的原因。

「我憑藉想像，對你父母說教。對不起，我又擅自詮釋你了。」

「謝謝妳爲我說話。」

聞言，我的臉垂得更低，不敢接受他的道謝。可他卻說：「有人爲我說話，我很高興。」

我微微一頓，慢慢抬頭看他。

「從我有記憶以來，我爸媽的個性就很淡。無論我發生什麼事，他們好像都能全然接受。當我受傷，他們只會輕輕地問一句『還好嗎』；當我不小心犯錯，他們就溫和地跟我講道理；當我有想做的事，他們沒有太多建議，只是靜觀其變。大家都羨慕，我有對開明的父母，但實際上，這讓我感到很孤獨。」

這一刻，我好像又回到了還是梁月季的時候，他主動向我坦承自己，邀請我加入他的世界。

爲什麼呢？我很確定他現在意識清楚，既沒有喝醉，也並非憔悴失神……所以，爲什麼是我？

「家人曾說過，我是上天派來的天使，不吵不鬧，讓他們很放心。我也努力達成他們的期望，不傷害任何人，做個溫柔完美的人……但我是人，不是天使。」裴恩珉忽然轉過頭，凝視著我。

我呼吸一滯，眼睫輕顫。

「我學著用音樂宣洩情感。生氣就打鼓、難過就彈琴、鬱悶就拉琴、想放聲大叫就唱歌……只是，我的聲音好像從未傳達到他們心裡，我總是害怕被遺忘。」

他的聲音像悲傷又自制的樂曲，當他尾音落下，我的耳畔一瞬寂靜，仍有樂音隱然迴盪，融進血脈裡，隨著心跳陣陣抽痛。

「恩珉……」

他朝我微笑，「所以，我很高興妳替我說話。他們聽了妳的話後，好像有一點改變。無論如何，妳都是唯一一個試著替我傳達的人。」

我愣了一下，心虛地避開視線，「我只是自己亂解讀罷了。」只不過剛好猜中。

裴恩珉沉默半晌，而後目光追上我的眼睛。

他的臉出現在我的視野裡，我不禁怔愣。

他偏頭看著我，「能看著我說話嗎？」

我心頭一震，立刻抬頭，呆滯點頭應好。

「我之前的確說過，妳不該擅自詮釋我。」他的雙眸晶亮，掃過我的身上，「但現在不一樣，我想通了，妳只是試圖靠近我。」

我凝望著他，有些失措。

「其實，我並不是不願意被想像。有人關心我、想著我、在意我，這一直是我渴望的事。我想被看見，不願被遺忘，也不想遺忘別人。」他專注地望著我，「但我很好奇，如果妳想了解我，爲什麼不直接問我呢？」

我努力直視他的眼睛，眼眶微微發燙。

「妳很少問起我的事……是連想像都不願意了嗎？」他淡淡地說。

「不是！」我脫口而出，「我只是……覺得自己沒有立場。我一直都站在離你很遠的地方，遠遠地看著你。那就是我的位置。」

我只是靠著謊言，偷渡到了不屬於自己的地方。

「可是……」他目光微沉，「不管怎麼樣，妳現在已經在這裡了。」

我微瞠雙眸，意識停止運轉，腦袋一片空白，感官知覺被無限放大。

「我願被妳解讀、被妳想像。但其實，妳已經不用這麼做了。」

這意思聽起來就像是：我就站在這裡，呈現完整的自己，任妳發問、任妳觀看、任妳詮釋。

心跳太快，好像快從喉嚨跳出來了。

「二姊！」

聽見喊聲，我抬頭一看，羅藝琴一邊揮手，一邊笑著朝我跑來，手上還舉著兩杯乾冰汽水。

「我先走了。」我匆忙說完，起身想走。

這瞬間，裴恩珉拉住我的手，我重心不穩，只得坐回原位。

「走之前，再聽我說幾句話。」

盯著他的臉，我失去所有聲音。

「妳還喜歡我嗎？」

我瞪大雙眼，不敢置信地看著他。

然而，羅藝琴還在喊我。我啞聲道：「我……我眞的該走了。」

驀然，他伸手摘掉帽子，偏頭吻了一下我的唇角。

他的氣息一瞬包圍住我，我什麼也看不見，只看見黑暗裡盛大暴烈的陽光。

我的心臟掉出來了。

「這是生日蛋糕的回禮。」他挪開距離，朝我莞爾，「那天妳忘了叫我許願，但沒關係，我現在告訴妳——問題的答案，下次記得告訴我。這就是我的願望。」

直到離開籃球場很遠很遠，我的心跳才慢慢平緩。

「剛才那是妳男友對不對？妳和他復合了？我看到你們親親……喔天啊！我的心臟快爆炸了，好浪漫喔！二姊，妳爲什麼不讓我見他啊！可惡，剛剛被擋住沒看到臉。啊，感覺好帥，我想見他！」羅藝琴在旁邊跳來跳去，激動地問，甚至還想拉著我折返。

我沒有回答，也沒有回頭，只是仰頭喝下一大口可樂。

甜得有些失眞，不像記憶中的可樂。

這絕對是夢，因爲夢裡什麼都有可能發生。

「我聽妳妹說了。」

我關上冰箱門，丁仁風的聲音忽然竄出來，嚇了我一大跳。

「你、你幹麼進我家廚房？」

今天是姊婚宴的前夕，我們全家聚在一起討論隔日的細節，丁仁風也來了。他一來就意味深長地看著我，看得我渾身發毛。我趁休息時間躲到廚房，沒想到還是被他逮個正著。

「我來幫妳拿東西啊。」他回頭看了眼客廳。

「不用幫，我只是來拿飲料而已……算了，這給你。」我慌張地把果汁塞進他懷裡，接著離開廚房。

他卻叫住我：「喂，那個人是裴恩珉吧？」

我忿忿地閉上眼，緩慢轉身面向他。

「怎麼？難道不是啊？妳拒絕我，結果跑去跟一個陌生男人親——」

聽見關鍵字，我嚇得衝上前摀住他的嘴。

「你小聲一點！」我緊張地左顧右盼，而後瞪向他，「爲什麼我妹會告訴你這種事？」

「唔唔唔……」他發出一串含糊音節，我才趕緊把手放下。

「嚴格來說，是藝書告訴我的。」他抹抹嘴。

「我弟？」這、這不就代表傳出去了？

「天啊，他們兩個……」我扶住額角。

「別轉移話題啦。那個人是裴恩珉吧？」

「是……」

「你們和好了？」

我低下頭，莫名心虛，「怎麼講得好像我們只是吵架一樣。」

他許久沒回應。

耳邊傳來冰箱門被打開的聲音，我疑惑抬眼，只見丁仁風東翻西找，最後拿起一盒布丁。

「這個我能不能吃？」他簡直把這當自己家。

「呃，那是我的，你要吃就吃吧。」

他用腳關上冰箱門，一手夾著果汁，一手撕開布丁封膜，舔了一圈，才悠悠地問：「妳還很在意騙他的事？」

「我傷害了他，當然該在意。」我靠在流理臺，輕嘆口氣，「我反倒不理解，他爲什麼……」

爲什麼不痛恨我，恨不得離我這個大麻煩遠遠的？

「我是不知道他在想什麼啦。」丁仁風舉起布丁盒，單手一壓，一大口吞掉布丁，動作一氣呵成。

「如果這件事發生在我身上，我會覺得那個人罪該萬死，最好直接下地獄。但既然他不在意，妳爲何要緊抓不放？」

「我……他怎麼會不在意。」

「之前那則聲明，妳看到了吧？據說是裴恩珉執意要出來澄清的。」丁仁風說：「看來他是玩眞的啊。再這樣下去，是不是馬上要發結婚消息了啊？」

「怎麼可能。」

「我當然知道！」他翻了個白眼，「他大可什麼都不回應，但他還是回應了，還寫得那麼認眞。妳知道這代表什麼嗎？」

這代表，我不能再把裴恩珉那句話當成謊言了——我們還沒結束。他總是如此強調。

「所以啊，妳不該再把傷口當藉口了。」

「什麼？」

「嘴上說著沒有資格，但這只是妳逃避的藉口。其實，妳是不敢面對自己的心意、不敢面對撒謊的自己。」

這番話敲得我腦袋嗡嗡作響，一時失神，難以釐清他的意思。

「還是，妳享受這種被他追著的感覺？」他語氣多了幾分玩味。

我張口想否認，丁仁風立刻抬手打斷我。

「他都已經朝妳走出這麼多步了，妳明明喜歡他、想和他在一起，卻還一直往後退，這樣說『沒在享受』，就太牽強了。」

我垂下眼，心裡五味雜陳。

「『醜惡的人，就沒有資格獲得幸福嗎？』我這麼問過妳吧？」丁仁風說：「我覺得，妳只是沒勇氣面對因謊言而變得醜惡的自己，所以也不敢相信自己能獲得幸福。妳一直用『沒資格』來迴避，其實重點眞的很簡單，就兩件事——他喜歡妳嗎？妳喜歡他嗎？」

他喜歡我嗎？我喜歡他嗎？

我還沒想通，他又接著說：「妳以爲逃避就是贖罪嗎？對他來說，這或許是更大的傷害。」

「不管怎麼樣，妳現在已經在這裡了。」

裴恩珉說的話，此刻在腦海中響起。

「二姊！我們要繼續討論了喔！」

羅藝書的聲音傳來，打斷我的思緒。我回頭應了一聲，而後看向丁仁風。那種微微酸澀的感覺，再度冒上心頭。

丁仁風抬眼，朝我笑了一下，「幹麼又露出這種表情？」他問：「妳該不會是在擔心我吧？」

「丁仁風，我……」

「別鬧了，羅藝詩，妳才沒那麼善良。」他說。

「妳是個自私的人，我也是，我們就繼續自私下去吧。快樂就好。」他拍拍我的肩膀，大步離開廚房。

「這是爲妳好。我一直都是這麼做的。」

「還是這樣就好了。當妳的監護人，替妳走在最前面披荊斬棘，不必顧慮妳是否傷心難過。」

想起他的「自私」，我忍不住苦笑。

「妳到底是要不要出來啊？全部人等妳一個。」丁仁風不知道什麼時候折回來，探頭望著我。

我立刻跟了上去，輕輕地說：「謝謝你，丁仁風。」

「謝什麼？」

「謝謝你當我的朋友。」

他沉默了會，而後低笑，「那我也謝謝妳啦。」他說：「謝謝妳願意當我的朋友。」

第十四章

姊的婚宴，在一個春暖花開的日子舉行。

這場婚禮對我們家來說是大喜事，對我來說，也像是一場成果發表會。

姊是郵務員，兩人也是因此而結緣，我便將喜帖設計成掛號信，貼上特別設計的郵票。禮金桌則設計成郵務服務臺，旁邊立著一個小郵筒，來參與婚宴的賓客，都必須將對新人的祝福撰寫成信件，投入郵筒。

「這些郵票超可愛的！是我二姊畫的喔。」羅藝琴逢人就炫耀，「還有這些餅乾，超級好看！」

每桌的婚禮小物是糖霜餅，包裝同樣設計成包裹的樣子，收件地址通往「幸福」。

大概是被羅藝琴影響，媽媽今天也格外興奮，得意地跟賓客分享是二女兒設計的。

「二女兒？妳二女兒不是老師喔？還這麼有創意！」

「不做老師了啦！每天被學生欺負有什麼好啊？」穿著雍容的媽媽笑著說：「欸，妳家那個不是也差不多要嫁了？婚禮找我二女兒設計啊！」

羅藝書則拿著我不久前送的新手機滿場跑，到處搶攝影師的工作。

大家熱熱鬧鬧的，在我爸牽著新娘的手入場時，又哭得稀里嘩啦。

我以為我不會哭，可當穿著白紗的姊穿過紅毯，從爸爸的手搭上新郎的手，我的眼淚仍忍不住潰堤。

這瞬間，很多回憶閃過腦海。我想起小時候和姊玩扮家家酒、和她吵架，想起我們一起研究怎麼替弟妹換尿布，想起我們商量該怎麼偷懶不做家事……這些快樂的時光其實一直都在，但直到這一刻，才慢慢湧現。

忽然，我眼前出現了幾張面紙，抬眼一看，是身旁的丁仁風遞來的。

我接過面紙，拭掉臉上的淚，「謝謝。」

他嫌棄地笑我哭得醜，但自己說話鼻音也很重，我也默默遞過幾張面紙給他。

對著賓客，姊和姊夫拿著早已準備好的婚禮致詞，互許終身。

「籌備婚禮的時候，我和你吵了不少次架，差點以爲這場婚結不了了。」姊流著眼淚，笑著說：「最大的爭執發生在三個月前，原本不打算生小孩的我，肚子裡竟然有了新生命……」

眾人驚喜地鼓掌歡呼，面面相覷，互相確認是否知道這個消息。

「妳知道嗎？」丁仁風也問我。

「嗯，不久前知道的。」我點點頭，「文宣上本來還想在兩位新人旁加上寶寶，但時間太趕了，而且他們想要在婚宴上公布。」

「恭喜啊。」他莞爾道。

「妹，我告訴妳一件事……」

姊湊在我耳邊，偷偷告訴我懷孕的事。我下意識想恭喜她，話到了嘴邊又收回，訝異地問：「妳不是不想生嗎？」

「噓，小聲點。」

我們位於餐廳，姊夫就在不遠處和家人聊天。

「難道……姊夫還不知道？」我壓低聲音問。

她爲難地點頭，要我也先別告訴爸媽。

「其實……我也不知道阿宏有沒有發現，畢竟我們就住一起嘛。說不定，他早就知道，只是想等我給他驚喜？但對我來說，這個消息根本是驚嚇。」

「那……這個孩子，妳會想留下來嗎？」

聽見這個問題，姊沉默了許久。最後，她嘆了口氣，無奈地說：「會啦。沒想到謊言說久了，竟然還成眞了。畢竟是個生命，一想到肚子裡有個人，感覺還滿奇妙的……」

「我覺得你們會是一對好父母。」

「妳眞的這麼覺得？」她握著我的手，「就算我不喜歡小孩？」

「我們兩個本來都不想有弟弟妹妹啊，但後來我們都願意幫他們換尿布、餵奶，期望他們快樂長大。」

「我這陣子想了很多。老實說，我只是覺得……沒信心能好好守護一個生命。」姊低聲說：「一想到弟妹剛出生時，那麼小、那麼輕，好像稍微一碰就會碎掉……現在要成爲一個生命的依靠，難免有點害怕。」

「這些話，妳和姊夫還沒討論過吧？」我問：「要不要試著和他說說看？畢竟，要一起面對這件事的人，是你們兩個……」

有些謊言，源自於想愛卻不敢愛的恐懼。拆開名爲謊言的糖衣，也許就能看見我們內心最迫切的渴望。

姊夫的聲音透過麥克風傳來，拉回我的注意力。

「不久前才得知，妳不想生小孩。我一方面爲新生命的到來感到開心，另一方面卻因妳的謊言而難過……爲什麼妳從來沒告訴我呢？這讓我覺得自己好沒用……幸好，妳願意說出來、願意相信我們之間的感情、願意相信我們是一對好爸媽，我才終於豁然開朗。我喜歡小孩，但不是誰的小孩都喜歡，無論生或不生，我眞正喜歡的，是羅藝樺啊！接下來的路，我也會和妳一起走。」

話音方落，全場響起熱烈的掌聲。

最後，姊與姊夫交換戒指，在誓言裡落下神聖的吻。

在姊雙手擲起捧花的瞬間，我莫名想起在街上求婚的那對年輕男女。

不曉得他們幸福的謊言，是否眞能持續到永遠？

大姊結婚後，我們家的生活並無太多改變，唯一不同的是，爸媽整天眉開眼笑，嚷著要當外公外婆了，還從街坊鄰居那搬來一堆嬰兒用品。

「記得要開始設計小棋的彌月卡片喔，知道嗎？」媽媽興奮地對我說。

我茫然道：「小棋是誰？」

「妳那個還在肚子裡的姪女啊！」

「她現在才在肚子裡幾個月，我就要設計彌月卡片了？」我無奈失笑，「而且妳有確定人家想叫這名字嗎？」

「小名而已！有什麼關係！」媽媽理直氣壯地說。

這麼看來，我爸媽大概一開始是想生五個的，詩書畫琴棋全部湊滿。

弟妹最近也愈來愈忙了，每天扛著沉甸甸的書包，感覺連身高都被壓矮了一大截。

偶爾，家裡也會發生一些有趣的事。

某天晚上，羅藝書向全家人宣布自己當上社長，驚掉所有人的下巴。

「等一下，你說是什麼社？」媽媽不敢置信地問。

「小說社啊！」

「你、你會看書？」羅藝琴訝異道。

「我不喜歡看書，但喜歡寫小說。」羅藝書挺起胸脯，驕傲地說：「我未來要當小說家！」

羅藝琴噗哧一聲笑出來，「太扯了，你在騙我吧？羅藝書，寫小說？」

羅藝書被她這麼潑冷水，倒也沒沮喪，反而露出燦爛的笑，「吼，妳果然不懂啦。二姊，妳說呢？」

「我很期待喔。有作品了嗎？我想看。」

聽我這麼說，羅藝書反而臉紅了，「等……等我寫得好一點啦！我的作品，連我自己都不太敢看。」

忽然，他視線悄悄挪到爸媽臉上。

爸爸照樣在看電視，一聲不吭。媽媽則盯著羅藝書的臉，表情凝重。

他默默放下手上的洋芋片，「爸、媽……我是說認真的喔。我想當小說家。」

媽媽什麼也沒說，像沒聽到似的，起身說要去睡覺了。羅藝書的眼神瞬間暗下。

注意到我在看他，他又立刻裝不在意，埋頭啃洋芋片。

「媽……」我開口叫住媽媽：「先聽聽弟怎麼說嘛，好嗎？」

媽媽回頭看了我們一眼，「哼」了一聲，「現在才幾歲就談未來職業……好歹先寫點東西給你姊看看吧？」

說完媽就走了，留下我和弟弟、妹妹面面相覷。

「二姊，媽媽的意思是……」

「要你先試試看再說啊！你以爲小說家這麼好當哦？」羅藝琴插嘴，「都還不曉得你是不是那塊料呢。」

「所以，不是反對的意思？」羅藝書反覆向我確認。

「我想……應該是這樣沒錯。」我笑著點頭，「雖然我也覺得現在有點早，畢竟你才國中嘛。但能找到感興趣的事眞的很棒！你可以一邊摸索，一邊寫，說不定眞能成爲厲害的小說家，或是找到新的夢想。」

「妳看起來，很喜歡這份工作。」

裴恩珉失憶後對我說的話，突然在腦海中響起。

過去，我逃避一切可能會讓自己受傷的視線，卻連自己的心聲也逃避了。

就像父母問要吃什麼，我們害怕被反對、害怕被責罵、害怕看見不如預期的表情，便逃避著說「隨便」，或將問題拋給對方。

自己想要什麼、喜歡什麼，爲什麼總想著要從別人的回應裡找到解答？

「其實我覺得，你能大方說出自己的夢想，就已經成功一半了。」若連自己的願望都說不出口，又怎麼能夠得償所願？

羅藝書恢復了高興的表情，抱著洋芋片歡呼。

「在這之前，要先勇敢面對自己的作品，知道嗎？」忽然，爸爸開口道。

我這才發現，爸爸一直坐在旁邊聽。

羅藝書微微一愣，看向爸爸。

「無論寫得好不好，那都是過程，也是自己每個時期的紀錄。連自己都不敢面對的話，又怎麼能讓別人認同你的作品？」
爸爸說了這番話後，弟和妹同時露出若有所思的表情。
「爸的意思是，你當下寫的東西就是最好的，有無可取代的價值，不要擔心好壞。」我莞爾道：「對吧，爸？」
他沒回答，只是默默拿起遙控器，關掉電視，離開客廳。
他前腳剛走，羅藝書和羅藝琴不知怎麼地又互嗆起來，一個罵對方笨、一個罵對方蠢。
「聽到爸說的話了沒？還不快點把你寫的小說交出來！」
「爸是叫我要面對自己的黑歷史，又不是叫我給妳們看！」
「咦？」我湊近他們倆，「所以你眞的不給我看喔？」
「就、就說了等一下嘛！」他把洋芋片塞到我懷裡，「妳們二對一，不公平！」
我和羅藝琴互看彼此一眼，忍不住笑出聲。
我曾覺得，這個世上，好像只有我永遠無法開心起來。但現在我明白，哪怕是再小的事，這世上每個人，都在努力尋找自己的快樂，學著怎麼拆掉虛僞的糖衣，重新面對自己。
唯有正視自己眞實的模樣，才能喜歡上自己，並找到屬於自己的價值。
「說到二對一，我突然想起來……」我裝作咬牙切齒的樣子，「你們兩個跟丁仁風亂說話，這件事我都還沒跟你們算帳耶。」
「哈、哈……怎麼突然燒到我這了。二姊，我們不是同陣線的嗎？」羅藝琴一邊說，一邊爬向羅藝書，兩人警戒地看著我。
「二姊，大人不記小人過，妳年紀比我們大這麼多，不該跟我們計較吧？我們沒告訴爸媽，已經很有良心了！」

「而且！妳還是沒告訴我們那是誰呀！」羅藝琴順勢叫嚷。

「唉唷，妳傻耶！說了我們又不認識。妳應該跟她要照片！」羅藝書在旁邊幫腔。

「哦，對耶——」羅藝琴馬上跳向我，興奮地朝我招手。

「照片！二姊，妳有照片吧？我上次問過風哥，他好像知道是誰，但就是死不給我看照片……」

「眞的假的？長得帥嗎？」羅藝書興奮地問。

「他說長得像裴恩珉耶。」

「哈？怎麼可能？那一定是風哥騙妳的！」羅藝書轉頭看我，一臉興奮，「對吧，二姊？」

早知道不跟他們玩了。

That which we call a rose by any other name would smell as sweet.

（玫瑰不叫玫瑰，亦無損其芳香。）

威廉．莎士比亞

春天的尾巴一下子就溜走了，短暫得像打了個噴嚏。

夏天接著到來，以不容忽視的姿態，占領整片土地。盛大蟬鳴是它的號角，滂沱陣雨是踩下的腳步，沒有盡頭的燠熱，是它撼動一季的咆哮。

「大家那裡有下雨嗎？」

手機裡，熟悉的嗓音傳來，是裴恩珉正在直播。

此刻，我搬了張椅子坐在陽臺上，看著外頭斜雨，忍不住伸手去接。

最近，我和他的關係有了變化。

也算不上什麼巨變，我和他依然沒有聯絡。但是，我不再刻意避開他了，偶然在路上聽見他的聲音，我會駐足傾聽，若是看見他的笑容，我也允許自己多看幾眼。

距離前陣子的風波，已經過了一段時間，那些疑信參半的傳聞逐漸沉寂，他的工作已經恢復，我又能常常在報章雜誌裡看見他。

看著官方公布的那些繁瑣行程，我猜他大概又回臺北了。意識到這一點，我更覺校慶那天像一場夢。

「嗯，留言區有人問我，最近怎麼比較少直播？」裴恩珉思忖半晌，而後笑了起來，「謝謝關心。其實從我爸爸生病那陣子，我就一直住在老家，最近如果時間允許，也會盡量回家。開車往返需要一點時間，我也還在習慣這樣的通勤生活，就比較沒時間直播。」

我聞言一頓，低頭看向畫面上的裴恩珉。直播背景並不在工作室，他身後一片昏暗，不曉得是哪裡。

他正朝著我微笑，那個笑容，看起來是真心的。

留言區有人問他，休息這陣子除了陪伴家人，還做了什麼？

「我也沒做什麼特別的事。就是回母校走走，見見以前的朋友……對了，我去了以前當志工的圖書館，勾起了很多回憶。哦，我還讀了《哈利波特》！不瞞大家說，我以前沒讀過，是不是有點奇怪？」

The truth. It is a beautiful and terrible thing, and should therefore be treated with great caution.

（真相。這是一件美麗卻也十分可怕的事，因此我們在面對它的時候，必須特別謹慎。）

難道那句話……我握緊手機，心臟倏然發緊，難以呼吸。

「有了一段沉澱的時間，最近我的靈感不斷湧上，有空就寫寫歌。我也想趁這個機會，和大家分享好消息！」他調整了一下鏡頭位置，露出整張臉。

「下個月我會發行新專輯，收錄我今年寫的幾首歌，還有一首翻唱歌曲。這張專輯是送給大家的禮物，謝謝你們陪我度過這段時間。」

春日餘溫藏在這場夏雨裡，一點點泡開在我凝固發皺的心事。

「要我透露一點嗎？好啊，但只能一小段喔！」

偌大的場所裡，只亮著幾盞燈，他將手機架在鋼琴上，低眉演奏。

他彈奏了一、兩個音節，即使我不懂音樂，仍能聽得這架鋼琴許久未調音，琴音透著一股彆扭。

「可能會有人覺得旋律有點熟悉。」他看了一眼鏡頭，莞爾道：「這首歌對我有很重要的意義，不過，我重新填詞了，也在編曲上做了點變化。」

裴恩珉開始彈奏，音符在他指尖交織成溫柔旋律，在夏夜裡緩緩流淌而過。

光芒劃過天際　沒人記得它的形狀
我們在各自軌道　孤獨運轉
燃燒自己　照不亮誰的軌跡

海底震盪　卻只像　圈圈漣漪化作光影
浪花拍過沿岸　沒人留住它的痕跡
我們在不同航線　獨自流浪
拍打自己　洗不去誰的嘆息
潮汐推著夢境　終將消散無際

如果有一天　我們終究墜落
是否能在某個時空
光年　變成年復一年
無聲　變成無聲勝有聲

我認出，這是〈Ocean's Echo〉的旋律。
雨聲交織在背景裡，我又回到那個溼淋淋的盛夏。

「畢業典禮那天，我第一次聽見這麼多人合唱我寫的歌，讓我覺得，能創作歌曲眞是太好了、能唱歌眞是太好了。」

裴恩珉停下演奏，聲音迴盪在整個空間裡。

「大家應該多少看得出來，我這兩年狀態不太好。這首歌，是我十七歲時，爲母校寫下的畢業歌，我想透過它，提醒自己找回初心，重新開始。至於歌詞，則是最近的體悟。」

他接著說：「我覺得在這個世上，沒有眞正地域意義上的遠方。然而，人的情感，才眞正得以稱之爲『遠方』。我們就像獨立的行星，也像永遠到不了對方身邊的海洋。」

他朝著鏡頭溫柔微笑，「每個人都擁有不爲人知的情感和渴望，無法輕易被他人理解……我們是自己的中心，也是他者的邊緣；我們都一樣平庸，卻也一樣特別。當我們懂得如何愛與被愛，就能離彼此再近一些。」

我的淚水來得毫無預兆，就這麼如驟雨傾瀉而下。

如海浪湧動般的留言速速升起，襯得他一雙眼眸更加光亮。

「抱歉，突然這麼嚴肅，只是有感而發。從今以後，我也會一直爲大家唱下去的。」

直播結束前，他仔細看了一下留言，跟大家互動。

「有人問我，等等要做什麼？嗯……應該會待在這彈彈琴、辦場獨奏會，順便等著會不會和誰巧遇？」

留言區有人問他現在在哪，很想「巧遇」他，裴恩珉看了只是微微一笑。

「我們總會見面的。我一直在這裡等著，所以，只要妳鼓起勇氣。」

佛洛伊德曾說，夢是通往潛意識的道路。

也許我和他擁有的美夢，正是由我一次次的渴望交織出來的奇蹟。

我什麼東西也沒拿，匆匆穿了鞋就跑出家門。

不到十分鐘的路程，我一步步通往與裴恩珉的十年。

在初夏細雨裡奔跑，穿過熟悉的街巷、天橋和馬路，抵達青春的尾聲。

我再次走進校園，慢慢走向那座大樓。

當我推開大門，裴恩珉就坐在鋼琴前，低眉彈奏樂曲。

他獨自坐在臺上，臺下一片空蕩，寂寥的琴音迴盪在整個空間。

突然間，他停下演奏，緩緩開口：「這個場地不錯吧？」

溫柔而感慨地，他看向四周，目光最終落到我身上。我恍惚地問：「你怎麼……會在這裡。」

「學校知道我校慶回來過，特地打電話來問我，怎麼沒提前說要回來。我就和他們做了個交易，答應他們明年校慶要來表演，條件是把演藝廳借給我一個晚上。」

「要是……我沒來怎麼辦？」

「我知道妳會來的。」他輕鬆地按了幾個琴音，聲音充滿愉悅，「我的每一場簽售會、演唱會妳都來了，就連高中校慶都沒錯過。畢竟……裴恩珉出道五年，妳卻愛了他十年。」

那是我網站上的個人簡介。

「那段話……眞的是你留的？」我訝異地問。

琴聲戛然而止，他並沒有回答，只是起身朝我一步步走來。隔著幾層臺階，我們在昏暗裡對望。

裴恩珉朝我微笑，而後伸出手，「既然如此，就更沒有理由錯過妳的個人演奏會了。」

下一秒，他不由分說地抓住我的手，將我一把拉上臺，我忍不住驚呼出聲。

「你、你幹麼？」我心臟跳得很厲害。

他意外道：「妳身上都是溼的。」

「啊，因爲下雨了……」來得太急，我連傘都沒帶。

他仰起脖子傾聽雨聲，笑說：「眞的耶，下得還眞大。」

想起那年盛夏的回憶，我的眼眶不由得發熱。

「其實……在我失憶的那段時間，我不是沒有懷疑過妳。」他突然說：「但我很確定，我的某段記憶裡有妳。妳綁馬尾的樣子、妳看書的樣子、妳溼答答走進圖書館的樣子、妳坐在臺下仰望著我的樣子……儘管談不上喜不喜歡，但我知道，我是眞的看見了妳。」

我彎起唇角，任眼淚滑落，「這樣就夠了。」

只要他的記憶裡曾有過我，這樣就夠了。

「這樣就夠了？」他反問。

我的手心微汗，此時被他握著，有點想逃。但我決定不再逃跑了，鼓起勇氣回握他的手。

「他都已經朝妳走出這麼多步了，妳明明喜歡他、想和他在一起，卻還一直往後退，這樣說『沒在享受』，就太牽強了。」

「妳一直用『沒資格』來迴避，其實重點眞的很簡單，就兩件事——他喜歡妳嗎？妳喜歡他嗎？」

「裴恩珉。」我輕喚他的名字，「你現在快樂嗎？」

他一詫，而後彎起眉眼，「有時候不快樂，但大多時候……我是快樂的。」

「我也是。」我微笑。

「以前，我沒和誰分享過心事，總是只能寄託在音樂裡。失憶前的我對此感到疲倦，覺得沒人了解自己。記憶失而復得後，有種重啟一切的感受，連回憶都變得新鮮，像首耐聽的老歌。」

裴恩珉閉上眼，低聲道：「平常，我總是反覆唱著同樣的歌曲，但每一次唱，都是獨一無二的第一次。即使逝去的時光已經無法倒流，失誤也無法挽回……但人生餘下的時光，還足夠我重唱個幾千次、幾萬次吧？」

他睜眼看向我，忽而朝我一笑，「上次問題的答案，妳現在能告訴我了嗎？」

「妳還喜歡我嗎？」

我猶豫著，緩慢搖頭。

這句話，他問過我三次，但這卻是第一次，我無法回答、無法給出確切的答案。

「沒關係。」他說：「不如妳也和我一樣，忘掉一切、重新來過吧？」

我愣愣地望著他。

「妳叫什麼名字？」他問，澄澈的嗓音在演藝廳裡迴盪，我的心臟開始鼓譟。

「我是八班的裴恩珉。那妳呢？」

「剛說過，我是八班的裴恩珉。那妳呢？」

淚水再度湧上眼眶，模糊他的面容，也模糊了我們之間的距離。

「我、我是二班的……」我輕吁一口氣，聲音變得清晰，「我叫羅藝詩。」

「嘿，藝詩，妳看。」

聞言，我木然地轉身。這瞬間，我彷彿站在最高、最亮、湧上最多愛的地方。

一片漆黑裡，我聽見震耳欲聾的歡呼與尖叫，耳膜隨著樂聲鼓點震動，連心臟都開始隨著節奏跳動——安可！安可！安可！

「這就是我看見的風景。」他莞爾道：「而現在，妳和我站在一起了。」

我喜歡裴恩珉什麼？曾冒出的疑問，現在有了答案——

地球上有千萬朵玫瑰，我只是一朵啞光又無味的灰玫瑰。裹上你給的糖衣，我盛開在十六歲的夏天。

我喜歡裴恩珉，不是因爲他不一樣，而是喜歡他的時候，我是不一樣的。

如今我已明白，即使褪去糖衣，我仍能行走在陽光之下，感受空氣和雨水。

我，是屬於自己的玫瑰。

「我們重新開始吧，羅藝詩。」

裴恩珉《Rose Dragee》

TRACKLIST：

1 Coming up rose（原唱：Keira knightley）
2 給艾蜜莉
3 鏡
4 美夢
5 佟振保
6 98％
7 Valentine
8 名字
9 意若思鏡
10 狼
11 便利貼
12 Rose
13 回禮
14 糖衣玫瑰

此致，所有無法坦然說愛的平庸少女。

全文完

番外一〈Good Game〉

下輩子
我要變成一枚
印錯的字
錯降在一首
完美的情詩裏
讓你微微詫異
讓你認眞思考
我存在的意義

——徐珮芬〈我要用自己的下輩子與你交換〉

「我眞的覺得，語言和文字的力量很神奇耶。」

我試圖打倒畫面裡的那團灰色怪物，這時，羅藝詩的聲音突然冒出，害我手一頓，血條不小心掉了幾%。

「什麼東西？」我緊盯畫面，使勁按著搖桿按鍵，挽救頹勢。

她沒回答。

終於打完這一局，畫面裡的怪獸得意地咆哮，一口把我吞掉，打嗝後，吐出一個血淋淋的Game Over。我低罵一聲，看來升等暫時無望。

背後一片靜悄悄的，我轉過頭，只見羅藝詩端坐在沙發上，手裡捧著一本書，露出若有所思的表情。

「喂，妳剛說什麼？」

她已陷入自己的世界，對外界聲音充耳不聞。

「喂！」我走到她身邊喊了一聲，她才如夢初醒，抬頭看我。

「什麼，你口渴？」羅藝詩闔上書本，「冰箱好像沒有飲料了，只有我弟的鮮奶。先喝水好嗎？」

眼看她就要起身到廚房，我無奈叫住她：「不是啦！妳剛不是跟我說話嗎？什麼語言文字力量的……」

「啊，抱歉。」她笑著坐回沙發，「我剛看得太專心了。」

羅藝詩這個人就是這樣，只要對一件事上心，就會投入全副心神，外界一切似乎都與她無關。

這大概是某種防禦技能，畢竟她家總是吵雜，只有平日下午是例外——父母六點才下班，弟妹還在幼幼班，大姊學校有社團。

「所以呢？妳到底在有感而發什麼？」

「就只是突然覺得，故事的力量眞的好強大喔！我在看《哈利波特》，一直覺得眞的有一座魔法世界。可惜我沒那麼幸運，只是個麻瓜。」她拿起書本晃了晃，「我要是會魔法，該有多好。」

「妳什麼時候這麼愛看書了？」她已經講《哈利波特》三個禮拜了，書封已經換到第三張，戴著圓眼鏡的男孩，坐在一隻像鳥又像龍的怪獸上。

「還好啦。比起看書，我對圖書館比較有興趣。」

「圖書館是有帥哥喔？這麼吸引妳。」我漫不經心地問。

「嗯，真的有喔。」

「哈？」我愣住，「所以妳看的根本不是書，而是帥哥？」

「對啊！」

她露出我沒見過的表情，微微看向遠處，嘴角帶笑，像醒著做夢。

「他……很年輕喔？」我喉嚨忽然發緊。

「什麼年輕？」她看向我，似笑非笑，「他跟我一樣是A中的學生啦，只是去圖書館當志工。」

我盯著她，突然有點不知所措，怎麼動都感覺僵硬。我故作自然地問：「誰啊？我認識嗎？」

「你當然不認識。」

我無話可說，又努力想找話說：「妳……確定真的是帥哥嗎？看妳平常的樣子，讓人很懷疑妳的審美。」

羅藝詩微微一怔，露出不太高興的表情。

我瞬間安心下來，又莫名感到愧疚，「好啦，我開玩笑的。到底長什麼樣子？」

「他長得很高，皮膚很白，應該是單眼皮或內雙？看人的時候眼睛亮亮的，做什麼事都很認真。講話慢慢的，每個字都很慎重。」

她扳著手指細數，我愈聽眉頭皺得愈緊，心裡懷疑，她是不是瞎扯，怎麼這麼巧，全都和我相反？

她又不小心飄進美好記憶裡，和我身處不同時空。

「他叫什麼？」我試圖拉回她的注意力。

「嗯……」她沉吟半晌，看向我，「好吧，告訴你應該沒關係，反正你不認識他。」

接著，她鄭重其事地說出他的名字。

「哈？裴什麼？」我是真的沒聽懂。

羅藝詩一臉拿我沒輒的表情，跑去找便利貼，在上面寫下三個大字——裴恩珉。

「他的名字很好聽吧？像藝名一樣。」她不曉得在自豪什麼。

我還來不及回答，她突然將便利貼往我手背上一黏，笑著說：「來，這張就送給你了。」

「送我幹麼啊！」我把便利貼甩回去，「這種東西妳自己留著——」

「丁仁風。」

「幹麼？」

羅藝詩捏住那張紙，低著臉，聲音很輕，「你覺得……他有可能喜歡上我嗎？」

我微瞠雙眸，整個人像被雷劈中一樣，完全無法動彈。

「怎麼可能！」意識到自己太激動，我慌忙擠出笑，「說這種話前，也不先照照鏡子……」

羅藝詩臉色一僵，像倏然被烏雲籠罩。

而後她抬起頭，朝我露出勉強的笑，「說得也是……」

我後悔了，我最討厭看她這種樣子。

爲什麼她不反駁？爲什麼不氣得對我大罵？爲什麼要用這種眼神看著我？

某種未知的情緒在體內爆炸，我忽然覺得好生氣、好不爽。

我一把搶過她手上那張便利貼，忿忿地站起身，「我要回家了。」

她訝異地看著我，可我不想理會她，拎起書包，果斷離開。

回家路上，我將便利貼撕成碎片，扔進路邊的垃圾桶。

我希望，她和那個叫裴恩珉的傢伙，永遠不會有什麼交集。

才剛走出小巷，我迎面遇上羅藝詩的姊姊。

她笑著和我打招呼，「你剛去我家嗎？」

「對啊。」

「謝謝你喔，總是陪我妹玩。」

我低下頭，單手抄在口袋裡，輕輕踢開地面的碎石，沒有回應。

藝樺姐盯著我良久，忽然問：「你是不是喜歡我妹啊？」

我嚇了一跳，詫異地抬頭，接著緊張地左右張望，確認羅藝詩沒跟上來。

藝樺姐笑出聲，「放心，我不會告訴她的。」

我轉頭看向她。藝樺姐明明沒大我幾歲，笑容卻有幾分世故，這讓我有種被大人看穿的感覺。

「我只是好奇……你不跟她告白嗎？」她問。

我移開視線，很快搖頭。

「為什麼？」

「現在不是好時機，她明顯不喜歡我。」

「不一定是不喜歡啊！她有可能只是太習慣你的存在，沒往戀愛方面想而已。你如果試著告白，結果或許會不一樣。」

我思忖了半晌，最後還是輕輕搖頭。

藝樺姐好奇地看著我，以眼神探問。
我低頭瞥了眼制服，和羅藝詩身上的款式完全不一樣。
「再等等吧……」我低聲說。
藝樺姐微微一笑，一副了然於心的模樣。她接著說：「那也別等太久喔，喜歡一個人的勇氣，是會愈磨愈少的。有些事，一旦錯過時機，就會一直錯過的。」
那時，我並沒把藝樺姐的話放在心上，時間卻證明了，她說的是對的。

羅藝詩讀著書，讀到第十本，她說起我聽不懂的話，我裝作興致缺缺。
我不肯服輸，不想爲了看懂而去讀那些書，逞強脫口而出的，總是數落和玩笑。
每次，她的反應都是一樣的——微微一僵，而後擠出笑容。
她不快樂。我很糟糕。所以，我沒有告白。
高中二年級，羅藝詩因爲校慶的事，和我冷戰了一個禮拜。
雖然很快就和好，但總覺得，我們之間還是有什麼不一樣了。像擲出球前微微偏斜的手，眼睜睜看著球偏離正軌。
她不快樂，我很糟糕。所以，我還是沒有告白。
高中三年級，羅藝詩埋頭苦讀，拚了命地朝某處狂奔。然而，我卻連她的目的地都不曉得。
爲什麼要這麼努力？就算不努力，妳也還是那個羅藝詩啊。
「妳很漂亮」、「妳要有自信」、「妳比自己想得還要好一千倍、一萬倍」……我的嘴像被詛咒過，這麼簡單的話，我始終說不出口，無法坦然表達。

她不快樂，我很糟糕。我還是沒有告白。

高中畢業，我們升上不同的大學。脫軌的球已越出視野，再也看不見。羅藝詩成了我必須緊緊抓住，才能留住的風箏線，這條細線變成什麼樣子，已經不是我能決定的了。

她依然不快樂，卻漸漸和我的糟糕無關。我更不能告白。

出社會了、長大了、強壯了，我終於撿起勇氣，偶爾說些真話。

但她只是微笑，連生氣都不是爲我。好像什麼都明白，也什麼都能諒解。

細線變得愈來愈長、愈來愈遠，她在我觸不可及的世界裡盤旋。

「其實，我和裴恩珉在交往。」

「他失憶，不記得我了。」

「我和他的這十年……都沒有了。」

她快樂或不快樂，已經和我這個人無關了。

她活在想像裡，一路飛向我看不見的遠方，我就快抓不住她。

我不再想著告白，只想著，無論我手裡的線還剩多長，我都要緊抓這縷聯繫。就算可能讓她疼痛，我也要把她留在這裡。

「妳想向他坦白？好啊，妳就等著誰來誇妳好棒棒，安慰妳知錯能改，善莫大焉。還是，妳心裡仍在期待，裴恩珉那傢伙會抱住妳說，『沒關係，我愛的是妳的靈魂，不是梁月季這個名字』。靠，少來了！噁心至極！這是妳一手造成的，妳的坦白或道歉，根本只是想讓自己舒坦一點！」

「他早就知道眞相，只是不肯相信罷了。」

一口氣傾吐而出，強勢地朝她身上射發。最後，給予致命一擊——

有種渾身一輕的快感，可是，羅藝詩哭得好傷心。

她自私、她荒唐、她是放羊的孩子、她是被幻夢餵養的怪物，是遊戲的消耗戰裡，一點點磨光你體力的隱藏大Boss。

然而，在那瞬間，她卻低著頭，眼淚啪嗒啪嗒地掉，一點一點消散。那是她第一次，沒有對我擠出笑容，而是被我的話徹底擊潰。

「你明明是爲我好，是我……是我沒有發現……我還對你生氣。」

爲什麼說這種話？她大可以重新復活，絕地反攻，殺我個措手不及。

某種情緒在體內爆炸，我突然好生氣、好不爽。明明是我撕開祕密的，我卻對這一切感到憤怒。

突然，我意識到，我想撕碎的，從來不是誰的名字，而是自己的嘴、自己的怒火、自己的膽小。

我眞正想埋葬的，是無法給她快樂的自己。

但我還不想變成無關痛癢的人，我想把風箏線留在手裡，也想留住這個Boss，就算要追著她跑，我也沒關係。

我想把自己撕碎，然後重新拼回來。

「我永遠站在妳這邊，無論妳想做什麼。」

「妳長成什麼樣子，還需要問我嗎？」

「我總是不能理解，妳爲什麼要對自己那麼沒自信？」

「醜惡的人，就沒有資格獲得幸福嗎？」

我終於鼓起勇氣，把那些隱藏的眞心說出口，可是太晚了，我知道。

然而，晚到總比不到要好。

「今年過生日的時候，我許過願，希望我愛的人都能快樂。」她說。

「所以？」

「所以，我希望你能永遠快樂。眞心的。」

她的眼神很專注，在這瞬間，好像只容得下我一人。

我怔怔地望著她，然後忍不住笑了。

她已開始學著快樂，我不需要告白了。

我曾想過，我究竟在他們的故事裡，占了什麼樣的位置？反派、助攻，還是一個小配角？

都無所謂，就算不存在，我也會自己找到意義。

我可以是《放羊的孩子》裡，不存在的棕熊，也可以是《小王子》裡的宇宙垃圾；可以是《灰姑娘》裡的限量球鞋，也可以是《阿拉丁》裡的第四個願望……

可以是，一首情詩裡錯降的字。

「謝謝你當我的朋友。」

「那我也謝謝妳啦。」我說：「謝謝妳願意當我的朋友。」

我要繼續跑在自己的路上，一路拉著風箏奔跑，哪怕逆風拉扯，也不停歇。

我要一直、一直頭也不回地狂奔。

直到化作一陣風，帶著妳的快樂，吹向沒有盡頭的藍天。

哪怕跑輸太陽，這也是屬於我的Good Game。

番外二
〈拼圖遊戲〉

有時
很疲憊的時候
只是想要
誰
給我一顆糖果

林婉瑜〈極限〉

失眠，肉體睡了，耳朵還醒著。

寂靜裡，秒針滴滴答答地走成巨響。躺著時，能聽見動脈搏動的聲音，震動整片漆黑，抖落窗簾縫隙的幾縷陽光。

現在是早上七點，但必須睡著，晚點想睡也沒得睡，還有好多事情要做。

思緒奔逃流竄，心慌得厲害，我從床上坐起身，抹了把臉。

好痛苦，我忘了一些事、忘了一些人，也忘了多久沒能好好睡覺。

我是誰？我真的叫這個名字嗎？

我彷彿占據不屬於自己的軀體，生活完全失去控制，眼睜睜地看著世界崩壞。醫生說，我的記憶像拼圖，有幾片不小心散落到沙發下。

我覺得他說錯了，我的記憶明明全都被掀翻了，碎片錯落一地，我手捧碎片，卻不曉得該如何擺放，缺口不一，無法咬緊彼此。

我想挽回一切，快點撿回散落一地的碎片，拼回來……快點，拼回來。

抬頭一望，穿衣鏡裡的自己，連苦笑都彎成精心設計過的弧度，像一具假人。

我拿起枕頭扔向鏡子，在攪亂鏡中世界以前，先落到地上。

「你不用努力也可以。」

她的聲音在腦海裡響起——我不用努力，也可以。

棉花沒有聲響，我的憤怒就此落地。

小時候，我曾玩過一次拼圖遊戲。那是媽媽買回來的名畫拼圖，她挑了梵谷的〈星空〉，總共五百片。

她說，她要和我一起拼，叮囑我先把圖案記熟。我高興壞了，看也不看，立刻舉起雙手，一口氣把所有拼圖倒在桌上。

其實，我根本沒記住那幅畫，只是單純地想，這樣就能和媽媽玩得久一些。就算她生氣罵我也沒關係，她還是會陪我拼回所有碎片。

然而，媽媽只是溫柔微笑，「那你先玩。」語落，她就走了，偶爾回來看一眼，又繼續忙。

也許，她認爲這就是一種陪伴，對我而言，這卻是赤裸裸的謊言。

拼圖散落桌面，藍的、黃的、黑的、白的錯雜在一起，在眼裡散成宇宙的模樣。或許這才是眞正的星空，又髒又醜，雜亂無章。

「卡關了嗎？」爸爸經過我，笑著問了一句。

我綻開笑容，抬頭看他，期待他留下來陪我一起。他卻只是拿起其中一片，擺到我的面前。

「這片應該是在這裡。先從確定的一片開始，再繞著它拼。你試試看。」

我盯著那片拼圖。

好，我要繞著確切的這一片，將星空拼回來，快點撿回散落一地的碎片，拼回來……快點，拼回來。

他們說，我有個女友。印象裡，我的確有個女友。所以，Rose對我而言，就是那片確定的拼圖。

「問出答案，你就會滿意了嗎？」她顫抖地問，像抖落我桌上的碎片，「裴恩珉，我們不能就到此爲止嗎？」

我所有褪色的記憶，現在全要繞著她拼湊。

我想拼回裴恩珉這個人，快點，拼回來，就算拼起來的圖案愈來愈奇怪，孔隙無法塡補，一直對不上缺口……

不，不會是她的錯，那一定是我錯了。

再努力一下，再嘗試一下，不要管那些多出來的碎片，也不要管那些怎麼拼也拼不上的記憶。

當我不確定的時候，她會告訴我哪片是對的、哪片是錯的。

我只要相信她就好。只要相信，就有了憑據，我就能循著提示安心往前走，這就是一種陪伴。

忽然，媽媽走過來，莞爾地問我怎麼拼了這麼久。

「我一直拼不起來。」

「哦，你這裡拼錯了。」她突然伸手，拿起中間那一塊。

我下意識抓住她的手，緊張地問：「妳想做什麼？」

媽媽無奈失笑，移開我緊抓的手，「傻孩子，就是這塊擺錯地方了，才會一直拼不起來呀。」

「可是……」

媽媽坐下來，默默將拼圖拼回原樣。那雙手像有魔法，兩三下將我的記憶擺正。

「這好像是多出來的。」她盯著手裡那枚碎片，納悶地問：「你從哪拿來這片的？」

原來，那是不存在的碎片。我搶回那枚碎片，用力揣在手裡。

「要不要我幫你拿去丟掉？」媽媽掌心朝上，柔聲問。

我猛地搖頭。低頭一看，拼圖已經拼好了，星空躍然紙上，我卻一點都不高興。

這是梵谷看見的星空，不是我的。

我們所看見的星星，存在於好幾萬年前。星光經過多年才傳達到地球，這並不是我的星空。

宇宙瞬息萬變，眞空無聲，我雙腳懸空飄浮，永遠踩不到地。

我想緊緊抓住什麼，我想被重力抓住，也想反過來抓住重力。

我將多出來的那片塞進拼圖裡，所有碎片就此讓位，空出歪斜扭曲的裂縫。

「這樣沒關係嗎？」

沒關係，因爲，這就是我看見的風景。

「但你這樣永遠也拼不起來⋯⋯」

我伸手一掃，掃落整片星空。

梵谷死亡，星空破裂，無數星球在我腳下淅瀝墜落。

沒關係，拼不回來就別拼了。這一次，我不用努力也可以。

「我們重新開始吧，羅藝詩。」

番外三
〈在那之後綻放的〉

「如果你們哪天在一起了，我能第一個知道嗎？」

丁仁風曾這麼對我說。
那天，咖啡廳內一片嘈雜低語，他的聲音差點被淹沒。
我愣然抬眼，只見他直直望著我，表情沒什麼變化。
我捧著手裡的熱拿鐵，尷尬地笑了笑，「『重新開始』的意思是，重新認識、重新從朋友做起喔……這幾個月他很忙，我們也沒什麼實質聯絡。」
「我知道啊。」他聳聳肩，一副不以為然的樣子，「所以我才說，『哪天』在一起了，要記得告訴我。我要當第一個知道的人。」
「我……知道了。」我生硬地說。
「哼，有進步嘛。」
「什麼意思？」
「不告訴妳。」他朝我吐舌。
其實，我是明知故問。
若是之前的我，恐怕會馬上回一句「怎麼可能」。而現在，關於愛自己這件事，我正在慢慢進步。我不再將自己擺在裴恩珉之後，把自己當成依附於他的存在。

我低頭微笑，「謝謝你，丁仁風。」

他啜了一大口焙茶，沒什麼反應。

過了良久，他輕聲問：「妳眞的要退租臺北的房子？」

「嗯，我這幾天就是來辦這件事的。」我點點頭。

「但是……」他微蹙起眉，「他是藝人，工作主要都在臺北喔。」

「我知道……但沒關係。」

從小到大，我總是想逃離家裡，卻在回家以後，才找回心靈的安定。

我想，也許有些一時逃避的課題，還會以另一種形式回到身邊。我想好好處理這個課題，也好好放下它，與自己的過去和解。

「而且……我最近接到了新工作。」

「什麼？」他看起來並不感興趣。

「我高中時的老師聯絡上我，問我新學期要不要回去帶社團課。」

丁仁風一詫，「眞的假的？妳不是沒在跟老師聯絡？」

「我也沒想到，原來老師還記得我這個學生。」我笑了笑，「她說，學校想開個閱讀性質的社團，也讓學生寫寫文案或企畫，所以想找校外的指導老師。她想起我很愛看書，就推薦我了。」

「天哪，那很好啊！」他咧嘴一笑，看起來是眞心爲我高興。

「是啊，我很想去試試看。」

當初向家人撒謊我是老師，沒想到，如今眞的要成爲「老師」了。

「所以……我這裡的房子，留著也是浪費錢……」

「好啦，我知道了啦。」他無奈地笑了，「妳開心就好。」

說完，丁仁風仰頭將焙茶一飲而盡，接著轉頭收拾東西。

「你要走了？」我訝異地問。

「是啊，午休時間快結束了。」他圍上圍巾，斜睨了我一眼，「誰像妳一樣，平日下午還能悠閒喝咖啡？」

「這、這樣啊……」

我莫名有些落寞。我知道，丁仁風今年的假快用光了，而在我今日正式告別臺北生活以後，我們要見面，就更難得了。

「別這種表情啦，醜死了。」丁仁風冷不防地調侃，接著走到我身邊，用力按了一下我的肩膀。

我吃痛地叫了一聲，忍不住瞪向他。

「我跟長輩們說，我跟那個留學的女友分手了。」他忽然說。

我微微一怔。

「下一次回家可能是過年了吧？如果可以，我會帶眞正的女朋友回去。當然，是我眞心喜歡的。」

我啞然失笑，朝他輕輕點頭。

「妳的眼神看起來不是很相信我。」他瞇起眼，「我是說眞的，我最近有認識一個女生，我們發展得很不錯喔！」

這瞬間，丁仁風又變回了那個幼稚的少年。

「好啦。如果有好消息，我也想第一個知道。」

丁仁風這才笑了笑，留下一句「保持聯絡」，便這麼離開了。

望著他的背影，我忍不住也勾起唇角。

回家的路上，沿途的路樹已然枯黃。

隔壁乘客的耳機有點漏音，他正在聽〈All I Want for Christmas Is You〉，我才意識到，一年又即將畫下句點。

想起這一年發生的種種，就像一趟驚奇的旅程，我心裡有種不可思議的感受。

驀然，手機震動，有新訊息。

「同學，回家了嗎？」

我莞爾一笑，在手機上敲下訊息，「在高鐵上了。」

裴恩珉很快已讀，傳了個笑臉貼圖給我。

不久後，他又傳了一張照片過來，是一束綠色的玫瑰。

「我剛收到的時候，還以爲是花椰菜。」

這句話讓我忍不住噗哧笑出聲，意識到自己還在高鐵上，我左右環顧，趕緊收斂笑意，臉頰發燙。

「是玫瑰？」我回覆道。

「嗯，今天提前拍聖誕紀念MV，是導演送給我的。綠色，剛好符合聖誕節嘛。」

在那句「重新開始」的宣告以後，我們幾乎沒再見過面，但我們開始頻繁傳訊息聯絡彼此。

沒有含糊不清的曖昧，也不再彼此拉扯，就只是噓寒問暖、分享近況。我很喜歡這種感覺。

而當初那句宣言，猶如某種諾言。在許下承諾以後，我們似乎有了前進的方向，重新啟航，依循各自軌道，繼續綻放各自的光芒。

裴恩珉繼續傳來訊息，「他還跟我說，綠玫瑰象徵活力和新生，想恭喜我自立門戶。」

幾個月前，裴恩珉和JE娛樂談妥接下來的動向，並決定開設個人公司。

這並不是件容易的事，他一邊兼顧既定行程，一邊奔波籌備新公司，忙得昏天暗地。

正當我想得出神時，一則訊息映入眼簾——

「我也想透過照片，將這束綠玫瑰送給妳。」

盯著那句話，我內心一顫，心裡滿溢著某種難以言喻的感受。

「爲什麼？」我小心翼翼地敲下回應。

裴恩珉已讀，傳了個「等一下」的貼圖，便這麼沒了音訊。

他的工作分秒必爭，我已習慣他中途消失，有時還會消失整整一週。

但這一刻，我好想趕快知道爲什麼？

十二月三十一日，到處充滿新年的氣息。

在羅藝書和羅藝琴的堅持下，往年總是樸素的餐桌上，換成了披薩和可樂。

姊也回來了，懷孕後期，她一直不太舒服，媽媽不放心，乾脆提議讓她回娘家住一陣子。經過爸媽的細心照顧，她現在的狀況已經非常穩定，還能照常吃香喝辣。此刻，她正坐在沙發上，一手摸著肚子，一手拿著披薩啃。

「偶爾像這樣過新年，好像也不錯喔。」媽媽一邊喝可樂，一邊悠悠地說。

爸爸沒什麼反應，只是默默拿起第三片披薩。

我和弟、妹坐在地板上，看著電視播放的跨年表演。他們倆興奮地又叫又跳，爸媽偶爾在身後說些「現在的藝人怎麼都不認識」之類的話。

看著歌手們在鏡頭前勁歌熱舞，我不由得回憶起幾年前。

只要是裴恩珉的活動，我幾乎一場不落。即使是人潮擁擠的臺北跨年晚會，我也去了。穿著厚重的羽絨服擠在人群裡，什麼也看不見，只看得見ＬＥＤ螢幕上映出他的臉。

只要這樣，我就很滿足了。

那時，我自詡是世上最了解裴恩珉的人，儘管和他離得再遙遠。後來我才知道，他曾一口氣趕三個地方的演出，在車上緊急吸氧。

還有去年十二月三十一日，他出道五週年演唱會最後一天，我看見他憔悴無光的模樣，那一刻我才明白，所有花終究是會凋零的。

過了沒多久，他便因車禍失憶，我們的故事就此展開，我也才真正地，從零開始了解裴恩珉。

原來，想像是離他最遠的一條路。

吃飽喝足後，我回到房間繼續處理工作。羅藝琴忽然衝進房間，一副慌忙的樣子。

「姊！裴恩珉出來了！」

我被她嚇了一跳，莫名跟著變得急切，一路跑到客廳。

剛好是他。裴恩珉穿著棗紅色的毛大衣，頭髮修剪得短了些，眉眼之間更加成熟沉穩。

他拿起麥克風，清澈而低沉的嗓音悠揚。

行星爆炸　卻只像　一顆塵埃掉進夜晚
光芒劃過天際　沒人記得它的形狀

我們在各自軌道　孤獨運轉
燃燒自己　照不亮誰的軌跡

海底震盪　卻只像　圈圈漣漪化作光影
浪花拍過沿岸　沒人留住它的痕跡
我們在不同航線　獨自流浪
拍打自己 洗不去誰的嘆息
潮汐推著夢境　終將消散無際

如果有一天　我們終究墜落
是否能在某個時空
光年 變成年復一年
無聲 變成無聲勝有聲

他望向鏡頭，溫柔的眼裡蘊藏著一股堅毅。

舞臺上的他、歡呼聲裡的他、站在無數仰望目光終點的他，看起來在發光。

我忍不住微笑，眼眶甚至有些發燙。因爲我知道，那個充滿熱忱的男孩回來了。

「跨年倒數還有一小時又十五秒，提前祝大家新年快樂！」歌曲間奏，他笑得很燦爛，對舞臺下的歌迷揮手吶喊。

接著，他又看向鏡頭，「希望妳快樂，就算不快樂也沒關係，讓我們一起練習快樂。」

我不禁微笑，在心裡偷偷地說：「好呀，一起練習快樂。」

眞正跨過年的瞬間，我人正窩在床上。羅藝琴和羅藝書在客廳倒數，而後尖叫。外頭有人放煙火，時間有落差，好幾道轟隆聲交錯重疊。

我下床推開窗戶，看見夜空綻放出漂亮的煙火。

我傳了訊息給丁仁風，祝他新年快樂。

他很快回了一句：「約會中，勿擾。」

接著，我點開和裴恩珉的訊息欄，輕聲錄了一則語音訊息，祝他新年快樂。儘管我知道，他不會馬上看見。

後半夜，羅藝琴和羅藝書鬧了很久還沒睡，還嚷著要吃消夜，我乾脆替他們弄了點熱湯，看他們玩、聽他們聊新年新希望。

直到凌晨兩點多，他們終於累了，決定要回房睡覺。我留在客廳收拾東西，羅藝琴也留下來幫忙。

這時，手機卻忽然響了。

這個時間會是誰？我愣愣地翻出手機，看見上面的來電顯示，我幾乎忘了呼吸，也忘了接起電話。

腦袋一片空白的我，身體自己動了起來。我放下手中的東西，立刻跑向玄關。

「二姊，怎麼了？妳要出門？」羅藝琴追出來，好奇地問。

「我……」

羅藝琴盯著我良久，突然露出一個了然的笑容，「是那個長得像裴恩珉的人吧？」

我一時語塞，不知道該怎麼回答。

驀然，她將身上的外套脫下來，扔給我，「快去吧，爸媽起床的話，我再跟他們說。

注意安全喔！」

「謝、謝謝妳，藝琴。」

我穿上外套，匆匆離開家裡。

手機鈴聲還在響，中途中斷幾次，又重新響起。

鈴聲和街巷的歡鬧，以及時不時傳來的煙火聲交織在一起，我的腦袋一片喧鬧，仍一直、一直往某個地方狂奔。

在看見男人身影的瞬間，我停下漫長的追逐。

他背對著我，站在轎車旁邊，把手機靠在耳畔，來回踱步，有些焦躁的樣子。我幾乎能聽見他在低喃：「睡了啊……」語氣有點沮喪。

我笑開，扯開嗓子大喊：「裴恩珉！」

他背影一頓，緩慢地轉過身。

四目相對的瞬間，裴恩珉素淡的臉上，慢慢地綻開笑容，「藝詩。」

手機鈴聲停了，砰砰砰的煙火聲也暫時停止，夜晚忽然變得好靜，連天空都變得好近、好近。

他朝我伸出手，我忍不住將手覆到他手心，任他牽著我向前。

我揚起脖子看他，他已換回便服，卸下妝髮。

是一結束表演，就馬上換衣服、開車過來的嗎？還沒等我開口問，他就打開車門，彎身拿了什麼。

下一秒，一束花出現在我面前，我微瞠雙眸，驚訝地看著花，再看向他。

「你……」

他的背後有一片廣闊的夜空。

咻——砰——煙花又一次在空中綻放，璀璨炫麗。

「羅藝詩。」

我喜歡他喊我的名字。

我眼眶浮上氤氳，他的臉龐變得模糊，那雙溫熱的眼神卻從未變過。

「這束玫瑰，是給妳的。」

他將花束遞給我，我輕輕地接過，有點涼。

當我低頭看向那束紅玫瑰，眼淚隨之滴落。花瓣沾上我的淚，微微一顫，卻依然鮮豔欲滴。

他伸出手，指尖在花瓣間輕點兩下，一張小小的卡片露出。

我愣了愣，抬頭看向他。他微微點頭，笑得很溫柔，示意我翻開來看。

於是，我輕輕翻開那張卡片——

Dear 藝詩

只有我的名字，再無其他。

正當我想再翻回來確認，一道陰影忽然籠罩下來。抬眼的瞬間，他的唇輕輕落在我的額頭，謹慎而溫柔。

他微微退開距離，笑著凝望我，「怎麼樣？願意收下嗎？」

我笑了，沒有馬上回答，僅是抱緊懷裡的花束，踮起腳尖靠近他。

唇瓣相觸的瞬間，他閉上眼睛，攬住我的腰，加深了這個吻。

屬於裴恩珉的香氣包圍著我，玫瑰在懷抱裡逐漸染上暖意。
這束玫瑰是給羅藝詩的。
我知道，這不會再是夢了。

後記
屬於我們的花季

大家好，我是沾零。感謝你願意閱讀《糖衣玫瑰》。一個故事能被閱讀，是莫大的榮幸與肯定！

上一次出版實體書是二〇二一年，沒想到，一眨眼就過了這麼久。

這幾年裡，我的個人生活迎來一些變化，不變的是，我還是一直持續創作。雖然曾遇到瓶頸，但還是累積不少作品、結識許多新朋友，不知不覺就走到這裡。

《糖衣玫瑰》可謂我寫作生涯上的一大突破。一開始會想到這個故事，就是從那句：「他不知道的是，我根本不是〇〇〇（那時候還沒想名字）」爲基礎展開的。當時覺得，如果能寫出這樣的轉折，應該會很震撼、很驚喜吧！

剛好那陣子在社群軟體上看到，有瘋狂粉絲假想自己是偶像的女友，透過文章、照片等暗示，說得煞有介事，十分逼眞。這件事讓我感到神奇，也很好奇到底是什麼原因，會讓人想要經營這種謊言，於是催生出《糖衣玫瑰》這個有點迷幻的故事。

直到開始寫，我才在構思和苦惱，轉折後該怎麼進展劇情？該如何讓人有所共鳴？這時，我想起了女主角的平庸。

我在大學時曾聽到「家庭星座」這個概念。心理學大師阿德勒認爲，家庭中手足之間的排序，會影響每個人的心理位置。從那以後，我便不時會想起自己的家庭狀況。

我是家中的么女，和兩個姊姊比起來，應該算是備受疼愛，但隨著年紀漸長，總會忍不住思考姊姊們的感受，也思考著姊妹之間的複雜關係。

而我母親在我幼年時開始從事托育工作，家中總是非常嘈雜，尖叫哭鬧聲讓我難以忍受，也常會有「母愛被搶走」的妒火，體驗成爲「姊姊」的感覺。

這些經驗，成爲我寫下《糖衣玫瑰》的養分。

我和女主角Rose一樣，是平庸的百分之九十八。正因深知自己的平庸，於是讀書、化妝、運動，並上網汲取速食知識，狼吞虎嚥想讓自己看起來像剩下的那百分之二。

逢人就掉書袋，提到只有自己知道的事就沾沾自喜，聚在一起便興奮地搶話、明明不懂卻還要裝懂。然後，總在細微的蛛絲馬跡裡，察覺出自己膨脹的自卑。

我記得，高中時讀到神小風的散文集，覺得字字都是我的血淚。如今我也寫下了屬於我的《百分之九十八的平庸少女》。

不，不只是少女。

就如裴恩珉，他明明是萬眾矚目的偶像，卻也會感到悲傷、挫折、懷疑自己的價值；就像丁仁風，看似無所畏懼，面對感情卻是個倉皇的膽小鬼。

原來在這跌跌撞撞的人生裡，我們都在學習如何愛自己、如何體會快樂。

但不愛自己也沒關係，不快樂也沒關係，當被人呼喚，我們就能感受到愛。被愛著的時候，我們就是特別的。如果沒人呼喊你，那就由我們自己來呼喊吧！畢竟，名字是最短的咒語。

感謝每位讀過這個故事、給予我支持的文友，從書名到故事情節，你們總是不厭其煩地陪我煩惱、給予我寶貴的意見。沒有你們，《糖衣玫瑰》眞的不可能走到這裡。若說這個故事是一片玫瑰園，你們就是每天照料小花們的園丁！

也非常感謝從比賽期間就支持我的讀者們，你們的收藏、留言或回饋，都讓我更有動力完成這個故事。特別感謝正在閱讀的你，無論是第幾次閱讀，你正在賦予這個故事新的生命與意義。

最後，眞的很感謝POPO，包容我這個任性的小作者，給予我舞臺和機會。

我在POPO寫作超過十年了，POPO可謂我的生活重心，跨越青春期到成年，絕對地影響著我這個人的自我認同。

如果說，我有理由覺得自己的人生不平凡，那一定是因爲接觸寫作、接觸POPO、接觸這些熱愛故事的人們。接下來，我也會繼續珍惜還能寫小說、還喜歡寫小說的時光。

希望，我也能成爲你故事裡的一部分，陪伴你很久很久。

沾零　八月三日 寫於板橋家中

國家圖書館出版品預行編目資料

糖衣玫瑰／沾零著. -- 初版. -- 臺北市：POPO原創出版，城邦原創股份有限公司出版：英屬蓋曼群島商家庭傳媒股份有限公司城邦分公司發行, 2025.09
面；　公分. --
ISBN 978-626-7710-46-3（平裝）

863.57　　114010844

糖衣玫瑰

作　　者／沾零
責任編輯／黃韻璇　行銷業務／林政杰　版　　權／李婷雯

內容運營組長／李曉芳
副總經理／陳靜芬
總 經 理／黃淑貞
發 行 人／何飛鵬
法律顧問／元禾法律事務所　王子文律師
出　　版／POPO原創出版
城邦原創股份有限公司
台北市南港區昆陽街 16 號 4 樓
電話：(02) 2509-5506　傳眞：(02) 2500-1933
email：service@popo.tw
發　　行／英屬蓋曼群島商家庭傳媒股份有限公司城邦分公司
聯絡地址：台北市南港區昆陽街 16 號 8 樓
書虫客服服務專線：(02) 25007718・(02) 25007719
24小時傳眞服務：(02) 25001990・(02) 25001991
服務時間：週一至週五09:30-12:00・13:30-17:00
郵撥帳號：19863813　戶名：書虫股份有限公司
讀者服務信箱 email：service@readingclub.com.tw
城邦讀書花園網址：www.cite.com.tw
香港發行所／城邦（香港）出版集團有限公司
地址：香港九龍土瓜灣土瓜灣道86號順聯工業大廈6樓A室
email：hkcite@biznetvigator.com
電話：(852) 25086231　傳眞：(852) 25789337
馬新發行所／城邦（馬新）出版集團 Cité(M)Sdn. Bhd.
41, Jalan Radin Anum, Bandar Baru Sri Petaling,
57000 Kuala Lumpur, Malaysia.
電話：(603) 90563833　傳眞：(603) 90576622
email：services@cite.my

封面設計／也津
電腦排版／游淑萍
印　　刷／漾格科技股份有限公司
經 銷 商／聯合發行股份有限公司
電話：(02)2917-8022　傳眞：(02)2911-0053

■ 2025 年9月初版　　Printed in Taiwan

定價／390元

ISBN　978-626-7710-46-3
POPO原創出版 www.popo.tw　城邦讀書花園 www.cite.com.tw

本書如有缺頁、倒裝，請來信至service@popo.tw，會有專人協助換書事宜，謝謝！